FIONA McARTHUR

Une sage-femme à Barcelone

Traduction française de
FRANÇOISE PINTO-MAÏA

BLANCHE

HARLEQUIN

Collection : Blanche

Ce roman a déjà été publié en 2021

Titre original :
SECOND CHANCE IN BARCELONA

HARPERCOLLINS FRANCE
83-85, boulevard Vincent-Auriol, 75646 PARIS CEDEX 13
Service Clients — https://www.harlequin.fr/contenu/contactez-nous
ISBN 978-2-2805-2275-5 — ISSN 0223-5056

Édité par HarperCollins France.
Composition et mise en pages Nord Compo.
Imprimé en août 2025 par ScandBook UAB en Lituanie
en utilisant 100% d'électricité renouvelable.
Dépôt légal : septembre 2025.

FSC
www.fsc.org
MIXTE
Papier | Pour une gestion forestière responsable
FSC® C021394

Pour limiter l'empreinte environnementale de ses livres, HarperCollins France s'engage à n'utiliser que du papier fabriqué à partir de bois provenant de forêts gérées durablement et de manière responsable.

Prologue

Mercredi, 23 heures.
Aile privée de l'hôpital de Sydney

— Sofia ? dit doucement Cleo en approchant du lit de la future maman. Je suis Cleo Wren.

Sofia Gonzalez se tenait assise, aussi droite et hautaine qu'une princesse. Ses cheveux de jais étaient rassemblés en une lourde tresse qui dégageait son cou délicat. Elle triturait le couvre-lit de ses mains élégantes, qui se crispaient régulièrement. En dépit de cette attitude stoïque, la frayeur se lisait dans son regard brun. Elle était si jeune, tellement perdue, presque une enfant. Cleo sentit un élan de compassion monter en elle.

— Vous êtes la sage-femme de nuit ? Vous venez prendre la relève de Jen ?

La voix était tendue et teintée d'accent. Cela revenait à Cleo maintenant ; son amie Jen, sage-femme et chef du service, lui avait dit que la patiente était espagnole.

— Oui, répondit-elle en souriant. Nous allons avoir le temps de faire connaissance, je suis là pour les huit prochaines heures.

— D'après Jen, vous êtes chaleureuse, forte et pleine de détermination. Ça me plaît, d'avoir quelqu'un comme ça auprès de moi en ce moment.

Malgré le sourire bref qui accompagna ces propos, la jeune femme semblait sur le point de craquer. Désireuse de savoir ce qui la tracassait, Cleo lui toucha la main, et les doigts de Sofia se refermèrent sur les siens.

— Le médecin m'a dit qu'il me verrait demain matin pour l'accouchement, dit-elle d'un ton alarmé. Il pense que je vais être en travail toute la nuit.

— Le bébé va bien et vous aussi, dit Cleo pour la rassurer. Vous travaillez déjà ensemble. Et le médecin pourrait bien être surpris demain matin.

— Vraiment ? Oh ! j'aimerais tellement...

À cet instant une contraction saisit Sofia. Elle se crispa et, gênée, tourna la tête.

— J'ai peur, murmura-t-elle, avant d'agripper fortement la main de Cleo.

Cleo lui posa sa main libre sur l'épaule pour lui communiquer force et réconfort. Elle avait bien fait de venir assurer cette garde. Jen lui avait dit que cette future mère avait grand besoin de soutien.

Au bout d'une minute, Sofia détendit ses doigts. Cleo mima une longue expiration.

— Pincez les lèvres et chassez cette contraction en soufflant. Comme ça. Laissez votre corps se relâcher complètement et pensez à expirer après chaque contraction.

Sofia suivit ces instructions, et la peur s'atténua dans son regard. Ses traits paraissaient moins tendus.

— Voilà, celle-là est passée, dit Cleo.

— Mais il y en a beaucoup d'autres à venir. J'ai encore peur.

Cleo hocha la tête d'un air compréhensif.

— Faire une chose qu'on n'a jamais faite, c'est toujours difficile. Quand vous aurez mis votre bébé au monde, vous aurez accompli l'un des actes les plus extraordinaires de votre vie. Vous n'aurez plus peur et vous vous sentirez forte comme une lionne pour protéger votre petit.

— Facile à dire pour vous ! Je vais souffrir le martyre, et ça va durer des heures.

Cleo réprima un sourire.

— Non, vous n'aurez pas mal à ce point-là. Mais effectivement, ça risque de durer des heures. Nous allons faire en sorte d'accélérer le travail.

— *Sí*. Je ne demande que ça. Plus vite ce sera terminé, mieux ce sera.

Cleo jeta un regard à la chambre vide. Pourquoi cette jeune femme n'avait-elle personne auprès d'elle ? La seule information que Jen avait pu obtenir, c'était que sa famille vivait à l'étranger. Mais le père du bébé, où était-il ?

— Y a-t-il quelqu'un que je peux appeler et qui pourrait rester auprès de vous ?

— Non.

Après un long silence, Sofia ajouta :

— Mon fiancé m'a quittée. Je suis toute seule.

Cleo fut sidérée. Elle aussi avait été plaquée par son mari, mais à l'époque elle n'était ni enceinte ni en plein travail, heureusement ! Elle comprenait mieux la tristesse de Sofia, maintenant. Avait-elle, comme Cleo, été abandonnée pour une femme plus riche et d'une meilleure famille, afin de plaire à belle-maman ?

— Mes parents sont morts dans un accident l'année dernière, poursuivit Sofia. Et mon cousin a détruit ma vie en obligeant mon fiancé à me quitter. Quel sale type ! Exactement comme son père.

Elle ne voulait clairement pas voir ce cousin. Mais une femme de sa famille, ou une amie peut-être ?

— Vous n'avez personne sur qui compter ?

Sofia secoua la tête.

— La seule proche qu'il me reste est ma grand-mère, qui vit en Espagne et qui est de mèche avec mon cousin.

Sa voix farouche trahissait sa colère, en même temps qu'une profonde blessure.

— Vous avez besoin de quelqu'un avec vous. Voulez-vous que je sois à vos côtés jusqu'à ce que vous ayez votre bébé ?

Sofia la regarda d'un air surpris.

— Mais si mon bébé n'arrive pas avant la fin de votre service ? Vous partirez, comme Jen, n'est-ce pas ?

— Elle avait fait deux gardes d'affilée. Elle reviendra demain. J'assure des gardes occasionnelles, ce qui me permet de rester connectée avec mon ancien métier. Je suis désormais infirmière d'escorte pour des patients qui ont besoin d'un rapatriement médical, en Australie ou à l'étranger. Mais je n'ai pas à retourner à l'agence avant lundi. Alors, quand le personnel régulier reviendra demain, je resterai pour vous soutenir si votre bébé n'est pas encore là.

— Ça me plairait bien, dit Sofia avec gratitude. Mais pourquoi feriez-vous ça ?

— Parce que vous avez besoin d'aide, c'est aussi simple que ça, répondit Cleo en souriant. Je vais vérifier vos constantes et écouter le cœur du bébé. Ensuite, je vais palper votre ventre pour connaître sa position.

— Un bébé est capable de choisir une position ?

À cet instant, une nouvelle contraction survint. Sofia laissa échapper un gémissement, et Cleo lui tint la main pendant qu'elle contrôlait sa respiration. Puis, la crise passée, elles exhalèrent ensemble un long soupir.

— Très bien, dit Cleo. Pour répondre à votre question, oui, absolument. Avec les angles de votre bassin, vous pouvez lui suggérer quelques ajustements. Cela contribuera à réduire la durée du travail.

Au bout de quelques minutes, Cleo avait terminé l'examen. Tout se présentait favorablement.

— Le bébé descend normalement, dit-elle en se plaçant devant le chariot informatique pour entrer les données. Je vais vous aider à vous lever. La position allongée ne favorise pas le travail.

Sofia la regarda avec inquiétude.

— Je ne pense pas être capable de bouger.

— Il vaut mieux pourtant, je vous assure. La posture debout va déplacer votre centre de gravité et aidera le bébé à descendre.

Le regard de Sofia s'éclaira. D'un air décidé, elle roula sur le côté.

— Alors, je me lève.

Sofia et Cleo marchèrent à travers la chambre, s'arrêtant chaque fois qu'une contraction s'annonçait pour permettre à Sofia de trouver une position confortable avant que la douleur ne devienne insupportable.

Sur les conseils de Cleo, la jeune femme s'assit sur un ballon de grossesse et sentit immédiatement un soulagement dans son dos. Puis la marche reprit. Passant devant la salle de bains, elle regarda la baignoire avec intérêt.

Cleo rit.

— C'est une baignoire d'accouchement. Nous n'en sommes pas encore là. L'eau chaude est très tentante, je sais, mais la dilatation n'a pas encore commencé.

Brusquement, la future maman agrippa l'encadrement de la porte. Elle grimaça, puis souffla longuement.

— C'est parfait, murmura Cleo, lui posant une main sur l'épaule. Vous respirez très bien. Celle-ci était plus forte, n'est-ce pas ?

Sofia hocha la tête, tandis que l'étau sur son ventre se relâchait.

— Vivement la dernière !

— Plus elles sont intenses et rapprochées, plus vite vous ferez la connaissance de votre bébé. Je suis toujours pleine d'admiration quand une femme en est à ce stade du travail. Elle persévère et, vous aussi, vous ferez de même, jusqu'à ce que l'événement merveilleux se produise et que vous teniez votre enfant dans vos bras. Ne pensez plus qu'à ça.

Puis, voyant Sofia jeter un regard significatif vers le lit, elle secoua la tête.

— Ne cherchez pas le confort. La position allongée ralentit le travail et va causer des tensions musculaires.

— Comme j'aimerais envoyer toutes ces douleurs au père du bébé. Ou à mon horrible cousin ! Oui, surtout à lui. Ce mufle m'aurait ramenée en Espagne avant la naissance s'il avait pu. Et je ne vous aurais même pas connue.

— Vous ne pouvez pas lui dire non ? dit Cleo qui ne supportait pas l'idée qu'on puisse forcer la main à une personne vulnérable.

— Ça ne servirait à rien. C'est le chef de la famille, maintenant. Son père était mon tuteur et me menaçait d'un mariage arrangé. Comme mes parents m'ont laissé de quoi assurer mon indépendance financière, je me suis enfuie quand il est tombé malade. Puis il est mort. J'étais si bien en Australie. Et maintenant, son fils a brisé ma vie. Je le déteste !

— Alors, ne pensez pas à lui. Dites-moi ce qu'il y a de plus beau dans votre pays. Je ne connais pour ainsi dire pas l'Espagne.

— J'habite à Barcelone, dit Sofia. Quand j'étais petite, ma mère m'emmenait à la Sagrada Família. C'est une église magnifique construite par Gaudi sur la *Carrer de Mallorca*.

Elle sourit à ce souvenir, relâchant peu à peu la tension de ses épaules.

— Ma mère disait : « C'est sûrement la plus belle église au monde. » Pourtant, plus d'un siècle plus tard, elle est toujours inachevée.

— Ça semble incroyable, dit Cleo. Je dois absolument me renseigner là-dessus. Quoi d'autre ?

— Les tapas, bien sûr. On mange très bien à Barcelone. Et la danse… j'adore ça. Les hommes sont si beaux quand ils dansent, dit la jeune femme d'un ton rêveur.

Cleo sourit, soulagée de voir qu'elle avait retrouvé son calme.

— Le petit ami de mon amie Jen est catalan, il tient un cabaret. Ils essaient tous les deux de me convaincre d'assister à un spectacle de flamenco. J'avoue que je suis de plus en plus tentée.

— Jen, la sage-femme qui travaille ici ?

Se rendant compte de son indiscrétion, Cleo se mordit la lèvre. *Oups !*

— Oui. C'est elle.

— Oh ! et une de mes amies m'a parlé de cet hôpital et de Jen justement. Donc, vous et moi, nous étions destinées à nous rencontrer, dit Sofia en souriant.

Puis elle se courba sous l'effet d'une nouvelle contraction, et il fut impossible de poursuivre la conversation.

Deux heures plus tard, les douleurs déferlaient sans répit sur Sofia. Mais une fois qu'elle eut pris place dans la baignoire d'accouchement, elle sentit un grand soulagement, comme Cleo l'avait promis.

Le travail s'accélérait. Sofia respirait et gémissait, mais s'efforçait de rester calme. Il y eut une brève pause durant laquelle son corps se prépara de lui-même. Une musique douce accompagnait sa respiration haletante. Cleo avait tout prévu et attendait, agenouillée devant elle, ses mains gantées posées sur le bord de la baignoire.

Face à l'imminence de la naissance, elle avait appelé une collègue sage-femme. Assise discrètement en retrait, celle-ci se levait de temps à autre pour relever et enregistrer des observations, tandis que Cleo restait concentrée sur Sofia.

Soudain, la tête du bébé apparut. Au moment de l'expulsion, ce furent les mains prudentes de Cleo qui accueillirent l'enfant et le soulevèrent hors de l'eau.

Cleo déposa la petite fille au visage bleuté sur la poitrine de sa mère. Puis, avec une éponge douce, elle essuya les yeux, le nez et la bouche minuscule du bébé qui pleurait. Elle poussa un soupir heureux et rencontra le regard émerveillé et incrédule de la jeune maman.

— Félicitations, Sofia. Votre fille est magnifique. Vous avez été extraordinaire !

— Mon Dieu, elle est là... J'ai réussi. Merci !

1

Jeudi

Felipe Alcala Gonzalez soupira. Il était arrivé l'avant-veille à Sydney et, depuis, il était débordé. Mais ce soir, il avait rendez-vous au bar de l'hôtel avec Diego, un cousin éloigné installé en Australie. Ensemble, ils discuteraient de la façon de retrouver sa cousine Sofia, qui semblait avoir disparu de la circulation.

— Felipe, comment va ta grand-mère ? demanda Diego.

— Pas bien, malheureusement. Mais elle lutte contre la maladie, et je pense qu'elle luttera jusqu'à ce que je ramène Sofia en Espagne.

Doña Luisa, qui l'avait élevé après la mort de sa mère, l'avait chargé de cette mission, et il ferait ce qu'elle demandait. Il aurait fait n'importe quoi pour celle qui lui avait donné l'affection qu'il n'avait jamais reçue de son père aujourd'hui décédé.

Alors que toute la famille pensait Sofia étudiante à l'université de Sydney, il s'était avéré qu'elle partageait la vie d'un voyou et était enceinte de lui. Depuis une semaine, Diego renseignait Felipe à son sujet.

— Merci, Diego. Ton aide a été vraiment précieuse. Mais je dois encore la ramener à la maison, avant la naissance du bébé si possible.

— *Sí*, répondit son cousin en serrant le poing. J'aurais aimé casser la figure à cet escroc et, tant qu'à faire, devant sa maîtresse, tellement vulgaire. Il a osé profiter de Sofia. Bon sang ! Elle n'a que dix-neuf ans.

— Oui, ça m'aurait fait plaisir aussi, dit Felipe avec une fureur contenue. Mais maintenant que le projet de ces minables de capter l'héritage de Sofia a été bloqué par nos banquiers, ils ne pourront plus toucher à son argent.

— Sofia t'en veut d'avoir mis le type en fuite ?

Felipe hocha la tête.

— Oui, forcément. Elle est jeune et se croyait amoureuse. Elle n'accepte pas les accusations qui pèsent sur lui.

Il comprenait la colère de Sofia à son encontre, mais la cupidité qu'il avait lue dans le regard de l'escroc l'avait poussé à réagir immédiatement. Sofia et son bébé seraient plus en sécurité en Espagne, où il veillerait sur elle avec *doña* Luisa, du moins aussi longtemps que celle-ci le pourrait.

Comment avaient-ils pu laisser cet individu s'incruster dans la vie de sa cousine et l'embobiner ? Felipe reconnaissait qu'il avait sa part de responsabilités dans l'affaire, mais l'année qui venait de s'écouler avait été terriblement compliquée. Il avait été totalement accaparé par son travail de directeur et de médecin d'un hospice en soins palliatifs. Puis la mort de son père l'avait placé devant de nouvelles responsabilités familiales, et le cancer en phase terminale de sa grand-mère l'avait dévasté. Pour finir, il avait appris la maladie de son meilleur ami. Cette succession de coups durs avait relégué Sofia à l'arrière-plan de ses soucis.

Sa cousine se cachait à présent, mais elle avait aussi besoin de souffler, après la trahison de l'homme qu'elle aimait. Il respectait cela. Il devait la retrouver et la ramener en Espagne. Pour cela, il n'avait que jusqu'au lundi. Un délai encore trop long, quand l'état de sa grand-mère se dégradait de jour en jour. Aurait-il le temps ? Cette question allait le rendre fou.

Deux jours plus tard, Felipe poussa la porte de la Villa Rosa, cabaret tenu par Diego dans le quartier hispanique de Sydney. C'était là que se produisaient les danseurs de flamenco et que l'on servait le meilleur vin catalan.

Il avait une bonne nouvelle à lui annoncer. Il avait retrouvé la trace de Sofia et l'avait vue le jour même avec son nouveau-né. Mais sa cousine avait catégoriquement refusé de rentrer en Espagne avec lui. Elle n'avait pas voulu croire que leur grand-mère était mourante, ni qu'il avait promis à celle-ci de lui ramener sa petite-fille. Il était dans une impasse. Il ne restait que deux jours avant son retour à Barcelone.

Felipe se sentait sur le point d'exploser. Au diable toutes ces complications australiennes ! Mais dès qu'il entra dans le cabaret, la décoration familière, la musique typique et l'odeur fruitée de la sangria l'apaisèrent.

Son regard se porta sur le danseur qui finissait son numéro. L'homme était doué, et il envia la liberté qui s'exprimait dans ses mouvements.

Lui aussi dansait. Sa grand-mère l'y avait vivement encouragé quand il était enfant, contre l'avis de son père qui trouvait l'idée ridicule. Même maintenant, à trente-six ans, il se souvenait des paroles de la vieille dame.

« Je le vois quand tu danses, Felipe. Le flamenco libère tes émotions. Ne fais pas comme ton père qui les cadenasse au fond de lui. »

Diego vint à sa rencontre.

— *Don* Felipe, dit-il en s'inclinant cérémonieusement.

Felipe sourit du ton jovial de son cousin. Ils avaient grandi ensemble, puis leurs vies avaient pris des directions différentes quand Diego, une dizaine d'années auparavant, était venu s'installer en Australie.

— Des nouvelles de *doña* Luisa ? demanda Diego, l'air grave cette fois.

Que répondre ? Qu'il lui tardait d'être de retour à Barcelone ? Mais Diego le savait déjà. Felipe préféra hocher la tête en direction du danseur qui quittait la scène à la fin du premier spectacle de la soirée.

— J'ai tellement de colère en moi que je pourrais donner des coups de talon plus forts que les siens.

— Pourquoi ne pas essayer ? Marcos serait heureux de te laisser la place et de rentrer auprès de sa femme. J'ai toujours aimé tes numéros de flamenco. Tu as une telle passion !

Diego ébaucha un geste de la main pour prévenir toute protestation.

— Je peux facilement arranger ça en deuxième partie de soirée. Et qui sait, tu rencontreras peut-être une jolie femme ce soir. Flirter, oublier tes soucis, ça te ferait du bien. Cousin, j'aimerais te voir sourire avant ton départ.

Felipe fit la moue. Une femme serait une complication dont il n'avait certainement pas besoin. Mais danser ? Au début, l'idée de se produire dans un cabaret lui parut totalement ridicule. Puis il se dit que c'était dommage, mais qu'il ne pouvait de toute façon pas se le permettre. Parce qu'il devait se comporter en fonction de son statut social ? Mais c'était justement cela qui était ridicule ! Oui, il danserait. Pour tenir son chagrin à distance, libérer sa colère et tâcher de rester entier.

Au fond, personne ne le connaissait ici et cela ferait même sourire sa grand-mère, quand à son retour il lui raconterait cette soirée.

— Tu as une paire de bottes ? demanda-t-il à Diego.

À l'heure du second spectacle, Felipe se faufila jusqu'au bar et observa l'assistance. Son regard s'attarda sur une jeune femme qui portait une étole bleue. Alors, les paroles de son cousin lui revinrent à l'esprit.

« Et qui sait, tu rencontreras peut-être une jolie femme ce soir… »

Grande, les cheveux auburn, elle dégageait une impression de sérénité, un mélange de douceur et de vivacité qui attirait Felipe et apaisait ses émotions turbulentes. Il eut le sentiment étrange qu'un lien invisible le reliait à elle, comme un prolongement de lui-même qui renforçait encore son désir impatient de danser.

Comme il la contemplait, une grande paix intérieure le gagna. Après le spectacle, si elle était toujours là, il essaierait de lui parler…

2

Cleo inspira les parfums épicés de nourriture et de vin qui flottaient dans l'air, et une chaude exaltation l'envahit. À la suite de Jen, elle s'avança à l'intérieur du cabaret Villa Rosa.

Il était 22 heures. En arrivant dans la ruelle, elle avait été charmée par l'animation vibrante qui y régnait. Partout, des hommes séduisants au teint hâlé escortaient des femmes aux yeux noirs et aux lèvres vermillon. C'était exactement ainsi qu'elle imaginait Barcelone. Or ce quartier hispanique se trouvait à Coogee, à vingt minutes seulement de chez elle.

Le petit ami de Jen était propriétaire du cabaret et chanteur de flamenco. D'emblée, il lui annonça qu'elle ne devait à aucun prix rater le danseur qui se produirait sur scène ce soir-là.

Pourquoi pas ? Elle avait envie de s'amuser, de découvrir cette culture, de rattraper le temps perdu, maintenant que son divorce était prononcé et qu'une année à son nouveau poste lui avait rendu son équilibre. Même si Jen lui vantait en permanence les mérites d'un amoureux espagnol, ce n'était pas à l'ordre du jour pour elle. Mais rêver était si agréable.

La salle était plongée dans la pénombre. Seul un mince halo de lumière éclairait le guitariste qui, sur la scène, jouait un air mélodieux.

Une serveuse arriva à leur table et remplit leurs verres de sangria. Cleo se renversa contre sa chaise avec un petit soupir. L'endroit était si exotique. Difficile de croire que c'était le lieu de travail de Diego.

Elle but une gorgée du vin épicé et desserra un peu l'étole bleu ciel qu'elle avait emportée pour se prémunir de la fraîcheur de la nuit.

Une femme vêtue de noir monta sur scène, accompagnée de Diego. Ils se postèrent chacun de part et d'autre du guitariste, et commencèrent à frapper des pieds en cadence. Puis la voix profonde de Diego monta dans la semi-obscurité.

Cleo sentit des frissons lui parcourir la nuque. Les paroles en espagnol avaient un rythme envoûtant qui pénétrait ses sens. Elle se tourna vers Jen. Celle-ci, le regard rivé sur son amoureux, semblait en extase. Il fallait reconnaître que Diego avait une très belle voix.

Cleo, n'ayant que des connaissances moyennes en espagnol, renonça à comprendre les paroles et se laissa porter par l'émotion pure de la musique et du chant, aussi enivrante que la sangria.

À la fin de la chanson, un tonnerre d'applaudissements retentit. Sur la piste arriva une jeune femme qui se mit à danser en faisant tournoyer les volants de sa robe. Elle martelait le sol de ses talons, s'accompagnant de gestes élancés des bras. Puis une femme plus âgée fit son apparition. Sa longue expérience de la danse vibrait dans chacun de ses mouvements.

Cleo était fascinée, ces artistes étaient exceptionnels.

La soirée était vraiment magique, amusante et complètement folle. Un merveilleux cadeau différé pour son anniversaire, qu'elle avait célébré simplement la veille avec Jen.

— Tu as l'air heureuse, lui glissa son amie.

— Oui. C'est fabuleux !

Le silence se fit soudain et, d'un même mouvement, les spectateurs dirigèrent leur attention vers le bar. Un homme vêtu de noir se tenait là, le dos tourné, à environ dix tables de la scène. Brusquement, il fit volte-face. Une guitare égrena quelques notes, et l'atmosphère changea du tout au tout.

Dans la pénombre, Cleo ne distinguait pas les traits de l'homme, mais il était grand, avec de larges épaules. La splendide musculature de ses bras et de son torse se devinait sous sa chemise de soie noire. Ses jambes longues et énergiques étaient moulées dans un jean noir. De hautes bottes à talons dorés complétaient sa tenue. Il était splendide de virilité.

Cleo retint son souffle. Pendant les premières mesures, il frappa le sol sans quitter sa place. Ses cheveux longs et très noirs dissimulaient son regard, jusqu'à ce qu'il relève la tête et fixe les musiciens d'un air fier. La musique s'accéléra.

À présent, Cleo distinguait son visage. Pourrait-elle jamais l'oublier ? Il avait un physique sec, comme taillé à la serpe. Il ressemblait à un animal sauvage sur le point de hurler à la lune, avec son nez droit, ses pommettes hautes et le pli rectiligne de sa bouche. Il traversa la salle dans un silence absolu, chacun retenant son souffle, subjugué par le charisme de cet homme.

Était-ce à cause de son arrogant port de tête ou de sa démarche lente et fière ? Cleo n'aurait su le dire, mais un mélange de force et de beauté se dégageait de sa silhouette en mouvement. Quand il passa à côté de leur table et gravit les deux marches qui rejoignaient la scène, elle ne put s'empêcher de fixer son postérieur ferme, moulé dans le pantalon noir.

Elle sentit sa bouche s'assécher, et des sensations primitives et peu familières l'assaillirent. *Oh ! là, là...* Que lui arrivait-il, à elle d'habitude si calme et si raisonnable ?

L'homme entra dans le faisceau de lumière dorée. Le menton baissé, les cheveux rabattus sur le visage, il se tint immobile, les pieds joints, dans une tension extrême. La guitare s'était tue.

Puis de nouvelles notes s'élevèrent et le danseur se mit à exécuter des pas mesurés avec une arrogance folle qui s'accordait magnifiquement au rythme. Il tournait, frappait le sol, virevoltait sur un rythme de plus en plus endiablé.

Cleo prit conscience qu'une histoire sans paroles s'écrivait devant elle, et une émotion poignante l'envahit, lui faisant monter les larmes aux yeux.

Le danseur enchaînait les figures, s'immobilisait en laissant son regard farouche errer sur la salle, puis il pivotait dans un mouvement sauvage et fluide. C'était tout le passé de ses ancêtres qu'il semblait convier sur scène.

Cleo était subjuguée. Cet artiste au regard ténébreux était le plus bel homme qu'elle eût jamais vu. Ses gestes impétueux et jusqu'au mouvement de ses cheveux quand il rejetait la tête en arrière avaient quelque chose d'aristocratique et de dangereusement sensuel qu'elle sentait jouer avec ses nerfs. Les battements redoublés de son cœur s'accordaient au tempo des bottes noires à talons dorés.

Haletante, elle se mordillait la lèvre. Puis son souffle se bloqua dans sa gorge quand le danseur dirigea son regard vers elle, la transperçant jusqu'à l'âme. Cela ne dura qu'un instant, mais elle poussa un soupir qu'elle n'avait même pas eu conscience de retenir. Quand avait-elle eu ce genre de pensées face à un homme ? *Oh ! là, là...* Même Mark n'avait pas déclenché pareille tornade de sensations en elle.

Elle changea de position sur sa chaise et s'efforça de sentir le plancher sous ses semelles pour évacuer la tension. Depuis son divorce, elle était peu sortie avec des hommes. Elle s'était concentrée sur son nouveau travail d'escorte médicale pour des patients qui devaient rentrer chez eux à l'autre bout du pays, voire à l'étranger. Cette activité était exigeante, mais également intéressante. Et il y avait les gardes à la maternité, qu'elle assurait occasionnellement à la demande de Jen. Il restait donc peu de place pour une vie sociale, et encore moins pour une vie amoureuse. Les seuls hommes qu'elle croisait étaient des clients ou des médecins, et, en ce qui concernait ces derniers, elle avait retenu la leçon. Elle venait de divorcer d'un médecin. De toute façon, elle ne pensait jamais à eux comme elle pensait à ce danseur de flamenco.

Il ressemblait à un matador, et ses gestes fiévreux l'ensorcelaient autant que ses prunelles ardentes, qui semblaient caresser sa peau chaque fois que son regard s'arrêtait sur elle. Elle avait l'impression qu'il la cueillait tout entière de sa main élégante et voluptueuse et elle imaginait sa belle bouche sexy sur la sienne.

Une vive chaleur enflammait ses cuisses et, les genoux serrés l'un contre l'autre, elle gesticula sur sa chaise. À présent, il la regardait chaque fois qu'il faisait face au public, comme s'il voulait ne parler qu'à elle par le biais de sa danse, et son regard impérieux lui commandait de ne pas détourner les yeux.

Elle en était incapable, se dit-elle en portant une main à sa poitrine. Quand il termina son numéro, bras écartés, dans un final époustouflant, le pouls de Cleo avait sans doute atteint le seuil de l'urgence médicale.

La lumière revint.

Un tonnerre d'applaudissements s'éleva, ponctué de vivats

enthousiastes. Bientôt, le vacarme cessa et une petite foule se leva pour entourer le danseur.

Cleo resta à sa place et exhala un soupir tremblant. Le danseur bavardait en souriant avec ses admirateurs. Au bout d'un moment, elle le vit murmurer quelque chose à l'oreille de Diego. Puis il s'éloigna à grandes enjambées, sans même un regard pour elle.

Après l'excitation qui l'avait traversée, elle sentait des picotements courir sur sa peau, et son cœur battait encore à tout rompre. Mais à cette exaltation se mêlait une sensation étrange de vide. De déception ?

Laisse tomber. C'est stupide de penser à lui...

Que s'était-elle imaginé ? Qu'il viendrait lui parler ? L'artiste avait rempli sa mission, qui était de divertir son public. Il était même allé bien au-delà du divertissement en ce qui la concernait. Avait-elle espéré qu'il veuille la connaître personnellement ?

Puis brusquement, comme si le seul fait de penser à lui suffisait à l'invoquer, sa haute silhouette se matérialisa devant elle. Il se pencha, l'enveloppant de sa chaleur et du parfum musqué de son eau de toilette. Ses yeux sombres plongèrent dans les siens, et il tendit une main élégante.

— Je m'appelle Felipe.

3

Felipe s'approcha de la table où la jeune femme à l'étole bleue était installée en compagnie de Jen, la petite amie de Diego. Mais presque aussitôt, il comprit qu'il commettait une erreur.

À quoi bon ? Il rentrerait en Espagne le lundi suivant. Pourtant, dès l'instant où il l'avait vue – où il avait senti sa présence plutôt –, elle l'avait irrésistiblement attiré.

À la fin du spectacle, il avait interrogé son cousin à son sujet. Diego lui avait répondu qu'elle s'appelait Cleo. Un nom qui lui allait bien. Cleo pour Cléopâtre, une reine.

Entre eux, c'était impossible, il le savait. Mais une petite distraction après la danse ne serait pas de refus. Il voulait lui parler, mettre un terme à cette fascination qui le poussait vers elle.

En se produisant sur cette scène, il avait déjà enfreint le code attaché à son statut social, avait ouvert son âme en public, s'était libéré de sa colère et de sa tristesse pour trouver l'espoir que la danse lui procurait. Il avait jeté au vent ses responsabilités, les émotions de ces derniers jours et jusqu'à sa propre identité. Et c'était cette femme qu'il avait vue, chaque fois que les mouvements de la danse le ramenaient face au public. Rien qu'elle.

Alors, il avait dansé pour elle. Il avait capté dans ses yeux un je-ne-sais-quoi qui l'avait touché au cœur, qui l'avait saisi, et il avait eu conscience d'une connexion entre eux.

Voilà pourquoi il se tenait à présent devant elle, la main tendue.

Elle posa ses doigts sur les siens, et il les porta à ses lèvres en inspirant son parfum. Il ferma les yeux pour mieux s'en imprégner, et un léger frisson le parcourut. Il effleura sa main d'un baiser. Elle était tiède et infiniment délicate dans la sienne, comme si c'était la place qui lui était destinée.

Oh ! il devenait ridicule !

Rouvrant les yeux, il rencontra son regard clair, d'un bleu saphir très pur. Elle avait des traits fins et un menton volontaire. Elle était belle, pas au sens classique du terme sans doute, mais son visage incroyablement attirant le fascinait.

Elle haussa les sourcils, surprise par son geste intime, et il eut brusquement une folle envie d'aller plus loin. L'enlacer et s'emplir les poumons de son odeur, pour se nourrir d'elle, comme si elle lui eût été vitale.

— Diego m'a dit que vous vous appeliez Cleo. Puis-je prendre un verre avec vous ?

Il ne donna pas son nom de famille. À quoi bon ? Entre eux, cela n'irait de toute façon nulle part.

Diego, qui les avait rejoints, leva une main en souriant comme s'il reconnaissait les faits, puis s'assit à côté de Jen. Felipe tira une chaise à lui. Une serveuse apporta une bouteille de vin pétillant et quatre verres.

Il désigna la bouteille.

— C'est du Lonia Cava, un vin catalan, dit-il à l'adresse de Cleo. Il a un goût de pêche, de melon et de pomme. J'ai cru comprendre que c'était votre anniversaire.

Elle écarquilla les yeux, faisant apparaître des paillettes dorées dans le bleu étincelant de ses iris, et il eut l'impression de se noyer dans leur profondeur.

— Oui, hier, répondit-elle d'une voix charmante.

Qu'y avait-il chez elle pour qu'il se prenne à rêver de choses impossibles ? S'il n'y prenait pas garde, il rentrerait en Espagne avec dans le cœur un mélange de désir et de regrets.

4

Cleo avait une conscience aiguë de cet homme qui dégageait une brûlante sensualité. Des images torrides déferlaient toujours dans son esprit, et elle avait toutes les peines du monde à se ressaisir.

La musique jouait de nouveau, mais en sourdine. Après avoir complimenté le danseur, Diego et Jen s'absorbèrent dans un tête-à-tête amoureux.

Se sentant un peu seule tout à coup, Cleo sourit poliment à l'inconnu.

— Merci pour le vin.

Le contact de ses lèvres sur ses doigts l'avait profondément troublée, et elle gardait sa main posée sur ses genoux. En même temps, elle se sentait ridicule.

Bon sang ! À trente ans, elle se comportait comme une vierge effarouchée. Oubliait-elle qu'elle avait été mariée ? Les sentiments qu'elle avait eus pour Mark avaient évolué lentement. Un amour aussi lent que stupide ! Rien qui ressemblât à cette sensation brute, insensée et dangereuse qui l'assaillait ce soir. Qu'avait-elle fait pour attirer un tel homme ?

Maintenant qu'il était assis face à elle, elle ressentait une irrésistible envie de vivre une folie, quelque chose de contraire à sa personnalité et hors de son univers si normal. Il aurait été tentant de se prendre au jeu de la séduction, de se laisser choyer par cet homme époustouflant et de ne pas penser qu'il la laisserait ensuite tomber.

— Vous êtes en Australie pour longtemps ? demanda-t-elle.

Car c'était la première chose à savoir, n'est-ce pas ?

— Je repars lundi.

Baissant les paupières, elle réfléchit à ce que cette réponse impliquait. Deux jours et il partirait déjà…

— C'est dommage.

Elle consulta sa montre. 23 heures. Pas encore l'heure fatidique. Pour le moment, elle se laissait emporter dans une sorte de rêve enchanté dont elle ne voulait pas se réveiller. Même s'il ne pouvait pas durer, elle le savait.

Elle but une gorgée de vin, savoura les bulles légères qui pétillaient sur sa langue. Aussi délicieux que l'homme en face d'elle.

— Merci pour ce bel anniversaire. Après ce verre, je vais devoir rentrer.

Il parut satisfait de sa réponse. Elle se sentit déçue. N'aurait-il pas dû insister pour qu'elle reste ?

Il fit un geste vers la sortie.

— Il fait chaud. J'aimerais prendre l'air. Pas vous ? Ça vous dirait de marcher un peu dans la rue ?

Oui, sa suggestion lui plaisait énormément. Une simple promenade au clair de lune, elle n'avait rien d'autre en tête – et surtout pas avec un homme qui s'en irait le surlendemain. Elle désirait passer ce moment avec lui, et se sentir vivante et canaille le temps que cela durerait. Ensuite, elle rentrerait chez elle et retournerait à sa solitude.

— Volontiers, ça me ferait du bien aussi.

Au bout de la table, les deux tourtereaux se tournèrent vers elle.

— Cleo, je me porte garant de cet individu, dit Diego en souriant. C'est un parfait gentleman. Mais peut-être préférerais-tu qu'il ne le soit pas ?

Cleo s'empourpra. Elle finit son verre de vin et attrapa son sac.

— Ce n'est qu'une promenade, répondit Felipe à son cousin.

La ruelle était très animée. Devant les *cantinas*, des gens riaient et faisaient tinter leurs verres.

— Ils ne dorment jamais ? demanda-t-elle, intriguée.

— Chez nous, la sieste de l'après-midi permet de profiter de la nuit, répondit Felipe en lui prenant la main.

Le geste la prit de court. Puis très vite, elle se laissa gagner par l'ambiance de fête qui régnait autour d'eux. Pourquoi pas, après tout ?

— Parlez-moi de l'Espagne, dit-elle en levant les yeux vers lui. Où habitez-vous ?

Un sourire heureux éclaira son visage.

— À Barcelone. La plus belle ville du monde.

— Tiens, c'est drôle. J'habite à Sydney, et c'est la plus belle ville du monde, répondit-elle en embrassant les alentours d'un geste ample.

Il rit, et elle éprouva un réel plaisir à le voir si détendu. Il avait paru si grave et si replié sur lui-même jusque-là. Le Felipe qu'elle découvrait était beaucoup plus amusant. Il balançait leurs mains jointes tout en marchant, et elle se sentait incroyablement à l'aise avec lui.

— Pourquoi ça me paraît-il si simple, alors que je ne vous connais même pas ? dit-elle en désignant leurs doigts entrelacés.

— Vous oubliez que nous nous sommes rencontrés par le biais de la danse. Je vous regardais. Quand cela arrive, quelque chose de magique se noue.

— Vous dansez depuis longtemps ?

En avait-il fait son métier ? Avait-il lui aussi un cabaret, à Barcelone ? Elle avait envie de lui poser une foule de questions, mais elle attendrait. L'impatience ne convenait pas à une si belle nuit.

— Je danse depuis toujours, dit-il pensivement.

— Vous êtes très bon.

— Très bon ? Non, je suis excellent ! répondit-il en riant.

Elle secoua la tête, amusée.

— Vraiment ? Vous n'êtes pas modeste.

Il haussa les sourcils.

— Vous connaissez beaucoup d'hommes espagnols ?

— Non. Seulement Diego.

— C'est quelqu'un de bien. Mais... Il n'est pas modeste, lui non plus, dit-il avec un sourire malicieux.

Ils étaient parvenus au bout de la ruelle. Ils empruntèrent la route qui menait à Coogee, qu'on apercevait au loin. Dans ce quartier, les balcons supérieurs des petits immeubles avaient vue sur l'océan. Des voitures passaient, enveloppant Cleo et Felipe dans le halo de leurs phares.

Elle ne pouvait s'empêcher d'admirer son compagnon chaque

fois qu'il se trouvait dans la lumière. Peut-être reviendrait-il plus tard en Australie ?

— Comment connaissez-vous Diego ? demanda-t-elle.

— Nous sommes de Barcelone.

Au lieu de livrer d'autres informations sur lui-même, il demanda :

— Vous habitez près de la plage ?

— Oui.

Il hocha la tête comme s'il avait deviné son petit jeu. Pour ce qui était des réponses laconiques, il était aussi fort qu'elle.

— Et vous vivez avec quelqu'un ?

— Je pourrais vous le dire, mais ensuite il faudrait que je vous tue.

Il salua sa boutade d'un rire franc.

— Vous me plaisez, Cleopatra.

— Cleo, s'il vous plaît. Personne ne m'appelle Cleopatra.

— Votre mère l'a fait.

— Elle se passionnait pour les reines égyptiennes, pendant sa grossesse. Je devrais sans doute m'estimer heureuse qu'elle ne m'ait pas baptisée Hatshepsout.

Il rit de nouveau. Pourquoi était-elle si contente à chacun de ses accès de gaieté ? Peut-être parce qu'elle voyait la tension disparaître de ses épaules et que les traits durs de son visage s'adoucissaient.

— Votre mère doit gagner à être connue.

— J'aimerais pouvoir le lui dire.

Il ouvrit la bouche pour répondre, et une expression de tristesse voila ses traits.

— Je suis désolé. Ma mère n'est plus là, elle non plus. Y a-t-il un mari pour Cleopatra ?

— Il y avait. Un homme imbu de lui-même qui ne fait plus légalement partie de ma vie.

Il resserra son emprise sur ses doigts.

— Désolé. Vous savez, je ne suis pas si imbu de ma personne. Je connais mes limites. Je sais danser, mais mes talents s'arrêtent là.

— Vous avez une femme ?

— Non. Au grand désespoir de ma grand-mère d'ailleurs. Personne ne me reprochera donc de raccompagner une si jolie femme dans le noir.

Il y avait longtemps qu'un bel homme ne lui avait pas fait de compliments. C'était agréable de faire semblant d'y croire.

— Merci. Mais... Vous me raccompagnez jusque chez moi ? Je pensais qu'on s'arrêterait au bas de la colline.

Une lueur chaleureuse brillait dans ses beaux yeux sombres, tandis qu'il la dévisageait en silence. Elle sentit ses joues s'empourprer.

— Votre mari était un imbécile, dit-il enfin.

— Ne parlons pas de lui.

— Ça, c'est très facile, dit-il avant de faire claquer ses doigts à la façon d'un magicien. Et voilà !

Elle sourit. Il avait un humour surprenant.

— Vous êtes à Sydney depuis longtemps ?

— Quatre jours.

Encore deux et il reprendrait l'avion ?

— Six jours, c'est à peine suffisant pour se remettre d'un si long vol, dit-elle en connaissance de cause. Il y avait une raison particulière à cette visite éclair ?

De nouveau, le regard de Felipe se perdit au loin.

— Oui.

Elle eut l'impression qu'un mur se dressait soudain entre eux. L'atmosphère s'était refroidie. L'homme au visage ténébreux qui avait dansé au cabaret était de retour. Elle comprit qu'il ne répondrait pas.

Une crainte vague la saisit. Que faisait-elle là, seule avec lui, au milieu de la nuit ? Elle s'arrêta. Les lumières de sa résidence étaient en vue. Il n'avait pas à savoir où elle vivait, n'est-ce pas ?

— Merci de m'avoir accompagnée. Je vais continuer seule.

Il secoua la tête et esquissa un sourire d'excuse.

— Je suis désolé. C'est difficile pour moi d'exprimer mes émotions. Je ne suis pas quelqu'un d'ouvert et d'expansif comme la personne que vous êtes sans doute.

— C'est un jugement un peu hâtif. Je vais rentrer maintenant. Je suis contente de vous avoir rencontré.

À la lueur d'un réverbère, elle contempla ses traits, et ce qu'elle vit l'attrista. Sur une impulsion, elle se haussa sur la pointe des pieds et lui effleura doucement les lèvres.

— Au revoir, Felipe.

Felipe inspira le parfum de la jeune femme, savoura le contact furtif de ses lèvres tendres et l'attira à lui pour marquer ce moment. Car elle avait raison, il devait la laisser partir.

En dépit de cette résolution, il captura sa bouche, attendant qu'elle s'écarte. Comme elle ne reculait pas, il glissa une main dans ses cheveux pour l'amener vers lui et, doucement, il se mit à butiner ses lèvres. À sa grande satisfaction, elle s'ouvrit comme une fleur, et il approfondit leur baiser pour percer le merveilleux mystère qu'était Cleo.

Sa douceur tiède et parfumée réchauffa le vide glacé au fond de lui. Leurs mains étaient toujours enlacées, et il sentit qu'elle lui pressait les doigts. En réponse, il l'étreignit plus étroitement.

Un long moment s'écoula, comme une parenthèse magique dans l'obscurité. Ils s'écartèrent enfin, se dévisagèrent et eurent la réponse à la question qu'ils n'avaient même pas formulée.

Ils échangèrent un sourire plein de promesses.

— Ou je pourrais faire encore un bout de chemin avec vous, dit-il en remontant ses doigts sur le poignet de la jeune femme pour sentir les battements de son pouls.

Contre toute attente, elle acquiesça. Quelques minutes plus tard, elle s'arrêta devant la porte d'entrée d'un petit immeuble.

Il entendait le bruit des vagues qui déferlaient. L'air était chargé d'une saveur de sel. Mais il respirait surtout le parfum enivrant de Cleo et la chaleur de son corps qui frôlait le sien.

Elle sortit un trousseau de clés de son sac, ouvrit la porte, puis se tourna pour lui faire face. Ce qu'elle lut sur son visage dut la rassurer, car elle se détendit manifestement.

— Voulez-vous entrer ?

— Oui, ça me plairait beaucoup, répondit-il, ignorant la voix de la raison qui le sommait de refuser.

Il la suivit, laissant son regard errer sur sa silhouette et l'arrondi charmant de son petit postérieur. Tandis qu'il montait l'escalier à sa suite, il admira ses jambes, longues et fuselées, et le balancement voluptueux de ses hanches sous sa robe claire.

Il sentit son corps se raidir, et son attirance monta en flèche. Quand ils eurent atteint le palier, son cœur battait sourdement.

La proximité de cette femme envoûtante et la promesse qu'il entrevoyait le rendaient fou.

Elle glissa un regard vers lui au moment de tourner la clé dans la serrure, mais ce fut sans hésitation qu'elle poussa la porte. Il lui emboîta le pas et referma le battant derrière eux pour l'enlacer.

— C'est complètement fou, dit-elle dans un murmure.

— Quel mal y a-t-il, entre deux adultes consentants ?

Elle soupira et agrippa le devant de sa chemise.

— Aucun. Et c'est le bon moment, car bientôt vous serez parti.

— Nous avons cette nuit. Et j'ai prévu de vous protéger, dit-il en tapotant la poche de son pantalon.

Il lut dans ses yeux sa reddition complète. Déjà, elle se blottissait contre son torse. Leurs lèvres se joignirent. Lentement, il dénoua l'étole de soie bleue et la fit glisser de ses épaules pour embrasser son cou pâle.

Demain seulement, il penserait à son départ.

5

Cleo sentit une vague de chaleur la submerger, tandis que cet homme grand et musclé qu'elle connaissait à peine couvrait sa peau de baisers. Mais, au lieu d'être nerveuse, intimidée ou même envahie de culpabilité, elle ne ressentait que du désir, et une certaine impatience.

— *Bella*, dit-il contre son cou.

Elle releva la tête et eut un choc. Ce qu'elle voyait dans ses yeux presque noirs ressemblait à de l'émerveillement.

Quand il l'avait embrassée, dehors, elle lui avait accordé sa confiance, totalement et sans raison. C'était exactement la même chose en cet instant, comme si elle entrevoyait l'homme qu'il était vraiment, et qu'elle approuvait sans réserve tout ce qu'il pourrait dire ou faire. Elle lisait aussi, dans son regard sombre, son besoin à elle d'être quelqu'un d'autre, le temps d'une nuit. Et comment expliquer cette si fulgurante connexion entre eux qui lui donnait la certitude que ce moment était sensé ? Plus tard peut-être, elle trouverait la réponse à cette question.

— Votre intérieur vous ressemble, dit-il. Vous êtes calme, accueillante et pleine de sérénité. C'est ce qui m'a donné envie de connaître votre espace.

Ses mains tièdes couraient sur elle de manière possessive, et ce contact semblait l'émerveiller autant qu'elle.

— Vous y êtes, désormais, répondit-elle.

De la paume, elle explora son torse ferme et sa belle musculature. Quelle force !

— Merci.

— Oui, vous pouvez me remercier, dit-elle en souriant. Aucun homme n'a mis les pieds ici depuis que j'ai acheté cet appartement.

Une petite flamme dansa dans ses prunelles noires.

— Je suis vraiment honoré, alors, dit-il en se penchant pour l'embrasser.

Sa bouche était tendre, puis se fit plus ferme quand elle se coula contre lui.

— N'envisagez pas de beaucoup dormir cette nuit, dit-il.

Elle sentit son cœur s'accélérer. Cet homme embrassait divinement. En même temps, la femme audacieuse en elle se dévoilait. Nouant les mains derrière sa nuque, elle l'attira à elle et leurs langues se mêlèrent. Haletante, elle prit conscience qu'un désir brûlant la traversait de part en part.

Ses pensées devenaient chaotiques. Cependant, dans un coin de son esprit, elle s'étonna de la patience de Felipe. Car ils étaient toujours habillés. Sa précédente expérience amoureuse n'avait pas inclus de préliminaires prolongés, et cette approche différente l'excitait follement.

Comme s'il devinait son attente, il la souleva dans ses bras.

— C'est la première fois qu'un homme me fait tourbillonner, lui murmura-t-elle à l'oreille.

— Vous méritez tous les égards, Cleo. J'aimerais vous apprendre à danser avec moi. Mais il y a d'autres choses que nous pourrions faire.

Quand, se délectant de sa propre audace, elle enroula les jambes autour de sa taille, il ébaucha un sourire dévastateur. Elle-même n'en revenait pas, était-ce vraiment elle ?

Tout en la regardant au fond des yeux, il s'avança d'un pas assuré dans l'appartement, comme s'il savait d'instinct où se trouvait sa chambre. Bientôt, elle sentit le montant du lit contre ses jambes.

Avec une lenteur insupportable, comme s'il voulait prouver qu'ils avaient tout le temps devant eux, il la fit glisser le long de son corps pour la reposer au sol. L'excitation qui bouillonnait en elle contrastait avec la tendresse et la patience dont il faisait preuve. Quand elle eut de nouveau les pieds à terre, ils se firent face sans un mot. Puis Felipe la fit tourner dans le cercle de ses bras pour abaisser la fermeture Éclair de sa robe. Il dégagea une épaule et effleura sa peau nue de ses lèvres chaudes. Elle ferma les yeux.

Quand il appliqua ces mêmes attentions à son autre épaule, elle sentit ses jambes flageoler.

La ramenant vers lui, il captura sa bouche, très doucement, comme s'il embrassait des pétales qu'il ne voulait pas flétrir. Touchée par sa délicatesse, elle sentit des larmes d'émotion lui piquer les yeux.

Les doigts de Felipe s'aventurèrent sous son bustier, entre ses seins. Bientôt, la robe glissa à terre dans un bruissement de tissu vaporeux.

— Vous êtes belle... Magnifique !

Sa voix était sourde, empreinte de respect et d'admiration.

À demi nue, elle redressa le menton, sa timidité envolée. Puis tout s'accéléra. Avec des gestes frénétiques, ils se déshabillèrent mutuellement pour se tenir nus l'un contre l'autre. Alors qu'ils faisaient l'amour, le clair de lune s'invita par la fenêtre, dessinant des jeux d'ombre et de lumière sur leurs corps enlacés.

Plus tard, encore haletants, ils entrèrent ensemble dans la cabine de douche pour s'adonner à d'autres jeux érotiques. Vers 3 heures du matin, épuisés, ils décidèrent de se faire du thé et des toasts.

Felipe parla à Cleo de ses origines, de son père qui avait refusé de s'occuper de lui à la mort de sa mère, de sa grand-mère qui allait bientôt mourir.

— J'avais sept ans et, comme je pleurais ma mère, il m'a dit d'être un homme et de garder mes émotions pour moi. Je suis allé vivre chez ma grand-mère, et c'est elle qui m'a poussé à apprendre le flamenco pour que je me libère de mon chagrin.

— Oh... contre l'avis de votre père ?

— Oui. La danse m'a apporté une paix intérieure. Ma grand-mère m'a tant donné, jamais je ne pourrais assez la remercier.

Cleo sentit son cœur se serrer.

— Qui va s'occuper d'elle quand sa fin sera proche ? demanda-t-elle doucement.

— Moi, bien sûr. Mais il y a un lieu de fin de vie à Barcelone, conçu comme un espace de paix et de sérénité. Une bonne maison. Mais j'en ai assez dit. Parlez-moi un peu de votre famille.

Elle raconta que ses parents étaient décédés quatre ans plus tôt dans un accident de bateau au large de Sydney et que leur disparition l'avait anéantie. Elle ne put s'empêcher d'évoquer aussi celui qui avait promis de la chérir pour toujours, mais qui l'avait abandonnée pour une autre. Suite à cette séparation, elle avait changé de carrière. Pour échapper aux souvenirs toxiques et prendre un nouveau départ.

Puis Felipe évoqua Barcelone. En l'écoutant, elle sentait un changement s'opérer en elle, comme si l'admiration qu'il lui portait pansait ses blessures et lui rappelait qu'elle était une femme désirable.

Il lui offrit la dernière bouchée de toast, puis l'emporta dans la chambre en riant, et ils firent l'amour avec un désir renouvelé. Pas une seule fois, il ne parla du matin ni du jour d'après, quand il rentrerait chez lui, et tacitement elle l'accepta.

Comme le jour se levait, Felipe s'habilla. Il déposa un baiser sur les lèvres de Cleo et, sans ajouter un mot, il quitta l'appartement.

La tristesse et la déception envahirent Cleo. Mais elle était incapable de regretter la nuit magique qu'elle avait partagée avec Felipe.

Le lundi matin, une brise froide soufflait de la mer quand Cleo poussa la porte de l'agence d'Escorte Assistance sanitaire.

En pénétrant dans le hall, elle se sentit vaguement désorientée. Mais rien n'était tout à fait normal depuis la veille, n'est-ce pas ? Et le beau Felipe s'envolait pour l'Espagne aujourd'hui. Elle n'allait plus courir à la fenêtre comme une idiote, dans l'espoir qu'il soit au pied de l'immeuble. S'il était resté, peut-être aurait-elle demandé à Jen ce qu'elle savait de lui. Car elle ne connaissait que son prénom.

Elle se ressaisit. Elle était au travail à présent, pour une nouvelle mission dont elle ne savait encore rien, à part sa destination, l'Espagne, qui l'enthousiasmait. L'Espagne ! Ce pays était décidément inscrit dans son destin, ces jours-ci.

Derrière le comptoir de la réception, Angie Peck balaya sa frange couleur châtain, et lui sourit. À la fois agent comptable, gestionnaire de crises et coordinatrice des transports internationaux, Angie alliait la gentillesse et l'efficacité.

— Bonjour, Cleo. Quel temps aujourd'hui, n'est-ce pas ! Comment appelle-t-on ce vent fort en espagnol ?

Cleo réfléchit un instant.

— Désolée, je ne vois pas.

La veille, elle avait feuilleté son manuel d'espagnol pour rafraîchir ses connaissances et découvrir le sens des mots que son beau danseur lui avait murmurés.

Angie se frappa le front.

— J'y suis ! Le *Levante*. Eh bien, nous avons un petit vent de changement pour toi, ici aussi. Ça concerne ton mode de transport.

Cleo attendit, piquée par la curiosité.

— Tu ne me dis pas de quoi il s'agit ?

— Tu sauras tout une fois à l'intérieur, répondit sa collègue en ébauchant un geste mélodramatique vers le bureau directorial. Ton calme légendaire va être apprécié.

Cleo lui jeta un regard intrigué et alla frapper à la porte du sanctuaire. Depuis près d'un an qu'elle travaillait à Escorte Assistance sanitaire, elle avait effectué nombre de transferts de patients à l'étranger : des femmes enceintes et de jeunes mamans avec leur bébé, mais aussi des clients de tous âges, malades ou blessés. Mais c'était la première fois qu'elle était convoquée au bureau préalablement à un transfert. D'habitude, on la prévenait par mail ou par téléphone, puis elle rencontrait le patient à l'hôpital. Quand on faisait appel à elle pour ses compétences de sage-femme, elle rencontrait souvent les femmes dans l'aile privée de l'hôpital, où les VIP comme Sofia Gonzalez venaient accoucher. D'ailleurs, comment allait la jeune femme ? Elle aurait pu avoir de ses nouvelles par Jen, mais elles ne s'étaient pas revues depuis le samedi.

La porte s'ouvrit, et la haute silhouette de Sir Reginald apparut.

— Ah, Cleo. Merci d'être venue, dit-il en l'invitant à prendre place dans un fauteuil.

Au lieu de s'asseoir derrière son bureau, le directeur arpentait la pièce d'un pas nerveux.

— Notre client est *don* Felipe Gonzalez.

Incroyable le nombre de Felipe qu'elle rencontrait depuis deux jours, se dit-elle. Le guichetier de la poste où elle s'était rendue juste avant de venir ici, le livreur de pizza la veille au soir avec son prénom brodé sur sa chemise, sans compter, bien sûr, le séduisant danseur avec qui elle avait eu une si brève liaison et qui l'avait quittée au matin sans un mot.

Stop ! N'y pense plus ou tu vas rougir.

— Don Felipe est le cousin de Sofia Gonzalez, dit son patron.

— Sofia ? La jeune femme dont je me suis occupée mercredi soir ?

— Exact. Elle vous a spécifiquement demandée. Elle aimerait que vous l'escortiez, elle et son bébé, jusqu'à Barcelone. C'est son cousin qui réglera le voyage. Il fait partie d'une des plus riches familles de Catalogne. *Don* Felipe a tenu à superviser lui-même toute l'organisation du transfert et vous accompagnera sur ce vol.

Cleo fronça les sourcils. Sofia n'était certainement pas heureuse de cet arrangement. Quant à elle, elle n'avait aucune envie de rencontrer ce monstre !

Sir Reginald s'installa à son bureau.

— Je crains que notre cliente ne soit très mécontente de la présence de *don* Felipe, dit-il. Maintenant qu'il l'a convaincue de rentrer en Espagne, il veut s'assurer qu'elle arrivera en toute sécurité. Il a donc insisté pour l'accompagner.

Pourquoi son patron l'informait-il avec un tel luxe de détails des circonstances de cette mission ? Devait-elle à ce point redouter ce *don* Felipe ?

— Quelles sont les modalités du transfert ? demanda-t-elle posément.

— Vous voyagerez à bord de l'avion privé de *don* Felipe.

Elle se raidit. Elle n'aimait pas l'idée d'être constamment sous l'œil de qui que ce soit, en dehors du commandant de bord, et encore moins de ce *don* Felipe qui mettait son patron, et surtout sa cliente, à cran.

— Dans ce cas, êtes-vous sûr que ma présence est nécessaire ?

— Oui. Mlle Gonzalez n'a consenti à rentrer en Espagne avec lui qu'à la condition que vous l'escortiez. Elle a décidé que personne d'autre ne lui conviendrait et elle a demandé que vous restiez les deux premières semaines auprès d'elle, si vous acceptez.

Cleo assimila l'information. Cela faisait un an que Jen la suppliait de l'accompagner à Barcelone, la ville natale de Diego. Bien sûr, elle était tentée, et encore plus depuis samedi soir, même si retrouver son beau danseur parmi les un million cinq cent mille habitants de la ville n'était pas envisageable !

— Deux semaines ? dit-elle en haussant les sourcils. Il arrive qu'on nous demande de rester un jour ou deux, mais deux semaines, ça semble excessif, non ?

Sir Reginald hocha la tête.

— Il s'agit d'un ordre exprès de *don* Felipe. Ça dépend de vous, bien entendu.

— Sofia est réticente à faire ce voyage, n'est-ce pas ?

— Oui, très.

Elle espérait que son cousin ne la forçait en aucune manière.

— Et le père du bébé ? Il sait que l'enfant va partir ?

— Il n'a apparemment plus son mot à dire. Mais je pense qu'il est au courant, effectivement.

Elle avait besoin d'y voir clair, cette histoire la mettait assez mal à l'aise. Peut-être parce que son instinct lui soufflait que quelque chose sonnait faux.

— Avant de vous donner ma réponse, j'aimerais parler à Sofia. Pour savoir si c'est vraiment son idée ou celle de son cousin si autoritaire.

Sir Reginald releva la tête, et son regard austère se fit perçant.

— Vous songez à refuser cette mission ?

— Non. Mais il y a beaucoup de choses à prendre en compte. La décision soudaine de Sofia, le vol privé, la présence du *señor* Gonzalez et le séjour de deux semaines sous la surveillance de ce despote que je ne connais pas...

— Ce n'est pas un despote, comme vous dites, répondit son patron.

Cleo se sentait de plus en plus mal à l'aise, mais sa sympathie pour la jeune mère s'était renforcée, face à ces hommes qui semblaient vouloir décider à sa place de son avenir.

— Pourriez-vous organiser une entrevue avec Sofia, Sir Reginald ?

Une lueur étrange dansait dans le regard de son patron.

— Je pense que c'est une excellente idée, compte tenu des personnalités impliquées. Je vais demander à Angie de prendre les dispositions pour ce matin. Tenez-moi informé de cette visite, dit-il en se levant.

Cleo se leva à son tour. Nul doute que le directeur réalisait une belle marge avec ce contrat, en plus des frais exorbitants que l'agence facturait habituellement.

6

Deux heures plus tard, Cleo entrait dans la chambre de la maternité en poussant un fauteuil roulant.

— Bonjour, Sofia. Comment allez-vous ?

— Oh ! je suis contente de vous voir. Merci d'être venue, dit la jeune mère en esquissant un sourire tendu.

Cleo s'arrêta devant le berceau et se pencha vers le bébé qui dormait. Sur son poignet minuscule, un bracelet indiquait « Isabella ».

— Félicitations. Elle est encore plus belle qu'à sa naissance, et vous lui avez donné un joli prénom.

Les traits de Sofia s'adoucirent.

— On dirait une poupée. Les bébés sont parfaits quand ils dorment.

— Comment est-elle quand elle est éveillée ?

— Bruyante et grincheuse quand je tarde à la nourrir. Mais quand elle tête, elle me regarde avec de grands yeux et je fonds d'amour pour elle.

Comme toutes les mères, Sofia était à la fois vulnérable, protectrice et angoissée avec son enfant. Cleo se promit de l'aider au mieux, quitte à s'opposer à son horrible cousin.

— Mon patron m'a dit que vous aimeriez que je reste deux semaines auprès de vous en Espagne ? Est-ce vraiment ce que vous voulez ? Que je vous assiste pendant votre repos post-natal ?

Sofia soupira.

— Oui. Mon cousin prétend que ma grand-mère est malade. Je ne le crois pas, mais j'ai décidé de rentrer au cas où il y aurait une part de vérité dans ce qu'il raconte. Mais pas question qu'il me tyrannise. Je déteste qu'il intervienne dans ma vie !

— La haine est une émotion très négative. Votre bébé va la ressentir, dit doucement Cleo.

Comme pour illustrer ses paroles, le bébé remua et fit entendre un gémissement de détresse. Instinctivement, Sofia posa une main sur la petite couverture.

— Vous croyez qu'elle ressent mes émotions ?

— Bien sûr. Vous êtes la personne la plus importante dans sa vie. Elle est très sensible à ce qui vous touche. Puisque je vais vous accompagner, je vous aiderai à créer une aura relaxante autour d'Isabella. Le bébé communique avec sa mère quand celle-ci est calme.

— J'oubliais que vous êtes une sage-femme *New Age*.

Cleo sourit.

— Et nous allons voyager confortablement en avion privé. Est-ce si négatif ? Vous n'aurez à vous occuper de rien.

— Non, bien sûr. C'est juste que je ne veux pas de Felipe.

Malgré l'assurance qu'elle affichait, Sofia semblait terriblement vulnérable. Cleo sentit son cœur se serrer face à cette jeune femme dont la vie était sens dessus dessous. Son cousin était un horrible bonhomme ! Comment pouvait-on séparer une jeune femme enceinte de son fiancé ? Où en était Sofia maintenant ? Difficile pour elle d'être une mère sereine, quand son univers était en miettes, qu'elle se retrouvait mère célibataire et sous l'autorité d'un cousin détestable, décidé à gérer sa vie. Sofia devait avoir l'impression de n'avoir aucun allié.

Eh bien, je serai là pour elle.

Quant au père d'Isabella, il avait disparu un peu trop facilement. Peut-être ne valait-il pas mieux que son ex-mari ? Mais là, elle s'avançait un peu.

— Considérez ce *don* Felipe comme un mal nécessaire qui vous amènera à destination en toute sécurité.

Un rire nerveux secoua la jeune maman.

— Oh ! je suis si contente que vous ayez été là pour mon accouchement.

— Moi aussi, dit Cleo avec sincérité.

Elle n'avait pas souvent l'occasion d'assurer des gardes en tant que sage-femme, et cela lui manquait. Mais elle aimait sa nouvelle activité qui lui faisait côtoyer des clients d'âges différents. Les missions étaient variées, et elle y prenait un réel plaisir. D'autant que cette occupation l'avait aidée à oublier le naufrage de son mariage.

— Les deux semaines qui viennent seront plus faciles, car votre lien avec Isabella va grandir. Je vois déjà que ça se passe merveilleusement bien entre vous.

— J'ai besoin de quelqu'un de fort à mes côtés, dit Sofia. Surtout si je dois passer du temps avec *lui*...

Elle consulta la montre élégante à son poignet.

— Il vient me chercher dans deux heures.

— Dites-moi comment se passent l'allaitement et les soins que vous donnez à Isabella. Ensuite, nous nous préparerons en vue du vol.

Une heure plus tard, et non deux, on frappa à la porte de la chambre. Sofia leva les bras au ciel.

— Je ne veux pas le voir ! Je ne suis pas prête. Ça lui ressemble bien d'être en avance !

Cleo, qui s'efforçait de calmer la jeune femme, se figea dans une horreur sans nom en voyant celui qui entrait. Car le cousin de Sofia n'était autre que *son* Felipe, le danseur de flamenco du samedi soir !

Son sang se glaça dans ses veines, tandis qu'elle tâchait de comprendre cette situation extravagante. L'homme qu'elle avait essayé d'oublier après une nuit torride traversa la chambre pour se planter devant elle.

Elle se sentit pâlir affreusement. Il n'y avait aucune trace de sourire sur ses lèvres sensuelles. Il savait ! Il s'était forcément arrangé auprès de l'agence pour l'engager elle, spécifiquement. Sans la prévenir !

— Cleo Wren, je présume. Je suis Felipe Alcala Gonzalez, le cousin de Sofia.

— Je vois.

En dépit de son humiliation, elle se félicita de ce ton détaché. Mais une vague de chaleur traîtresse montait en elle, menaçant de la submerger.

Oh ! mon Dieu ! Elle était pathétique... N'avait-elle pas suffisamment subi de mensonges et de trahisons ? Comment pouvait-elle être encore troublée par cet homme ?

Mais il était difficile de ne pas être impressionnée. Felipe portait un manteau trois quarts très élégant sur un pantalon à la coupe parfaite. Ses cheveux tirés en arrière étaient noués par un lien de cuir. Elle retrouvait l'homme ténébreux qui avait dansé avec passion. Ce soir-là, il n'avait pas fait mention de son nom de famille, ni de sa fortune. De quoi lui avait-il parlé ? Du flamenco, de son affection pour sa grand-mère, mais rien sur ses origines, sur sa vraie vie. Comment aurait-elle pu faire le rapprochement avec Sofia ?

Elle avait envie de fuir, mais Sofia voudrait savoir ce qui se passait. Aussi Cleo, s'adjurant au calme, resta-t-elle immobile, le visage impassible.

Il lui tendit la main.

Pas question ! Chaque fois qu'ils s'étaient touchés, elle avait tressailli de désir. Au lieu de serrer ses doigts, elle le regarda bien en face. Son regard sombre se plissa, et il baissa le bras en se raidissant.

À vous de jouer, don *Felipe. Je ne sais absolument pas comment nous allons nous comporter maintenant.*

Il semblait jauger la situation d'un air supérieur, tel un conquérant déterminé à remporter un nouveau territoire. Eh bien, elle ne se laisserait pas posséder, et il ne lui mentirait pas une seconde fois !

Très vite, elle rétablit ses défenses et se félicita d'avoir chassé pour de bon le désir de se lover dans les bras de cet homme. Elle avait baissé la garde, l'autre soir, mais tout cela était fini.

Il faisait semblant de la rencontrer pour la première fois. Devait-elle faire la même chose ? Mentir comme son ex-mari ? Elle détestait les mensonges ; elle détestait donc Felipe. C'était aussi simple que ça.

Ouf, quelle libération !

Cleo se tourna vers Sofia qui s'agitait sur son lit. Ses yeux bruns étincelaient d'amertume, et son expression de dépit accentuait la ressemblance familiale, désormais frappante.

— Que fais-tu ici si tôt ? dit Sofia. J'ai changé d'avis. Je reste ici !

Cleo observa les deux cousins. *Aussi impétueux l'un que l'autre !* Elle était folle d'accepter cette mission maintenant que Felipe était impliqué. En même temps, elle perçut l'angoisse de la jeune femme. Que se passait-il vraiment dans cette famille ? S'était-elle complètement trompée sur celui à qui elle s'était donnée l'autre nuit ?

— Ce n'est pas à toi de me dire de venir ou de partir, Sofia, dit Felipe d'un ton calme et assuré.

— Je ne veux pas de toi ici !

Sofia, au bord de l'hystérie, fondit en larmes. Cleo comprit qu'elle devait mettre fin à la confrontation.

— *Don* Felipe, ma cliente est bouleversée, et le bébé risque d'être perturbé, dit-elle d'un ton professionnel. J'aimerais vous parler un instant dans le couloir.

Il la regarda intensément. Puis, après un long silence, il hocha la tête et fit un geste de la main.

— Après vous.

L'intonation sardonique n'échappa pas à Cleo. Comme elle gagnait la porte, elle sentit la brûlure de son regard dans son dos, et un souvenir vivace lui traversa l'esprit. La dernière fois qu'il l'avait suivie, dans son appartement, il l'avait enlacée. Oh ! cela n'allait pas se reproduire. Aucun risque ! Elle attendit que la porte fût refermée pour faire face à Felipe.

— C'est donc vous, l'horrible cousin ?

— Mon rôle est de protéger ma famille des escrocs. C'est ce qu'était le fiancé de Sofia, répondit-il en se passant une main dans les cheveux comme s'il était exaspéré. Ce mufle avait déjà installé sa maîtresse dans l'appartement de ma cousine !

Oh ! mon Dieu !

— J'espère que vous avez mis fin à la situation ?

Il sourit, mais il n'y avait aucune trace d'amusement dans son regard, et elle frémit en voyant son air implacable.

— Absolument. L'expulsion a été rapide.

— Pourquoi Sofia doit-elle rentrer si vite en Espagne ? Elle est encore fatiguée de son accouchement.

Une immense tristesse voila les traits de Felipe, qui dissimula aussitôt son émotion sous un masque impénétrable.

— Parce que, si vous vous souvenez de ce que je vous ai dit, notre grand-mère va mourir. Avant de quitter ce monde, elle souhaite revoir Sofia et connaître son bébé. Je veux faire en sorte que son vœu soit respecté.

Elle se souvenait de tout ce qu'il avait dit ce soir-là. Sur ce point au moins, il ne mentait pas. Elle avait lu la vérité dans son regard dévasté.

Il jeta un coup d'œil impatient vers la porte avant de reporter son attention sur Cleo.

— En dépit de ce qui s'est passé entre nous, Sofia vous fait confiance. Elle est importante à mes yeux, c'est pourquoi j'ai pris des dispositions pour que vous veniez aussi. Nous devons faire avec et prétendre que la nuit de samedi n'a jamais eu lieu.

Malgré elle, elle ressentit un brusque sentiment de vide. Mais il avait raison, ce serait beaucoup plus facile comme ça et au fond ils étaient d'accord. C'était une bonne chose aussi qu'il tienne compte de Sofia.

— Quelle est la gravité de l'état de votre grand-mère ?

— Le cancer s'est généralisé, et elle ne reçoit plus que des soins palliatifs. Je pense qu'elle a seulement quelques semaines à vivre. Si elle peut aller jusque-là.

D'où sa détermination à partir aujourd'hui même.

— Nous devrions retourner auprès de Sofia et l'aider à se préparer, dit-elle.

Sans répondre, il ouvrit la porte et s'effaça pour laisser Cleo entrer. Puis il s'adressa à sa cousine :

— Ta sage-femme nous accompagnera et prendra ta défense. Es-tu décidée à partir, maintenant ?

Les yeux de Sofia brillaient de larmes, mais elle se ressaisit et redressa les épaules.

— *Sí.* Si je dois partir sans mon fiancé, je choisis au moins mon assistante.

— Ton fiancé était un sale type, Sofia.

— Pas avant que tu lui offres de l'argent pour qu'il me quitte !

Elle jeta un regard implorant vers Cleo.

— Vous voyez pourquoi j'ai besoin de vous ? Vous m'aiderez si je décide de ne pas rester en Espagne ?

— Y a-t-il une raison pour que vous ne puissiez pas partir si vous le désirez ? demanda Cleo.

— Demandez-lui.

— *Don* Felipe ? Sofia est-elle libre de quitter l'Espagne si elle le souhaite ? demanda Cleo d'un ton professionnel.

— Elle peut aller et venir comme elle veut. On n'enlève pas les gens en Espagne et on ne les retient pas non plus contre leur gré. Dès qu'elle aura vu sa grand-mère, elle décidera de ce qu'elle veut faire. Ma cousine dispose de ses propres ressources. Cependant, je préférerais qu'elle reste... jusqu'à la fin.

Le regard de Cleo navigua entre la jeune mère et l'homme qui s'était posté, les bras croisés, près de la fenêtre. Elle savait à présent qu'il pouvait se montrer impitoyable. En homme riche, il avait voulu s'encanailler avec elle sans dévoiler son identité. Elle se sentait rabaissée, humiliée, une bonne raison de se tenir à distance pendant la durée de sa mission.

— *Don* Felipe, quand comptez-vous partir ?

— Aujourd'hui, à 16 heures. Si Sofia peut être prête. Et je vous en prie, appelez-moi Felipe.

Mais quel Felipe ? Cleo sentit l'amertume monter en elle.

— Peut-être pouvez-vous nous laisser seules pour discuter des soins à apporter au bébé ? Il semble que vous ayez une heure d'avance, dit-elle en regardant sa montre.

Il haussa ses sourcils sombres. Elle lut une sorte de mise en garde dans ses traits, mais également un certain d'amusement, qui l'irrita.

— Je reviens dans une heure. Sofia m'enverra un texto si vous terminez votre discussion plus tôt que prévu. Sur le chemin de l'aéroport, nous vous déposerons chez vous pour que vous récupériez votre valise et votre passeport.

Cleo fulmina. Les besoins domestiques ou logistiques d'autrui ne comptaient pas pour lui. Certes, elle avait déjà bouclé sa valise, et il ne lui faudrait pas beaucoup de temps pour vider son réfrigérateur des denrées périssables, mais elle n'allait certainement pas lui dire cela !

— Désolée, c'est impossible. J'ai besoin d'une heure au moins.

— Alors, nous passerons vous prendre quand vous serez en mesure d'être prête, dit-il d'un ton doucereux.

Là-dessus, il sortit de la chambre en trois enjambées.

— Je déteste cet homme ! dit Sofia.

Cleo en agrippa le dossier d'une chaise. *Je pense que moi aussi.*

— Son père était un sale type, puissant, arrogant et dur. Je me suis enfuie de chez lui. Je ne pensais pas que Felipe était pareil.

— Est-il vraiment si puissant ?

— Oui, très. Notre famille a une immense fortune que Felipe gère en partie, maintenant que notre grand-mère ne peut plus s'occuper des affaires. Elle voudrait qu'il se marie. Depuis des années, elle lui présente des Catalanes de la bonne société.

Cleo refusa de s'attarder sur cette remarque.

— Et elle est mourante, d'après votre cousin.

Les beaux yeux de Sofia se voilèrent.

— C'est ce qu'il dit, mais je n'en crois pas un mot.

Cleo était d'un autre avis. Elle avait vu le visage de Felipe lorsqu'il avait évoqué sa grand-mère.

7

Felipe gagna l'ascenseur de l'hôpital et appuya d'un geste rageur sur le bouton d'appel.

Cleo Wren !

La femme qui l'avait séduit et dont il avait quitté le lit la veille... En sortant de son immeuble, il avait levé les yeux vers sa fenêtre comme un crétin sentimental ! Il était encore choqué par son propre comportement. Jeter son dévolu sur une inconnue et faire l'amour avec elle... Le plus incroyable était qu'il n'avait pu se rassasier d'elle.

Son dimanche avait été bien rempli, mais, de temps à autre, ses pensées le ramenaient vers la nuit qu'il avait partagée avec elle et, dans ces brefs moments, il avait eu follement envie de la revoir. Mais il savait dès le début qu'il ne pouvait pas rester en Australie. En prolongeant leur aventure de quelques heures, il ne lui aurait pas rendu service.

La retrouver aujourd'hui mettait ses sens en émoi et les souvenirs de leur nuit mémorable lui percutaient le cerveau. Il revoyait ses yeux d'un bleu étincelant, de la même nuance que l'étole qu'il avait ôtée pour révéler son cou pâle. Il avait l'impression qu'il venait de faire ce geste et qu'il sentait la douceur de sa peau satinée sous ses doigts. Il ne s'attendait pas à ressentir un tel choc en la revoyant. Il avait été presque aussi étonné qu'elle. Pourtant, lui savait qu'elle serait là. Il avait fait la démarche auprès de l'agence.

Quand Sofia lui avait parlé de Cleo, il avait tout de suite su de qui il s'agissait. Il ne pouvait y avoir qu'une sage-femme prénommée Cleo aux alentours. Il avait eu quelques heures pour se préparer à cette entrevue.

Mais Cleo avait refusé de lui serrer la main. Il n'était pas difficile de deviner pourquoi. Il savait qu'ils se retrouveraient et ne l'avait pas prévenue. La confiance qu'elle avait si délibérément placée en lui l'autre soir avait été ébranlée. Il le regrettait terriblement.

Poursuivre cette aventure ne ferait que les blesser tous les deux. Et mieux valait ne pas mélanger travail et vie privée. Il ne leur restait plus qu'à oublier cette rencontre d'une nuit.

Oublier ? Il faillit éclater de rire à cette pensée. Cleo avait été si douce, si délicieuse qu'il ne pourrait jamais l'oublier. Quant à prendre ses distances, ce n'était pas envisageable non plus dans les deux prochaines semaines.

De toute façon, un rapprochement entre eux était voué à l'échec. Ils vivaient à des milliers de kilomètres l'un de l'autre, et menaient des vies totalement différentes. Si Cleo tenait à être libre de ses choix, à l'inverse il avait de lourdes responsabilités auxquelles il ne pouvait se soustraire. Pourtant, l'espace d'une nuit, elle lui avait permis d'être l'homme qu'il était vraiment, plutôt que le médecin de patients en phase terminale, le cousin odieux, le directeur de nombreuses sociétés ou le chef d'une illustre famille. Avec elle, il avait pu être simplement Felipe.

Il rejoignit son chauffeur.

— Je vais à l'hôtel, Carlos. Je resterai là-bas jusqu'à ce que ma cousine appelle. Vous vous rendrez ensuite à l'appartement de Sofia et vous chargerez les bagages qui doivent déjà être prêts. Voici les clés. Ensuite, revenez me chercher.

— *Sí, don* Felipe.

Il monta dans la voiture et se renversa contre la banquette en fermant les yeux. Bizarrement, ce n'était pas la longue liste de tâches à accomplir avant le départ qui occupait son esprit, mais le désir de tenir Cleo entre ses bras.

Un quart d'heure plus tôt, il avait tout fait pour contrôler cette impulsion. Elle l'avait regardé avec détachement. Pourtant, derrière son attitude très professionnelle, il avait perçu qu'elle était blessée et en colère.

Mais il avait d'autres priorités : sa famille, son métier, ses engagements. Il n'avait pas réagi à temps en ce qui concernait Sofia. L'annonce soudaine de ses fiançailles aurait dû passer avant ses autres responsabilités. Oui, il avait failli envers sa cousine, raison pour laquelle il avait parcouru la moitié du globe pour mettre les choses en ordre.

Et par un hasard du destin, il avait rencontré Cleo...

Sa grand-mère avait insisté pour qu'il aille lui-même chercher Sofia. Il avait détesté l'idée de laisser la vieille dame alors qu'elle était si malade. Il lui avait même suggéré de faire appel à Diego pour ramener la jeune femme. Mais sa grand-mère avait été catégorique, arguant que Sofia refuserait de suivre ce dernier.

Voilà pourquoi Felipe avait consenti à ce voyage. Dans vingt-quatre heures, il serait de retour avec sa cousine et un adorable bébé qui mettrait un sourire sur le visage de leur grand-mère.

Il serait aussi accompagné de Cleo Wren, et seul le temps dirait ce que la présence de cette jolie sage-femme apporterait dans sa vie personnelle.

8

Plongées dans leur conversation sur tout ce qui touchait à la maternité, Cleo et Sofia retrouvèrent leur complicité.

La petite Isabella tétait avec avidité, mais il était difficile ensuite de la calmer. Cleo dut mettre tout son savoir-faire en œuvre pour lui donner de bonnes habitudes.

Au bout d'un moment, elle consulta sa montre et constata que l'heure que Felipe leur avait accordée était déjà presque passée.

— Sofia, vous devriez envoyer un texto à votre cousin. Plus tôt vous partirez, plus vite vous et Isabella trouverez vos marques.

La jeune femme balaya ses mèches brunes d'un geste nerveux.

— Malheureusement, je n'ai pas le choix, dit-elle avant de s'emparer de son téléphone.

Quand elle eut terminé, elle jeta l'appareil sur la table de chevet.

Cleo la regarda pensivement.

— Voulez-vous prendre une douche pour vous relaxer avant son arrivée ? Vous vous sentirez fraîche pour le voyage. Je veillerai sur Isabella.

— Bonne idée. J'en avais assez d'être en pyjama, je vais enfin pouvoir mettre des vêtements de ville.

— Parfait. Vous êtes une vraie lionne. Dès que vous serez prête, je rentrerai faire mes derniers préparatifs. Avant que votre cousin ne fonde sur moi comme un rapace !

Occupée à rassembler ses affaires de toilette, Sofia prit un air amusé.

— Un rapace ? Oui, ça lui ressemble. Je vous aime bien, Cleo.

— Moi aussi. Nous allons passer deux semaines agréables à vous installer confortablement dans votre nouvelle vie.

La jeune femme soupira.

— Du moment qu'ils n'essaient pas de me marier à un homme qu'ils jugent présentable ! C'est ce que le père de Felipe avait l'intention de faire. Si c'est le cas, je ne resterai pas.

Voyant de nouveau l'inquiétude crisper ses traits, Cleo s'efforça de la rassurer.

— Pas de souci. Vous irez vivre ailleurs, et je serai là pour vous aider.

— C'est vraiment bon de vous savoir auprès de moi, dit Sofia avant d'entrer dans la salle de bains.

Cleo espérait simplement être à la hauteur de sa tâche. Car elle redoutait de se trouver bientôt sous l'autorité d'une puissante famille d'aristocrates, dans un pays étranger, et en compagnie d'un homme qui avait été son amant le temps d'une nuit !

Pourvu que personne d'autre ne l'apprenne.

Comme Sofia réapparaissait, impeccablement maquillée et vêtue d'une robe claire, l'impressionnante silhouette de Felipe s'encadra dans l'entrée de la chambre.

À croire qu'il avait choisi ce moment pour faire son effet !

— Ah, mon chauffeur est arrivé, dit Cleo, décidée à lui montrer qu'il ne l'impressionnait pas.

À sa grande satisfaction, elle vit ses yeux sombres s'arrondir de surprise. Eh bien, tant pis si la situation désavantageuse dans laquelle elle se trouvait la rendait odieuse !

Il esquissa un sourire sarcastique.

— Non, *mon* chauffeur vous attend. Je lui ai donné votre adresse.

Elle se raidit, puis se tourna vers Sofia. Pourvu qu'elle n'ait pas entendu cette dernière phrase ! Heureusement, elle s'occupait d'Isabella qui venait de se réveiller, et ne semblait pas prêter attention à ce qui se passait autour d'elle.

Ouf...

— Nous nous reverrons tout à l'heure à l'aéroport, Sofia. Puis-je vous faire des courses ? Je sais que nous avons tout ce qu'il faut pour le bébé, mais vous désirez peut-être encore quelque chose ?

— Je vais quitter l'Australie, alors j'aimerais emporter du Vegemite et des biscuits Tim Tam en souvenir.

— Vous en trouverez à l'aéroport. Il y a une boutique…

— Nous ne traverserons pas cette zone du terminal, coupa Felipe.

— Oh ! dit Cleo avec un sourire exagéré. Je demanderai donc à votre chauffeur de m'arrêter en chemin.

— *Gracias*, Cleo, dit Sofia.

— *De nada*.

Elles échangèrent un regard complice qui n'échappa pas à Felipe. Cleo espéra secrètement qu'il se sentait exclu.

Comme elle passait, la tête haute, devant lui, il dit :

— Pendant ce temps, je vais m'assurer que les médecins ont bien autorisé Sofia à quitter l'hôpital.

Grand bien lui fasse ! Elle avait déjà pris cette précaution. Mais au moins, il ne la suivrait pas.

Exactement une heure après avoir déposé Cleo devant son immeuble, la voiture noire revint se garer le long du trottoir. Felipe Gonzalez ouvrit la portière arrière et déploya sa silhouette. En voyant son unique sac de voyage, il sembla passablement surpris.

— Vous voyagez léger.

Cleo recula comme pour vérifier que la porte du hall s'était bien refermée, mais surtout pour mettre plus de distance entre eux.

— Oui, répondit-elle. C'est une qualité très utile dans mon métier.

Le chauffeur chargea son bagage dans le coffre, et Felipe remonta en voiture. Il y avait quatre places en face à face. Sofia avec Isabella dans son siège bébé occupaient la banquette dans le sens contraire de la marche. Cleo n'eut d'autre choix que de s'installer près de Felipe. Elle faillit demander à s'asseoir à l'avant avec le chauffeur, mais cela aurait été de la lâcheté et elle se glissa finalement à l'arrière.

Une fois assise, elle concentra son attention sur Sofia.

— Vous n'avez pas eu de mal à harnacher le siège bébé ? lui demanda-t-elle.

— Mon cousin a tenu à le faire lui-même, répondit la jeune femme en soupirant.

— Ce n'est pas la première fois que je le faisais, c'est tout, dit-il tandis que la voiture démarrait.

— Ah… Vous avez des enfants, *don* Felipe ? demanda Cleo le plus innocemment qu'elle pût.

— Non.

Bien sûr, il lui avait déjà dit qu'il n'était pas marié, mais il lui avait par ailleurs caché un certain nombre de choses. Peut-être avait-il des enfants avec des femmes différentes, tout en restant célibataire ? Non, sans doute pas, se reprit-elle en souriant intérieurement.

— Isabella est très calme, dit-elle. Elle semble heureuse avec elle-même.

Contrairement à sa maman.

Car Sofia gardait une expression butée. Sans doute les deux cousins s'étaient-ils une nouvelle fois disputés.

Ils n'échangèrent presque aucune parole pendant le trajet jusqu'à l'aéroport. Le silence tendu et la proximité de la hanche de Felipe rendaient Cleo excessivement nerveuse. Être assise auprès de l'homme avec qui elle avait partagé une nuit de sexe torride la plaçait hors de sa zone de confort. Elle n'osait pas baisser les yeux, car la cuisse énergique tout près de la sienne lui rappelait leur moment d'intimité, comme ses mains longues qui avaient caressé son corps nu ou ses bras musclés qui l'avaient enlacée.

Oh ! mon Dieu ! Elle allait devenir folle…

Restait à espérer que la tension qui régnait s'apaiserait une fois en vol. Sinon, elle n'osait imaginer dans quel état de nervosité ils atterriraient à Barcelone !

Le contrôle de la douane fut une simple formalité, et ils continuèrent en voiture sur le tarmac jusqu'au jet privé. C'était la première fois qu'elle voyageait à bord d'un tel appareil.

L'équipage les accueillit chaleureusement. Cleo s'interrogea. Avait-on vraiment besoin d'elle, avec tout ce personnel en renfort ? Puis elle pensa à Sofia, qui était si vulnérable. Oui, elle serait utile à quelqu'un, finalement.

Presque immédiatement, Felipe s'éloigna vers l'avant de la cabine en déclarant qu'il les verrait plus tard. S'isolait-il pour travailler ou se reposer ? Toujours fut-il que l'atmosphère se détendit considérablement après son départ.

La nuit tombait quand l'avion décolla. Bercée par le léger

mouvement de l'appareil, Isabella était très calme. Sofia bénéficiait d'un peu d'intimité pour la nourrir et prendre quelques heures de sommeil.

Après avoir demandé à l'hôtesse de la réveiller si le bébé s'agitait, Cleo s'endormit dans le siège inclinable.

Puis il y eut la tétée, après quoi Cleo installa confortablement la mère et l'enfant sur une couchette. Toutes deux ne tardèrent pas à s'endormir de nouveau.

Cleo était nerveuse à présent et incapable de se reposer davantage. *Un thé à la menthe !* Voilà ce qu'il lui fallait.

Comme l'hôtesse n'était nulle part en vue, Cleo se dirigea vers l'avant où elle pensait trouver la cuisine de bord. Mais en écartant le rideau, elle découvrit avec surprise un petit salon circulaire.

Et Felipe.

Il releva la tête. Un éclair traversa ses yeux noirs, comme un souvenir brûlant qui disparut aussitôt.

Cleo arrangea le bandeau qui maintenait ses cheveux pour se donner un air professionnel. Mais le regard que Felipe lui lançait n'avait rien de raisonnable, et elle sentit le rouge lui monter aux joues. Avant qu'elle ait pu se retirer, il l'appela.

— Entrez. Je vous dois des excuses.

Elle n'avait qu'une envie : retourner à sa place et cacher son visage empourpré. Mais elle était en mission, et Felipe était son employeur.

Elle prit une profonde inspiration.

— Je suis venue chercher du thé à la menthe, pas des excuses.

— Toujours aussi directe. Je retrouve la Cleo que j'ai rencontrée, répondit-il d'un ton nonchalant.

— Comment sauriez-vous qui je suis vraiment ? demanda-t-elle en s'efforçant de ne pas laisser paraître son irritation. Nous nous sommes à peine parlé.

Un sourire sensuel apparut sur les lèvres de Felipe. Cleo sentit sa peau s'enflammer. L'homme facétieux qu'elle avait connu l'avant-veille était de retour, pensa-t-elle malgré elle. Des souvenirs indésirables la submergèrent, et elle crispa les poings. Elle devait rester dans son rôle.

— Votre cousine est ma cliente, et vous êtes quelqu'un d'influent ;

mieux vaut donc éviter ce genre de conversation. Je vais trouver du thé et je retourne à ma place.

Sans la quitter des yeux, il pressa une sonnette. L'hôtesse apparut immédiatement.

— Mari, voulez-vous préparer un thé à la menthe pour Mlle Wren, s'il vous plaît ?

Elle hocha la tête.

— Tout de suite, *don* Felipe.

— Asseyez-vous, Cleo. Prenez au moins votre thé ici.

Pendant qu'il la regardait ? Jamais de la vie !

Elle redressa le menton.

— Je ne mérite pas de me retrouver dans une situation désavantageuse. Je fais mon travail, et je le fais bien pourvu qu'on m'en donne les moyens.

Il se pencha, le visage grave soudain.

— Je vous présente mes excuses. Je n'ai pas voulu ça. Voulez-vous rester un moment ?

Elle réfléchit un instant et décida de s'asseoir au bord d'un des sofas. Elle était assez loin de lui, et il y avait une étagère où elle pourrait poser sa tasse de thé.

— Comment vont Sofia et le bébé ?

Il employait le ton de la conversation. Tant mieux. Peut-être étaient-ils partis du mauvais pied à cause de leurs émotions souterraines. Elle ne voulait surtout pas causer de ces scènes pénibles qu'elle détestait tant.

Elle tâcha de rassembler ses pensées.

— Stables et reposées. Elles récupèrent bien entre les tétées.

— Et vous ?

— J'ai dormi quelques heures. Votre avion est confortable et le personnel très serviable. Vous arrivez à dormir en vol ?

— Je dors peu, d'une manière générale, répondit-il avant de hausser un sourcil d'un air entendu.

Elle sentit ses joues s'empourprer. Il n'était pas difficile de deviner à quoi il pensait ! Bon sang, dès qu'elle levait les yeux, elle surprenait son regard sur elle, et il avait ce sourire suggestif qui lui mettait les nerfs à fleur de peau.

Soudain, elle laissa échapper un petit rire nerveux.

— Oh ! là là... Désolée, mais la situation est gênante.

Le sourire de Felipe s'élargit, et ses traits ténébreux s'adoucirent. Elle reconnut l'homme qui l'avait charmée l'autre soir.

— Merci de votre franchise. Vous me faites du bien, Cleo. Avec vous, j'essaie de ne pas être si sérieux.

— Puis-je vous poser une question ?

Il haussa les épaules.

— Je ne suis pas obligé d'y répondre. Mais oui, allez-y.

— Pourquoi ne pas m'avoir dit qui vous étiez et pourquoi vous étiez en Australie ?

Il resta longtemps silencieux, et elle pensa qu'il ne répondrait pas.

— Parce que j'étais quelqu'un d'autre avec vous. Et c'était si bon, dit-il enfin.

Elle se rappela son expression quand elle avait finalement décidé de l'inviter chez elle. L'air vibrant d'étincelles, comme les prémices d'une connexion entre deux êtres malmenés par la vie.

Arrête ou tu vas finir par avoir pitié de lui...

— J'ai une autre question, dit-elle vivement pour changer de sujet. Était-ce une bonne chose de séparer Sofia de son fiancé à ce moment crucial ?

— Oui, dit-il avec une moue de mépris. Outre la maîtresse que j'ai déjà mentionnée, ce type avait prélevé de l'argent sur le compte de Sofia. Des sommes importantes pour lesquelles elle n'avait pas donné d'autorisation. J'ai empêché cet homme de lui nuire davantage.

Cleo poussa un long soupir. La pauvre ! Non, Sofia avait de la chance au contraire. Elle avait une famille pour la soutenir, même si c'était de façon autoritaire. Cleo regrettait de ne pas avoir eu ses parents auprès d'elle quand son ex l'avait abandonnée sans un sou et le cœur brisé. Mais elle avait pu compter sur ses amies. Jen, en particulier.

— Parlons de nous plutôt que de Sofia.

La voix de Felipe interrompit ses pensées, et elle se raidit en percevant la dangereuse douceur qui imprégnait ses paroles.

— Ce n'est pas une bonne idée.

— Ne soyez pas embarrassée, dit-il.

À cet instant, les rideaux s'écartèrent et l'hôtesse apparut, chargée d'un plateau. Felipe se renfonça dans son fauteuil.

Cleo perçut un délicieux parfum de menthe. Une assiette de petits sandwichs et une autre de biscuits accompagnaient le thé.

— Merci beaucoup.

— *De nada*, répondit l'hôtesse.

Cleo hésita à prendre le plateau et à retourner en cabine.

— Je ne suis pas embarrassée, répondit-elle finalement en regardant Felipe en face. Comme vous le disiez, nous étions deux adultes consentants. Mais c'est du passé et il n'y a plus de consentement. Jouons la comédie. Je suis sûre que vous en êtes capable, *don* Felipe. Vous voyez une autre option ?

Il était son employeur, mais, s'il pensait qu'une fois à Barcelone elle serait à sa disposition pour assouvir ses désirs sexuels, il se trompait lourdement !

— Vous avez raison, Cleo. Mais je me demande si nous pouvons cacher ça. Quand je vous vois bouger, je ne pense qu'à ce qui se cache sous vos vêtements.

Sous le choc, elle ravala son souffle. Il leva immédiatement la main pour effacer ce dernier commentaire.

— Je suis désolé. Oubliez ce que je viens de dire. Je vous présente encore une fois mes excuses.

— Je regrette que vous soyez dans cette disposition, dit-elle avec raideur.

Mais au fond d'elle, elle devait admettre qu'elle aussi avait repensé à leur intimité. Et même souvent.

— Pour ma part, je ne regrette rien, dit-il en se levant. Sauf de ne pas avoir été plus honnête envers vous. Je vais vous laisser boire votre thé en paix.

— Merci.

Il se détourna. Sa démarche souple rappela à Cleo le numéro de flamenco torride qui avait suscité des désirs inédits en elle.

Elle regarda les volutes de vapeur qui montaient de la théière. Avait-elle bien fait de couper court à cette conversation ? Une étincelle avait jailli entre eux, une flamme rugissante plutôt, qui lui laissait un manque douloureux dans la poitrine. Mais trop de choses les séparaient, elle était bien obligée d'en convenir. Il vivait en Espagne et appartenait à l'aristocratie, alors qu'elle avait sa propre vie, à dix-sept mille kilomètres de là. Et pour couronner le tout, elle était temporairement son employée.

Mais surtout, elle avait l'intuition qu'elle risquait d'être blessée, et bien plus profondément que lors de sa rupture avec son ex-mari, si elle s'impliquait davantage avec Felipe Gonzalez.

9

Felipe s'éloigna délibérément de Cleo, par crainte de l'attirer dans ses bras et d'oublier toute retenue. En plus d'être moralement méprisable, ce comportement aurait été désastreux, compte tenu des deux semaines de proximité forcée qui les attendaient.

D'un autre côté, si Cleo s'était laissé embrasser, qui l'aurait su ? Sofia et le personnel se reposaient. Il aurait pu appuyer sur le voyant « ne pas déranger », et personne ne serait entré dans le petit salon. Une fois Cleo dans ses bras, elle lui aurait appartenu.

Un profond dégoût l'envahit soudain. C'est exactement ainsi que son père s'était comporté, se servant des femmes et les rejetant ensuite, pour son seul plaisir ou à des fins politiques. Felipe lui avait fait part de son écœurement, et ils s'étaient brouillés.

Il avait choisi une autre conduite, et la moralité était une assez bonne raison de renoncer à séduire Cleo à bord de son avion. En dépit de cette résolution, le souvenir de leur nuit torride restait gravé en lui. Ses bras gardaient l'empreinte de son corps si doux serré contre le sien, et il sentait sous ses doigts le velouté de ses cuisses et la chaleur palpitante de sa féminité…

Il prit une profonde inspiration. Jamais encore il n'avait ressenti une telle connexion avec une femme. Mais tout était fichu maintenant, parce qu'elle pensait qu'il l'avait piégée en ne lui révélant pas son identité.

Une chose était sûre : Cleo n'avait convoité ni son nom ni sa fortune, à la différence de nombre de femmes qu'il avait rencontrées. Même maintenant qu'elle savait qui il était, il était certain que sa richesse ne l'intéressait pas. Mais l'alchimie brûlante n'en persistait pas moins entre eux. Comment ignorer la sincérité de son regard quand elle avait dit : « Oh ! là là… C'est gênant », preuve qu'elle se souvenait parfaitement de leurs caresses, elle aussi ?

Il l'avait quittée, mais un inflexible destin les avait de nouveau réunis autour de Sofia. Et maintenant ? Allait-il se rapprocher de Cleo ou la faire fuir de nouveau ?

— *Don* Felipe ? Puis-je faire quelque chose pour vous ?

La voix de son chauffeur le tira de ses pensées.

— Non, merci, Carlos. Allez vous reposer. Je vais me retirer dans la suite.

Et prendre une douche froide.

10

Ils atterrirent à Barcelone sous un magnifique ciel bleu. En posant le pied sur le tarmac, Cleo goûta la brise tiède et la lumière éblouissante. Un vrai soulagement après ces vingt-quatre heures de vol en compagnie de Felipe !

Comment allait-elle supporter les deux semaines à venir ? Elle n'en avait aucune idée. Après avoir bu son thé, elle avait eu beaucoup de mal à se détendre. Pas si simple de ne pas penser à un homme avec lequel on avait partagé une intimité inoubliable deux jours plus tôt. Sa première aventure sans lendemain, en plus ! C'était sans doute à mettre sur le compte du flamenco, une danse qui avait sûrement été inventée uniquement pour susciter une excitation sexuelle chez les spectatrices.

Tout en fixant le dos musclé et les larges épaules de l'homme qui marchait devant elle en portant le cosy du bébé, elle retrouvait le souvenir de ses pas virils et arrogants qui l'avaient tant fascinée ce soir-là.

Bon sang ! Concentre-toi. Tu es là en mission. Elle se tourna vers Sofia qui surveillait de près son enfant.

Cinq minutes plus tard, ils avaient pris place à bord d'une autre limousine de Felipe, conduite par le même Carlos. Cleo regardait tout autour d'elle. Barcelone était une palette de couleurs vibrantes avec partout des parterres fleuris, des façades bigarrées, des sculptures avant-gardistes au milieu des parcs, au coin des rues. Une cité vibrant d'une extraordinaire énergie, haute en couleur, et imprégnée de soleil et de joie de vivre.

Elle espérait avoir une chance d'explorer les jardins et d'admirer l'architecture de Gaudi. Vers la fin de son séjour peut-être. Mais à force d'éviter Felipe, se sentirait-elle encore le cœur assez léger pour faire du tourisme ?

Face à elle, Sofia triturait la fine bague en diamant à son annulaire et Cleo sentit son cœur se serrer. Pauvre Sofia ! Elle ne croyait toujours pas ce que son cousin disait sur son ex-fiancé. Felipe avait donc appelé le banquier de la jeune femme à Barcelone, et elle le rencontrerait sans tarder. Ce n'était certainement pas facile pour elle de revenir ici, le cœur brisé, après s'être laissé duper. Elle qui faisait partie de l'élite, nul doute que les ragots iraient bon train.

Cleo s'éclaircit la gorge. La situation n'était pas simple pour elle non plus, même si elle n'avait pas le cœur brisé car les sentiments n'avaient aucune place dans sa relation équivoque avec Felipe. Mais tant que Sofia ignorait combien elle était troublée en présence de son cousin, surtout quand il était assis près d'elle comme en ce moment, tout irait bien.

Cleo avait vaguement conscience du regard de Felipe sur elle, mais elle feignit de ne pas s'en apercevoir et resta tournée vers la vitre. La petite Isabella dormait, et Sofia était plongée dans ses propres pensées. Aussi Cleo pouvait-elle s'absorber dans la contemplation du paysage.

Au bout d'un moment, Felipe lui toucha le bras. Parce qu'il ne supportait pas d'être ignoré ? Non sans réticence, elle se tourna vers lui.

D'une main élégante, il lui montra la vue.

— La plus belle ville du monde, dit-il avec un sourire entendu.

Oh... Ce rappel de leur première balade était un beau souvenir. Elle s'en voulut presque de lui avoir tourné le dos.

— Oui, comme Sydney, répondit-elle.

Leurs regards s'aimantèrent, l'espace d'un instant, puis elle baissa les yeux.

Un léger sourire flottait aussi sur les lèvres de Sofia, qui était penchée à l'autre portière. Tous ses souvenirs de Barcelone n'étaient peut-être pas désagréables, en fin de compte. Si les deux cousins pouvaient oublier leurs querelles, la vie serait plus simple pour tout le monde.

— Ma grand-mère habite dans le centre-ville, dit Felipe. Ma résidence se trouve dans la montagne, à Sarrià-Sant Gervasi.

— Je vais habiter où ? demanda Sofia avec une pointe d'amertume qui ruina les espoirs de paix de Cleo.

— Chez moi. Mais tu disposeras de ton propre appartement. Et ton infirmière aussi.

— Sage-femme, corrigea Cleo. Sofia n'a pas besoin d'une infirmière. Allons-nous passer devant la maison de votre grand-mère ?

— Non. *Doña* Luisa a un appartement dans le quartier d'*Eixample Dreta*, et nous ne prenons pas cette direction. Ce soir, nous pourrons peut-être lui rendre visite, si elle est assez vaillante pour recevoir des invités.

Le visage de Sofia s'assombrit, mais elle ne dit rien. À cet instant, Isabella se mit à pleurer, et les deux jeunes femmes portèrent immédiatement leur attention sur le bébé. Tout allait bien, et Cleo laissa Sofia rassurer sa fille et lui chanter une berceuse espagnole.

— Vous disiez que vous étiez déjà venue en Espagne ? demanda Felipe.

— Oui, mais pas dans cette région. J'ai escorté des patients jusqu'à Madrid et à Valence. C'étaient des clients malades qui exigeaient beaucoup d'attention, et je n'ai pas beaucoup vu le pays.

— Quand Sofia aura trouvé ses marques, vous pourrez visiter Barcelone.

Oui, peut-être. Ce serait aussi l'occasion de s'éloigner de lui ! Car elle risquait de le voir souvent en vivant sous son toit.

— Vous travaillez loin d'ici ? demanda-t-elle d'un ton posé.

— Non. L'hospice se trouve dans le centre-ville.

— Vous avez un emploi là-bas ? Que faites-vous exactement ?

— Ah, j'aurais dû vous le dire plus tôt. Je suis médecin et je dirige cet hospice. Vous avez des notions d'oncologie ?

Elle fut stupéfaite. Si elle s'attendait à ça ! L'image du danseur qu'elle gardait à l'esprit se fissura davantage encore. Et pour tout arranger, sa question la déroutait.

— Un peu, répondit-elle. Parfois, je raccompagne des clients en phase terminale chez eux. Leur confort et la réalisation de leurs vœux sont une priorité absolue.

— Merci, Cleo. Je ne devrais pas être surpris que vous pensiez cela.

— Alors, vous êtes oncologue ? Et directeur d'un hospice ?

— *Sí*. Les deux.

Et danseur de flamenco à vos moments perdus, faillit-elle ajouter. Mais Sofia risquait de l'entendre et de poser des questions.

— Les médecins et les infirmières qui travaillent en oncologie sont des personnes admirables, dit-elle à voix basse.

— Comme toutes celles qui s'occupent du début de la vie, répondit-il en souriant. Pour revenir à l'hospice, il vient d'être inauguré et porte le nom de ma grand-mère.

Il avait donc participé à la fondation de cet établissement ? Elle regarda pensivement Felipe et comprit combien il s'impliquait dans son métier. Une petite partie du mur qu'elle avait érigé entre eux s'effritait.

— Ce projet m'a pris beaucoup de temps ces dernières années. Avec la mort de mon père, les affaires familiales sont devenues ma responsabilité.

Cleo se rappela que Sofia lui avait parlé du père de Felipe, en des termes peu élogieux. Le rôle de chef de famille que Felipe avait endossé était donc tout récent.

Son expression changea, et elle perçut sa tristesse.

— Ma grand-mère s'affaiblit de plus en plus. Elle s'accroche autant qu'elle peut, mais il était nécessaire de faire revenir Sofia au plus vite.

— Désolée d'apprendre qu'elle est si mal, dit-elle, compatissante.

— Elle ne quitte presque plus son lit, mais je pense qu'elle sera contente de faire votre connaissance.

— J'accepte avec plaisir.

Il hocha la tête.

— Regardez à droite. La Méditerranée.

Consciente qu'il détournait délibérément la conversation, elle contempla le célèbre front de mer. De grands navires de croisière stationnaient dans le port ensoleillé. La mer était d'un bleu étincelant.

Ils passèrent devant d'autres œuvres d'art colorées : un visage fantastique, une main gigantesque… En face d'eux, nichée dans la montagne, s'élevait une belle église blanche qui dominait la ville. Après avoir sillonné des rues étroites, la limousine emprunta de belles avenues qui montaient en lacets vers le sommet. Les entrées des villas, à demi cachées au fond des parcs, devenaient plus majestueuses au fil de l'ascension.

Bientôt, la voiture ralentit devant l'un de ces portails imposants, et les grilles ouvragées s'ouvrirent automatiquement, révélant une allée élégante bordée d'arbres grandioses. Tout au fond se dressait une grande villa en pierre, ornée de voûtes, de balustrades et de hautes fenêtres. Elle semblait plantée au milieu des roses qui s'épanouissaient par centaines devant la façade.

La bâtisse s'élevait sur trois étages. De chaque côté de la porte d'entrée, les fenêtres en saillie étaient ouvertes et des voilages blancs flottaient au gré de la brise, comme pour saluer le retour du maître de maison. À chaque étage, les balcons promettaient des points de vue splendides sur la ville en contrebas.

Subjuguée, Cleo se tourna vers Felipe.

— Vous avez une maison magnifique !

— *Sí*. Mon grand-père l'a fait construire pour son épouse. Depuis qu'il est décédé, ma grand-mère préfère vivre en ville. J'ai donc choisi de l'habiter.

La voiture s'arrêta, et Carlos ouvrit la portière à Cleo.

— Quelle belle vue ! s'exclama-t-elle en regardant de tous côtés.

Une petite femme brune au visage mince descendit les marches du perron. Derrière elle arriva une grande blonde à la silhouette corpulente. Deux hommes portant des gilets assortis fermaient la marche. Des majordomes, des valets ? Cleo se sentit intimidée.

— *Holà*, Rosa, dit Felipe en saluant la première femme.

— *Buenos días, don* Felipe, répondit-elle en s'inclinant.

Il fit les présentations.

— Mlle Wren, voici ma gouvernante. Laissez vos bagages. Rosa s'occupe de tout.

Cleo salua en souriant et suivit Sofia qui montait les marches. Felipe leur emboîta le pas, portant Isabella dans son cosy.

Cleo était très impressionnée, jamais elle n'avait séjourné dans un tel palace. Elle en savait davantage à présent sur son amant d'une nuit, et il était évident qu'ils n'appartenaient pas au même monde.

Une fois dans le hall, elle aida Sofia à défaire les sangles qui maintenaient le bébé. La jeune mère souleva sa fille dans ses bras en souriant. Sa tension semblait avoir disparu.

— Rosa va vous conduire dans vos chambres, et Maria vous apportera du linge, dit Felipe. Je n'ai pas engagé de *mainadera*. Une nourrice, traduisit-il à l'intention de Cleo avant de s'adresser de nouveau à Sofia. Ça m'a semblé inutile puisque tu as une sage-femme à ta disposition.

Sofia fit face à son cousin.

— Tu as bien fait. Ma fille n'a pas besoin de nourrice, elle a déjà une mère ! Quant à Cleo, sache qu'elle est d'abord mon invitée.

Cleo se hâta d'intervenir :

— Je peux être les deux. Rosa, nous vous suivons.

Felipe s'excusa, expliquant qu'il enverrait un message un peu plus tard au sujet de leur visite à *doña* Luisa.

Cleo accueillit son départ avec soulagement. L'hostilité entre les deux cousins devenait insupportable.

11

Felipe regarda les deux femmes monter à l'étage à la suite de Rosa. Ce faisant, il ne put s'empêcher d'admirer les jambes fuselées de Cleo, et réprima un soupir à ce rappel de sa libido. Si l'entêtement de sa cousine l'agaçait prodigieusement, son attirance pour la jolie sage-femme le troublait bien davantage. Il n'avait pas besoin de cela !

Lorsqu'il aurait repris ses consultations, ses réunions de conseils et la gestion des affaires familiales – activités qu'il avait interrompues pour répondre à la demande de sa grand-mère de ramener Sofia –, il y verrait plus clair. Il espérait aussi que l'hostilité de Sofia s'apaiserait. Peut-être sa sage-femme aurait-elle de l'influence sur elle.

Il soupira. Il avait beau faire, ses pensées le ramenaient invariablement à Cleo. Il tressaillait chaque fois qu'il croisait son regard d'un bleu limpide. Dans la voiture, il s'était surpris à guetter le moindre de ses mouvements. Et maintenant, elle allait vivre sous son toit…

Son téléphone vibra au fond de sa poche. Il le porta à l'oreille.

— *Sí, àvia*, dit-il avec douceur.

Il écouta sa grand-mère lui poser fébrilement une foule de questions. Il y avait longtemps que la vieille dame n'avait pas eu une voix aussi animée, se dit-il en souriant. Quand elle se tut enfin, il lui fit part de son projet de visite pour le soir même. Se sentait-elle assez d'attaque pour les recevoir ? De nouveau, un flot de paroles enthousiastes lui répondit. Sa grand-mère proposa même un menu pour le dîner.

— Puis-je aussi venir avec la sage-femme australienne ? demanda-t-il. Sofia préférerait qu'elle vienne, je pense.

Comme sa grand-mère acceptait avec chaleur, il ajouta :

— Bien. Si tu es sûre que nous ne te fatiguerons pas, nous viendrons avec ton arrière-petite-fille à 19 heures pour les tapas.

12

Une main sur la rampe en bois sculpté, Cleo laissa son regard errer sur le hall spacieux et son dôme vertigineux. Elle ne pouvait gravir les marches et étudier les fresques du plafond en même temps, mais elle trouverait le temps de les admirer plus tard, elle s'en fit la promesse.

Au premier palier, Rosa emprunta un couloir à gauche, et Cleo et Sofia lui emboîtèrent le pas. Tout au fond, Rosa ouvrit une porte capitonnée et les introduisit dans un salon immense et lumineux. Les murs vert menthe et blanc contribuaient à l'atmosphère reposante et féminine.

Rosa s'adressa à Cleo dans un anglais teinté d'accent.

— Il y a trois chambres. La vôtre est à gauche, celle de l'enfant est à côté, et *doña* Sofia a la chambre de devant. Voulez-vous que j'envoie Maria pour défaire vos bagages ?

— Non merci, Rosa. Ça ira très bien.

— Dans ce cas, je vais vous commander des rafraîchissements. Désirez-vous quelque chose, mademoiselle Wren ?

— Non. Merci pour votre aide. Votre anglais est excellent.

— La mère de *don* Felipe parlait anglais, dit la gouvernante avant de sortir.

Sofia, sa fille contre elle, avait pris place dans un fauteuil. Une larme roula sur sa joue.

— Je ne veux pas être ici, dans *sa* maison, avec *ses* employés, pendant que le père de mon enfant est à l'autre bout du monde ! J'étais amoureuse de Terence, il m'aimait, m'encourageait à faire ce que je désirais. Ça, aucun membre de ma famille ne l'a fait. J'aimais aussi mon indépendance. Maintenant, je suis prisonnière dans la maison de Felipe !

— Non, vous êtes ici pour voir votre grand-mère, répondit Cleo en venant s'asseoir auprès d'elle. Sofia, vous êtes fatiguée et à bout de nerfs après ce long vol.

— Non, sans blague !

— Vous avez tout fait pour qu'Isabella supporte le voyage le mieux possible. Il faut reconstituer vos forces en vue de la soirée. Voulez-vous avancer l'heure de la tétée ? Vous pourrez vous reposer toutes les deux ensuite et récupérer du décalage horaire. Pendant ce temps, je vais défaire les bagages, dit Cleo. Et je m'occuperai d'endormir votre fille quand vous irez vous allonger.

Sofia lui adressa un sourire crispé et ouvrit le haut de sa robe afin de donner le sein à Isabella.

— Si tout se passe comme vous le dites, je me sentirai peut-être mieux.

— C'est justement pour ça que je suis là.

En fin d'après-midi, Sofia semblait reposée et de meilleure humeur. Elle confia à Cleo qu'elle possédait une maison, héritée de ses parents, à la périphérie de Barcelone, mais qu'elle était actuellement fermée et sans personnel. Cleo pensa que Felipe avait pris la bonne décision en accueillant sa cousine ici. La jeune mère se serait sentie terriblement isolée dans une maison vide.

Après ces confidences, Cleo jugea qu'il était temps de se préparer. Elle prit une douche et enfila une robe crème, facile à porter et qui pouvait s'accessoiriser d'une ceinture pour ressembler à un uniforme. Elle mit son collier en lapis-lazuli, son préféré, pour avoir un peu plus confiance en elle. La grand-mère de Sofia et de Felipe était certainement une femme très distinguée. Ils appartenaient à la haute aristocratie, et elle tenait à être à la hauteur.

— Joli collier, dit Sofia comme elle la rejoignait dans le salon où on venait d'apporter un plateau à thé.

— C'était celui de ma mère. Quand je porte du bleu autour du cou, je me sens moins timide.

— Ah, je devrais peut-être m'en acheter un pour dire à mon cousin ce que je pense de lui.

Cleo rit.

— Je pense que c'est inutile. Vous vous débrouillez très bien comme ça. Parlez-moi de votre grand-mère. Quel âge a-t-elle ?

— *Doña* Luisa a un peu plus de quatre-vingts ans. Mais on ne lui donnerait pas cet âge. Je l'aime beaucoup et je suis contente de lui présenter Isabella. Du moment qu'elle ne me tanne pas pour trouver un mari catalan ! Si elle est vraiment malade, je suis prête à m'occuper d'elle jusqu'à ce qu'elle aille mieux.

Non, la vieille dame ne guérirait pas. Pour une raison qui échappait à Cleo, Sofia refusait de le croire. Mais il ne lui appartenait pas d'entrer dans ce débat. Ce soir, Sofia verrait ce qu'il en était. Quant à la recherche d'un mari, Cleo ne savait pas comment les familles de la haute société espagnole arrangeaient les mariages et elle ne tenait pas à le savoir.

— *Don* Felipe dit que votre grand-mère décline rapidement, dit-elle prudemment. Faire la connaissance de la nouvelle génération sera sûrement un réconfort pour elle.

Sofia prit soudain peur, au point de ressembler à une petite fille.

— Nous le saurons très vite, dit-elle dans un souffle.

13

Rosa relaya un message de Felipe qui demandait à tout le monde d'être prêt à 19 heures pour la visite à *doña* Luisa.

Hélas, cinq minutes avant l'heure dite, Isabella régurgita, salissant sa jolie robe de dentelle. Sofia semblait sur le point de fondre en larmes.

— Ces choses-là arrivent, dit Cleo en épongeant le bébé. Elle a besoin d'un bain. Je vais vous aider.

— Non, je vais le faire. Descendez plutôt avertir mon cousin qu'il va devoir attendre.

Cleo se demanda qui d'elles deux avait la tâche la plus ingrate. Elle avait encore du mal à assimiler qu'elle se trouvait chez un aristocrate espagnol qui avait été son amant d'une nuit et qui continuait de nourrir ses fantasmes. Elle avait aussi l'intuition qu'elle nourrissait les siens. Comment s'était-elle mise dans cette situation ?

Réprimant sa nervosité, elle prit son sac et quitta le salon. Comme elle atteignait le haut des marches, elle vit Felipe qui l'attendait au bas de l'escalier.

Quand elle croisa son regard perçant, une vague de chaleur la submergea, et elle descendit avec précaution, craignant de trébucher et de se ridiculiser.

— *Bona nit*, Cleo.

— Bonsoir, *don* Felipe. Isabella a mis sa mère en retard. Sofia m'envoie vous prévenir et vous présenter des excuses pendant qu'elle change sa fille.

Elle s'attendait à quelque signe d'impatience de sa part, mais il ébaucha un sourire conciliant.

— Les bébés ont leur propre rythme.

— Comment savez-vous cela ?

Il haussa les épaules.

— J'ai des amis qui ont des enfants. Vous ne me croyez pas ?

— Je suis votre employée, il ne m'appartient pas de vous juger.

— Je pensais que vous étiez l'invitée de Sofia. Voulez-vous boire quelque chose en attendant ?

— Non, merci, répondit-elle.

Elle devait absolument rester en pleine possession de ses moyens.

— Vous êtes en Espagne. Ici, le vin est une institution.

— Sans doute, mais à cette heure ça ne me réussit pas.

Il n'insista pas davantage et sortit son téléphone de sa poche.

— Je vais prévenir *doña* Luisa que nous aurons un peu de retard.

Il s'éloigna de quelques pas, et elle saisit cette opportunité pour reconstituer ses défenses, tout en prétendant admirer le grand hall. Felipe pouvait se montrer charmant, ce qui le rendait irrésistible ; elle avait besoin de se protéger contre cela.

Elle observa d'abord les gigantesques colonnes de marbre qui ornaient l'espace circulaire. Puis elle alla s'asseoir sur un canapé de velours et, renversant la tête en arrière, elle admira les magnifiques fresques du dôme au-dessus d'elle. Le calme l'enveloppa enfin. Elle entendait vaguement Felipe parler en catalan, mais son attention était tout entière dévolue aux couleurs vibrantes des anges aux capes rouges et du chevalier en armure caracolant sur son cheval.

Felipe vint s'asseoir auprès d'elle et leva les yeux à son tour. Elle eut l'intuition qu'il souriait, mais il était hors de question qu'elle se tourne vers lui. Il était déjà beaucoup trop proche. Son parfum masculin lui titillait les narines, faisant surgir une foule de souvenirs intimes en elle.

— L'un de vos ancêtres ? demanda-t-elle pour surmonter son trouble.

— Oui. Un guerrier assoiffé de sang. Dans la famille, nous aimons gagner les guerres que nous menons.

— S'emparer du butin et prendre la fuite ? dit-elle étourdiment.

Elle regretta aussitôt ses paroles ambiguës et changea de sujet avant qu'il ne l'asticote.

— Votre grand-mère ne va pas vous en vouloir d'être en retard ?

— Non. « Un bébé est un bébé », c'est ce qu'elle m'a répondu.

— Elle est très patiente, comme vous. Pourquoi Sofia est-elle si remontée contre vous ? Pourquoi refuse-t-elle de croire ce que vous dites ?

— Parce que de beaux parleurs l'ont abreuvée de mensonges. Mais elle finira par apprendre la vérité.

Intriguée, Cleo se tourna vers lui au moment où il fermait brièvement les paupières.

— Je ne suis pas patient là-dessus, dit-il. Mais assez parlé de cette sotte de Sofia. Il y a un autre sujet dont je ne me lasse pas, dit-il en lui offrant cette fois un sourire dévastateur.

Ignorant les signaux de plus en plus aigus qui résonnaient dans son esprit, Cleo fixa la petite veine qui palpitait le long de sa mâchoire énergique et se retint de justesse de poser la main sur sa joue.

Une impulsion ridicule, bien sûr, mais cet homme était si beau... Le cœur battant, elle vit sa bouche sensuelle s'abaisser vers la sienne.

Au même instant, il y eut un bruit de porte au-dessus de leurs têtes, puis des pas dans le couloir. Sofia apparut en haut de l'escalier, Isabella dans les bras.

Felipe se leva d'un bond, et Cleo exhala un soupir.

— Fais attention. Nous avons le temps.

La voix de Felipe portait aisément sous la voûte. Parlait-il à Sofia ou faisait-il allusion à Cleo et à lui ? Quelle catastrophe si Sofia faisait une chute ! Ou si elle, Cleo, acceptait un baiser de Felipe, alors qu'elle travaillait pour lui...

Dès qu'ils furent installés dans la voiture, Isabella s'endormit et Sofia se renversa contre la banquette en fermant les yeux. Sans doute avait-elle besoin de se détendre avant cette visite redoutée.

Vingt minutes plus tard, la limousine se gara dans une rue commerçante, bordée de petits immeubles cossus aux façades beiges agrémentées de balcons ornementés.

L'entrée du domicile de *doña* Luisa était protégée par une haute grille. Les degrés de marbre étaient recouverts d'un tapis rouge, et de hauts piliers annonçaient un majestueux escalier.

À droite, il y avait un ascenseur à l'ancienne, digne d'un palace, avec des lambris et des cuivres rutilants. Felipe invita les deux femmes à entrer dans la cabine, puis s'y glissa à son tour et referma la grille. Au troisième étage, ils débouchèrent directement dans un hall tendu de velours rouge. Felipe poussa une double porte, et Cleo découvrit une sorte d'antichambre dotée d'une cheminée monumentale. Les murs s'ornaient de tableaux magnifiques et, un peu partout, des fauteuils semblaient attendre une horde de visiteurs.

Une femme en noir vint à leur rencontre. Elle s'inclina devant Felipe et Sofia.

— Votre grand-mère vous attend dans le salon.

— Merci, Alba. Inutile de vous déranger. Nous allons la voir maintenant.

Cleo suivit les deux cousins le long d'une galerie percée de fenêtres, où d'autres tableaux splendides et un mobilier richement sculpté étaient présentés. Ils pénétrèrent dans une belle salle lambrissée où l'œil était attiré par un splendide lustre en cristal. Cleo remarqua également les tables de marbre et le parquet en damier blond et acajou. La magnificence de cet intérieur la laissait ébahie.

Felipe traversa la pièce pour s'approcher d'une vieille dame assise dans un fauteuil.

— *Àvia*. Grand-mère, je t'ai amené Sofia et Isabella.

Cleo vit alors une petite femme aux cheveux blancs enveloppée d'un châle sombre. Une extrême fragilité se dégageait de sa silhouette.

— *Sí*, et tu aurais eu affaire à moi si tu ne l'avais pas fait.

Il y avait une note amusée dans sa voix chevrotante. Elle se tourna vers le bébé dans les bras de Sofia.

— Elle a les cheveux de sa mère.

— Et les yeux de son père, dit la jeune femme d'un ton aigre.

— J'espère que non, car les siens étaient remplis de cupidité.

— *Àvia*, murmura Felipe. Sofia est bouleversée.

— Et moi, je suis âgée et il me reste peu de temps pour dire ce que je pense. Et qui est cette jolie personne ?

— La sage-femme dont je t'ai parlé. Cleo Wren.

— C'est un plaisir de vous rencontrer, *doña* Luisa, dit Cleo en s'avançant.

À présent, elle distinguait le teint jaunâtre de son visage ridé, et ses yeux éteints. Oui, cette femme était terriblement malade.

— Miss Wren, mon petit-fils m'a dit que vous aviez beaucoup d'expérience auprès des personnes malades, éloignées de chez elle.

— Absolument. Je les aide à rentrer en toute sécurité auprès de leur famille. Les gens ont tant besoin de leurs proches, dans ces moments-là.

— Je vous suis reconnaissante d'avoir accompagné Sofia jusqu'ici.

— *Don* Felipe a pris toutes les dispositions.

Le regard de la vieille dame passa de l'un à l'autre, et une petite lueur apparut dans ses yeux fatigués.

— Oui, c'est ce qu'on m'a dit. Vous êtes une jeune femme de bon sens.

Puis, regardant Sofia, elle ajouta :

— Mais toi, ma petite-fille... Pardonne-moi, mon enfant. Tu as souffert. J'ai oublié combien il est douloureux d'avoir des sentiments forts pour un homme.

Elle s'adressa de nouveau à Felipe :

— Quant à toi, mon cher garçon, tu passes trop de temps à donner aux autres ; j'aimerais te voir t'occuper davantage de ton propre bonheur.

D'un bras maigre, elle désigna les fauteuils vides.

— Asseyez-vous donc. Sofia, viens près de moi et parle-moi de ta petite fille. Elle est vraiment belle.

C'était pour cela qu'ils avaient fait ce voyage, se dit Cleo en relâchant enfin la tension qui la submergeait. Pour que cette vieille femme malade ait la joie de connaître son arrière-petite-fille. Comme Sofia s'asseyait auprès de son aïeule, son bébé dans les bras, Cleo se mit en retrait, sans savoir que Felipe s'était reculé lui aussi et qu'il se trouvait derrière elle en train de servir du vin. Elle faillit le heurter et se décala pour mettre de la distance entre eux.

— Vous êtes sûre que vous ne voulez pas goûter le Cava de ma grand-mère ? demanda-t-il à voix basse.

Cava ? Comme Lonia Cava, ce vin au goût de pêche, de melon et de pomme ?

C'étaient les premiers mots que Felipe lui avait adressés, après avoir prétendu être danseur. S'en souvenait-il ?

— Quelqu'un m'en a fait goûter une fois déjà, répondit-elle d'un ton détaché.

Il fronça légèrement les sourcils, avant d'expliquer :

— Il ne peut pas être produit ailleurs qu'en Catalogne. Ma grand-mère l'achète à un restaurateur local qui le fait lui-même.

— Alors, juste un doigt, s'il vous plaît.

Il prit un nouveau verre et en versa une petite quantité.

— Venez, allons nous asseoir près de la fenêtre. Nous bavarderons en admirant la vue, dit-il en désignant deux grandes bergères séparées par une table basse.

Elle alla prendre place et regarda la rue, baignée d'une lumière douce et apaisante.

— Êtes-vous bien installée chez moi ?

Elle se tourna vers lui.

— Oui, merci. C'est parfait. Votre grand-mère vous adore, n'est-ce pas ?

Il hocha la tête et jeta un regard affectueux et plein d'un profond respect vers *doña* Luisa. Puis, d'un haussement d'épaules, il balaya son émotion.

— Ma chère *àvia* et moi avons passé beaucoup de temps ensemble. Et vous ? Votre enfance a-t-elle été heureuse ?

Elle se souvint qu'en Australie, cette nuit-là, ils avaient parlé de leur vie respective, sans entrer cependant dans les détails. Ils avaient eu conscience qu'ils n'auraient pas le temps d'approfondir cette rencontre. Pourquoi voulait-il le faire maintenant ? Qu'est-ce qui avait changé ?

— Oui, mes parents étaient assez heureux, mais l'argent manquait chez nous. Plus tard, j'ai travaillé dur pour m'assurer quelques économies.

— Une femme de bon sens ? J'avoue que je ne connais pas beaucoup de femmes économes.

— Oh ! mon pauvre ! dit-elle, ironique. Je suis prudente. Enfin, en général...

Consciente d'en avoir trop dit, elle huma l'arôme fruité du vin et en but une gorgée.

— Très agréable. Maintenant, parlez-moi de *doña* Luisa.

— À la mort de son mari, il y a de nombreuses années, ma grand-mère a repris l'empire familial, qu'elle a cédé à ses trois fils dès qu'elle l'a pu. Elle a connu de nombreux deuils dans sa vie. Aujourd'hui, elle n'a plus que moi, Sofia et Isabella comme famille. Et des cousins éloignés, comme Diego.

Ah, Diego était son cousin ? Décidément, elle allait de surprise en surprise. En tout cas, vu le luxe qui les entourait, elle n'avait aucun mal à croire que les Gonzalez étaient à la tête d'un empire.

— Ma grand-mère était une femme d'affaires avisée qui avait beaucoup de relations, dit-il. C'est par l'une d'elles qu'elle a découvert que Sofia avait des ennuis.

— Je vois qu'elle est très malade, dit Cleo à voix basse. Vous m'avez dit que vous vous occuperiez d'elle. Va-t-elle revenir chez vous ?

— Elle a refusé. Mais, Dieu merci, elle envisage d'aller s'installer dans le nouvel hospice quand elle aura besoin de soins constants.

Le téléphone de Felipe se fit entendre, et il se leva en s'excusant. Après une rapide conversation, il rejoignit la vieille dame.

— *Àvia*, je dois me rendre à l'hospice. J'en ai pour une heure, pas plus. Peux-tu rester debout si longtemps ?

— Je ne suis pas encore morte, Felipe. Emmène la jeune sage-femme avec toi et fais-lui les honneurs de l'établissement. Ça l'intéressera davantage que de rester dans un coin à nous regarder bavarder. Montre-lui ce qui fait ta fierté.

— Qu'en pensez-vous, Cleo ?

Il ne faisait que se conformer au vœu de sa grand-mère, se dit-elle, embarrassée. Il n'avait aucune envie de l'emmener.

— Si vous êtes sûr que ça ne gênera personne…

— Pas du tout. Qui s'en plaindrait ?

Elle ne put s'empêcher de sourire à son arrogance.

— Personne n'oserait certainement.

Ensemble, ils prirent l'ascenseur. Quand ils débouchèrent dans le hall, elle dut accélérer le pas pour se maintenir à sa hauteur. Felipe Gonzalez était pressé et déterminé.

Le chauffeur leur ouvrit la portière arrière.

— Où se trouve cet hospice ? demanda-t-elle quand la voiture démarra.

— À dix minutes d'ici. Un des patients me demande. C'est un de mes meilleurs amis, je ne peux pas refuser.

— Cela a dû être difficile de vous absenter pendant toute une semaine pour aller en Australie. En tant qu'oncologue et médecin chef, vous devez être très sollicité.

— Oui, mais personne n'est irremplaçable. Mon départ a seulement causé davantage de travail à mes collègues, qui ont déjà un emploi du temps chargé. Parfois, *doña* Luisa oublie que je suis très occupé. Mais elle a eu raison de me charger de récupérer Sofia plutôt que d'envoyer quelqu'un d'autre.

Sachant combien il aimait sa grand-mère, Cleo n'était pas surprise qu'il fût parti. Elle commençait à croire qu'il n'était pas l'ogre que Sofia lui décrivait avec tant de véhémence.

— Je suis constamment à la recherche de personnel compétent, dit-il. Pourquoi perdre votre temps à escorter des personnes convalescentes d'un pays à l'autre ? Votre gentillesse serait la bienvenue ici.

Son commentaire lui réchauffa le cœur et la déstabilisa. Comment en était-il arrivé à cette conclusion, lui qui la connaissait depuis si peu de temps ? Mais cela lui plaisait, de l'écouter parler de son travail.

— C'est vrai qu'il y a des similitudes entre nos deux carrières, dit-elle. C'est intéressant parce que j'avais pensé me spécialiser en oncologie quand j'ai quitté mon poste de sage-femme.

— Je vous imagine très bien dans ce service, occupée à réconforter ceux qui partent et leurs familles qui leur disent adieu.

— Je n'ai jamais vécu ce genre d'expérience.

— Cleo, je ne suis pas sûr que vous compreniez bien ce qu'est ce centre. Ce n'est pas seulement un hospice pour les vieillards et les infirmes, mais un lieu pour tous ceux qui, du nourrisson à l'adulte, sont condamnés par la maladie. Il s'agit d'un environnement de beauté et de paix pour mieux quitter ce monde.

Elle se raidit. Parlait-il d'euthanasie ? Il dut lire son interrogation sur ses traits, car il répondit :

— Rien à voir avec une certaine clinique en Suisse. C'est un endroit de calme, de confort, de consolation pour que la vie suive son cours jusqu'à son terme. Avec un soutien incomparable. Mais j'ai besoin de quelqu'un qui sache répondre aux attentes des patients en montrant autre chose qu'une froide compétence. Mes collègues sont remarquables, mais certains devraient apprendre la compassion.

La voiture s'arrêta bientôt devant un grand bâtiment blanc, au bout d'une allée de rosiers en pots. Sous le porche de l'entrée, une plaque discrète indiquait : *Hospicio Luisa*.

À l'intérieur, Cleo découvrit un hall incroyablement chaleureux avec un sol en mosaïque et des murs bleu pâle où couraient des branches argentées, comme un arbre vivant. Une fontaine faisait entendre un doux clapotis. Il y avait aussi beaucoup de fleurs, leur parfum embaumait l'air. Jamais on ne se serait cru dans un établissement hospitalier.

Derrière le bureau en marqueterie qui tenait lieu de réception, une femme leur sourit.

— Bonsoir, Elisheba, dit-il. Voulez-vous demander à l'infirmière chef de me rejoindre dans l'appartement de Raymond ?

— Tout de suite, *don* Felipe.

Cleo découvrait avec surprise une autre facette de cet homme énigmatique. Le danseur ténébreux, le chef de famille autoritaire et le petit-fils dévoué s'effaçaient pour faire place au médecin respecté.

Ils prirent l'ascenseur, s'arrêtèrent au troisième étage. Ce niveau aussi était joliment décoré, avec des teintes douces et des fleurs. Chaque fois qu'ils croisaient un membre du personnel, les échanges étaient chaleureux. Felipe connaissait chaque personne par son prénom et demandait des nouvelles de la famille. Il était manifestement très admiré.

Comme ils traversaient diverses salles, Felipe s'arrêtait pour demander l'avis de Cleo, ses impressions, et elle ne pouvait que souscrire à l'attachement qu'il portait à son hospice.

Au bout du couloir, il frappa à une porte sur laquelle était indiqué : *don* Raymond Ruiz.

Une voix faible les invita à entrer. De grandes fenêtres occupaient deux côtés de la pièce. Le papier peint qui couvrait le mur du fond représentait une forêt tropicale. L'homme couché dans le lit était maigre et très pâle. Il était jeune aussi, à peu près du même âge que Felipe, et déjà condamné par la maladie. Mais, en dépit de sa faiblesse, ses yeux se mirent à pétiller en les voyant.

— Quelle est cette belle personne que tu viens me présenter, Felipe ?

Felipe lui serra la main avec chaleur.

— Bonsoir, Raymond. Voici Cleo Wren, sage-femme et escorte médicale qui vient d'Australie. Elle accompagne ma cousine Sofia qui rentre de Sydney avec son nouveau-né.

— Ravi de vous rencontrer, Cleo.

Son regard navigua de l'un à l'autre avec une expression malicieuse. Cleo le trouva immédiatement sympathique.

— Enchantée, *don* Raymond.

— Juste Raymond, dit-il en souriant.

À cet instant, un léger coup fut frappé à la porte et une infirmière entra.

— Vous m'avez appelée, *don* Felipe ?

— Oui, Maya. Je vous présente Cleo Wren, de Sydney. Voulez-vous lui faire visiter notre établissement pendant que je parle avec Raymond ?

— Avec plaisir. Nous sommes tellement fiers de travailler ici.

— Cleo, j'aimerais connaître votre avis sur l'établissement, dit Felipe.

Elle acquiesça et, soulagée de ne pas gêner sa conversation privée, suivit l'infirmière.

Lorsque Cleo revint une demi-heure plus tard, elle avait appris plusieurs choses. En interrogeant Maya, elle avait découvert que Felipe réglait une grande partie des dépenses de l'hospice sur ses fonds personnels, mais aussi qu'il se rendait disponible jour et nuit pour les patients, les soignants, et qu'il recevait en plus les familles.

Une fois de plus, elle avait admiré l'agencement des logements où tout, jusque dans le moindre détail, avait été conçu pour le bien-être des malades.

Vers la fin de la visite, elle ne put s'empêcher de poser une dernière question à Maya :

— N'est-ce pas très coûteux pour les malades ?

— Ça dépend, répondit l'infirmière. Finir ses jours ici coûte le même prix qu'à l'hôpital public pour ceux qui n'en ont pas les moyens. Pour les autres, c'est effectivement très cher. L'idée est de recevoir ici tous les malades quelle que soit leur classe sociale.

— Avez-vous suffisamment de personnel ?

— Presque. Les entretiens d'embauche sont très pointus. Nous recherchons des professionnels répondant à des critères très précis. Nous soignons ces malades pendant peu de temps, mais c'est un moment fort de leur vie et nous ne voulons pas engager la mauvaise personne.

Cleo hocha la tête, touchée par sa sincérité.

— Je suis complètement d'accord. Merci d'avoir pris le temps de me montrer l'hospice.

— J'ai rarement cette chance, répondit Maya en la regardant avec curiosité.

Cleo comprit que sa présence l'intriguait. Que pouvait-elle répondre ? Qu'elle était là suivant le souhait de la grand-mère de son patron ? Ce n'était pas une bonne idée.

Quand elles revinrent dans la chambre de Raymond, Felipe tenait l'épaule de son ami. Les deux hommes échangèrent un long regard.

— Au revoir, Raymond.

— Trouve le bonheur, mon ami.

Cleo, consciente de la solennité du moment, eut du mal à déglutir. Maya, manifestement triste, attendit d'avoir l'attention de Felipe pour demander :

— Y a-t-il autre chose que je puisse faire ?

— Tenez-moi régulièrement au courant, répondit-il, les traits si sombres que Cleo voulut lui prendre le bras pour lui offrir son soutien.

Son ami était mourant mais faisait preuve d'un calme et d'une sérénité qu'elle avait rarement vus.

— Cleo ? dit celui-ci d'une voix fatiguée.

Il lui faisait signe d'approcher. Elle s'avança et se pencha vers lui.

— Faites sourire mon ami, dit-il d'une voix faible. Quelqu'un doit lui faire perdre cet air sérieux.

Elle l'embrassa sur la joue et dit très doucement :

— Promis.

Plus que jamais, elle voulait apprendre à connaître Felipe, celui que tous appréciaient et admiraient. Au risque de tomber sous son charme...

Raymond se détendit et ferma les yeux. Un sourire flottait sur ses lèvres pâles.

— Allons-y, dit Felipe en lui touchant le bras.

Maya s'était retirée, et ils laissèrent Raymond seul dans sa chambre. Était-ce une illusion d'optique ? Comme Felipe refermait la porte, Cleo eut l'impression qu'un rayon doré s'échappait de la forêt tropicale sur les murs pour inonder la pièce.

Une fois dans la voiture, qui démarra aussitôt, Felipe se tourna vers la vitre.

Cleo posa une main sur son bras. Il reporta son attention sur elle, et elle sut, à son visage impassible, qu'il avait pris le temps de dissimuler sa détresse.

— Qu'avez-vous pensé de ma clinique ? demanda-t-il.

— C'est un endroit magnifique, parfait pour les malades en fin de vie qui aspirent au confort et à la tranquillité. Votre personnel est très fier des services offerts, à juste titre. Ils sont très fiers de vous.

Il balaya cette remarque d'un geste.

— Acceptez-le, dit-elle. De toute évidence, vous méritez leur respect et leur admiration.

Elle pensa à Raymond, qui était beaucoup trop jeune pour mourir. Mais il n'y avait malheureusement pas d'âge pour quitter la vie.

— Je suis désolée pour votre ami. Il m'a dit de vous faire sourire.

Cette fois, Felipe secoua la tête et un léger sourire détendit ses traits.

— *Ah !* Voilà, comme ça, dit Cleo sur un ton plus léger. Vous êtes de nouveau vous-même.

— Mais qui suis-je vraiment, Cleo ? demanda-t-il d'une voix sexy.

Elle se posait la même question. Quelle facette de cet homme énigmatique le représentait le mieux ? Le *don*, le danseur ou le médecin ?

Il l'enveloppait d'un regard sombre et dangereux. Elle déglutit avec peine. Elle était folle de lui répondre, mais elle décida de le faire quand même. Pour respecter la promesse faite à Raymond.

— Le danseur de flamenco.

Comme elle l'avait prédit, son sourire s'élargit et il prit sa main dans la sienne. Doucement, il la porta à ses lèvres et déposa un baiser sur la peau sensible de son poignet. Un long frisson sensuel la parcourut.

— Je pourrais sûrement vous montrer cet homme-là, dit-il dans un murmure.

La voiture s'arrêta soudain. Ils étaient arrivés. Elle eut toutes les peines du monde à détourner les yeux pour chercher la poignée de la portière.

Dans l'appartement de *doña* Luisa, Cleo s'efforça de dissiper le brouillard sensuel que les paroles de Felipe avaient levé dans son esprit.

— Venez, appela la vieille dame. Nous allons demander les tapas.

Ce repas espagnol constituait une excellente diversion au choc émotionnel de la visite à l'hospice, et de la conversation dans la voiture. Le Felipe qu'elle avait entrevu à cette occasion était dévoué aux autres et si soucieux de leur confort qu'elle en était certaine à présent : il ne voulait que le bien de Sofia.

Elle avait besoin de mettre un peu de distance entre eux pour se concentrer sur sa mission au lieu de penser uniquement à lui.

Heureusement, pendant leur absence, Sofia et sa grand-mère semblaient s'être réconciliées. La jeune femme souriait en aidant la vieille dame à quitter son fauteuil. Quant à Isabella, elle dormait paisiblement dans un magnifique et très ancien landau qui trônait au milieu du salon.

14

Felipe posa une main dans le creux du dos de Cleo pour la guider vers la salle à manger. Vivement, elle esquiva son contact comme une biche effarouchée. Sa réaction le fit sourire. Plus tôt, dans la voiture, il avait retrouvé la Cleo souriante et enjouée qui avait assisté au spectacle de flamenco et qui l'avait séduit. Cette Cleo-là avait disparu lors de leurs retrouvailles à la maternité.

Elle marchait rapidement pour augmenter la distance qui les séparait et, dès qu'ils entrèrent dans la salle à manger, elle s'éloigna promptement de lui. Felipe alla aider sa grand-mère à prendre place.

— Tu la surveilles tout le temps, je vois bien ton regard, dit malicieusement la vieille dame à voix basse. Moi qui pensais que tu n'aimais pas les Australiens.

Felipe jeta un coup d'œil furtif en direction de Cleo pour s'assurer qu'elle n'avait pas entendu. Mais elle était occupée à admirer le landau avec Sofia.

— *Àvia*, tu me taquines. Je n'ai rien contre les Australiens, voyons. À part ce Terence, l'ex-fiancé de Sofia. Et Cleo est chargée d'accompagner Sofia et Isabella.

— Et c'est tout ? Pas d'attirance entre vous ? Tss, tss… Mon garçon, j'ai encore des yeux pour voir.

Il se raidit. Des yeux ? Parlait-elle des siens ? Il espérait sincèrement qu'aucune connaissance de *doña* Luisa ne l'avait épié en Australie.

— Tu te trompes, *àvia*.

Sa grand-mère rit, puis elle fut secouée par une quinte de toux.

— Tu as changé depuis ton retour, mon garçon, dit-elle en recouvrant son calme. Je découvrirai pourquoi, et nous en discuterons.

Là-dessus, elle appela Sofia en tapotant le siège auprès d'elle.

Il n'y avait rien à discuter, pensa Felipe. En attendant, le plan de table décidé par sa grand-mère le plaçait auprès de Cleo. À quoi jouait sa chère *àvia* ?

Heureusement, on apporta les plats, et il put feindre de s'intéresser aux délicieuses préparations, même si les paroles de sa grand-mère tournaient en boucle dans sa tête. Elle avait remarqué son attirance pour Cleo, ce qui n'aurait pas dû le surprendre. Elle avait toujours eu beaucoup d'intuition. Allait-elle aussi interroger Cleo ? La jeune femme démentirait, c'était certain.

Il reporta son attention sur sa cousine. *Doña* Luisa l'avait eue à l'œil elle aussi, et heureusement. Il s'en voulait terriblement d'avoir laissé Sofia se fourrer dans une situation désastreuse. Il aurait dû s'occuper d'elle après la mort de son père, qui avait été son tuteur.

C'était bizarre de penser que l'intervention de leur grand-mère lui avait fait rencontrer la femme assise près de lui. Elle infiltrait tous ses sens, à la manière du parfum subtil qu'elle portait. Il avait une conscience aiguë de ses moindres gestes et il revit le hochement de tête approbateur de Raymond quand il lui avait présenté Cleo.

Oui, Cleo était une belle personne, mais, s'il était raisonnable, il devait garder ses distances. Il avait suffisamment de soucis sans en plus entamer une relation avec une femme qui repartirait à l'autre bout du monde dans deux semaines.

Le début du repas se passa en silence. Puis il remarqua que Cleo mangeait peu.

— Vous n'aimez pas la nourriture ?

— Oh ! c'est délicieux, dit-elle d'un ton légèrement crispé. Le problème, c'est que je ne connais pas la moitié de ces aliments.

— Des poivrons verts, dit-il en les montrant du doigt. Rôtis avec une pointe de noix de coco.

— Ce ne sont pas des piments ? Oh ! je suis soulagée. J'avais peur de me tromper.

Il la regarda se servir et goûter lentement les différentes entrées. Elle avait une expression sérieuse et concentrée, comme si elle mémorisait les goûts divers pour les cataloguer.

Il ne put s'empêcher de sourire. Elle était charmante, et il n'y avait aucun mal à profiter de sa compagnie le temps qu'elle resterait ici. Il désirait tellement la voir rire, comme ce soir-là à Sydney.

— D'où vient la tradition des tapas ? demanda-t-elle.

Sa curiosité le charmait, et il s'empressa de la renseigner.

— Le mot désigne un couvercle. Une petite assiette qu'on posait sur les verres de bière pour protéger la boisson des insectes. On raconte qu'un cabaretier a eu un jour l'idée de déposer un morceau de jambon sur la soucoupe. Les clients ont été ravis de le déguster en même temps que leur bière. Puis on a commencé à mettre plein d'autres bonnes choses dans l'assiette. Un des symboles de la culture espagnole était né. Les meilleures tapas se mangent évidemment à Barcelone.

Cleo rit et secoua la tête.

— Évidemment, vous pensez que les meilleures choses se passent ici plutôt qu'à Sydney. Et ça, qu'est-ce que c'est ? demanda-t-elle en pointant un amuse-bouche du doigt.

— Du magret de canard fumé aux figues fraîches, garni de miel et de romarin. Mon préféré. Là, du filet de porc ibérique aux poires...

Soudain, un crissement de pneus se fit entendre, immédiatement suivi d'un choc effroyable. Felipe bondit de sa chaise et se précipita à la fenêtre.

Dans la rue d'ordinaire paisible, c'était le chaos. Les tables et les chaises du café d'en face avaient volé en tous sens, et une voiture était encastrée dans l'entrée de l'établissement.

Alba apparut.

— Appelez les secours, lui dit-il. Je descends voir si je peux aider.

— Je viens avec vous, dit Cleo.

Le premier réflexe de Felipe fut de refuser. Mais elle avait une excellente formation médicale, et il aurait besoin d'aide en attendant l'arrivée de l'ambulance. Et surtout, Cleo était une personne calme qui gardait son sang-froid en toutes circonstances.

— Merci, répondit-il.

Il décida qu'ils prendraient l'escalier pour être sur place plus rapidement. Elle acquiesça, et il nota qu'elle portait des chaussures à talons plats. Cleo était une femme à l'esprit pratique, encore un aspect de sa personnalité qu'il appréciait. Et en cela, elle était fort différente de toutes les femmes sophistiquées que *doña* Luisa s'évertuait à lui présenter depuis des années.

Arrivés au rez-de-chaussée, ils coururent dans la rue où les badauds commençaient à s'attrouper. Felipe se fraya un passage.

— Je suis médecin, dit-il d'une voix forte. Y avait-il du monde en terrasse ? Des personnes ont-elles été projetées en l'air ? Des blessés en dehors des occupants de la voiture ?

— Non, juste le couple à l'intérieur du véhicule, répondit quelqu'un.

Felipe laissa échapper un soupir de soulagement. *Dieu soit loué !* Un peu plus tôt, il avait vu des enfants sur le trottoir.

De la fumée s'échappait du radiateur de la voiture. En dépit de la violence de l'impact, les dégâts n'étaient pas aussi importants qu'on aurait pu le craindre.

La portière côté conducteur s'ouvrit, et un homme sortit en chancelant. Il avait presque contourné le véhicule pour atteindre la portière du passager quand il s'effondra en gémissant. Il était blessé au visage et se tenait la tête à deux mains.

Felipe s'approcha de lui et lança à Cleo :

— Il y a une femme à l'intérieur.

Au même instant, la passagère se mit à crier.

— Oh... Oh ! oh... Le bébé arrive.

Il ouvrit la portière.

— Êtes-vous blessée ?

Elle se ressaisit dès que la contraction prit fin.

— Non...

— Je suis médecin. Une sage-femme m'accompagne. Je dois aider votre mari.

La femme se mit à sangloter.

— *Idiota !* Il a roulé comme un fou quand je lui ai dit que le bébé arrivait.

Felipe se détourna et chercha Cleo des yeux.

— *Soy enfermera*. Je suis infirmière, dit-elle clairement au milieu de la foule.

Les badauds s'écartèrent. Le regard affolé de la future maman se porta sur Cleo, et brusquement elle se calma.

15

Cleo arriva près de la voiture au moment où la femme endurait une nouvelle contraction. Aucun doute, la naissance était imminente.

Mentalement, elle passa en revue les conséquences possibles de l'accident : déchirure du placenta, arrêt de l'apport sanguin au bébé, hémorragie interne...

Non ! Elle refusait d'envisager le pire. Ensemble, elles mettraient au monde un enfant en parfaite santé, se dit-elle avec fermeté.

La femme se tenait le ventre et lançait des regards furieux à son mari.

— *Idiota !*

Puis elle soupira et s'adressa à Cleo :

— J'espère qu'il n'est pas gravement blessé ?

— Juste un peu vexé, répondit Cleo en réprimant un sourire. Comment vous appelez-vous ?

— Elena... *Oooh !*

Elle se courba, en proie à de nouvelles douleurs. Cleo jugea préférable de ne pas la déplacer.

— Je vais essayer de reculer votre siège. Pouvez-vous m'aider ?

Tout en parlant, elle faisait des gestes pour s'assurer qu'Elena la comprenait. Puis, s'agenouillant sur le bitume, elle manœuvra la poignée sous la jambe de la jeune femme. Celle-ci se cabra au même instant et le siège coulissa, ménageant un peu d'espace à l'avant, malgré le sac de voyage posé là.

Elena restait penchée, les mains sur les genoux, concentrée sur sa respiration.

Cleo n'avait ni gants ni serviette à sa disposition. Heureusement, elle avait affaire à une future maman réactive et volontaire. Si Elena pouvait glisser jusqu'au bord du siège, tout se passerait bien. Et elle pouvait compter sur Felipe qui était occupé à soigner le mari blessé. Celui-ci souffrait apparemment d'une blessure à l'épaule, en plus de coupures au visage. L'ambulance n'allait pas tarder à arriver.

Elena laissa échapper un gémissement.

— Ce n'est pas comme ça que je devais mettre mon bébé au monde, dit-elle, haletante.

— Non, bien sûr. C'est votre premier ?

Elena secoua la tête.

— Le troisième.

Une mère expérimentée, donc. C'était un avantage.

— Elena, votre petit est impatient de naître. Je vais placer votre sac dans votre dos pour vous mettre le plus possible en position d'accoucher, d'accord ?

La jeune femme acquiesça en gémissant, et Cleo sortit le sac de l'avant. Felipe s'avança auprès d'elle.

— Laissez-moi le mettre derrière elle pendant que vous l'aidez.

Elle hocha la tête, soulagée. Bientôt, Elena se trouva assise tout au bord du siège, le dos soutenu par son bagage.

— Si votre bébé arrive maintenant, je suis sûre que tout ira bien, dit Cleo d'une voix rassurante. Ensuite, l'ambulance vous emmènera tous les trois à l'hôpital. Vous pouvez vous soulever un peu ? Je vais enlever vos sous-vêtements, *Pantalones, sí* ?

Elle espérait que c'était le mot correct. Elena comprit et agrippa la poignée au-dessus de la portière. Cleo souleva la jupe et abaissa rapidement le slip le long de ses jambes, laissant seulement une de ses chevilles entravée.

Auprès d'elle, Felipe déclara :

— J'ai appelé Alba pour qu'elle apporte du linge et des serviettes.

— Et mon sac à main, dit-elle d'un ton bref.

Elle n'aurait sans doute pas le temps l'utiliser les lingettes désinfectantes, ni sa paire de gants, avant la naissance, mais elle pouvait utiliser les pinces stériles pour le clampage du cordon ombilical. Cela faisait partie de sa panoplie d'escorte médicale.

Cleo demanda le foulard qu'Elena portait autour du cou.

— Pour le bébé.

Elena comprit et se sépara de l'étole en cachemire.

Pendant ce temps, Felipe passa un rapide coup de téléphone avant de demander aux badauds de se détourner et de former une sorte de cordon sanitaire autour des deux femmes.

Le visage d'Elena se crispa.

— Le bébé arrive ! cria-t-elle.

Cleo releva les pans de la jupe et sourit en voyant apparaître la tête de l'enfant.

— *Sí*, Elena. Votre petit est presque là. Tout va bien. Poussez !

La jeune femme agrippa le bord du siège. Autour d'elles, le silence s'était fait, comme si toute la rue retenait son souffle. Tout alla très vite. Le petit corps gluant fut expulsé, et Cleo le recueillit dans ses paumes.

Un garçon. Il restait immobile, mais c'était dû à sa naissance rapide.

— Il est sous le choc. Laissons-lui un moment, dit-elle à la jeune maman.

Avec des gestes calmes mais fermes, elle essuya le corps du bébé.

— Allez, fais un joli souffle. Tu en es capable, susurra-t-elle en le frottant.

Les membres minuscules se raidirent, les paupières pâles tremblotèrent. Le nouveau-né toussa, puis un petit cri rompit le silence. Un autre suivit, plus fort, et l'enfant ouvrit les yeux.

Elena laissa échapper un sanglot en découvrant son fils. Derrière elle, Cleo entendit Felipe pousser un soupir de soulagement, et des murmures montèrent de la petite foule de badauds. Au loin, Cleo perçut la sirène d'une ambulance. Mais les cris aigus du petit garçon qu'elle venait de mettre au monde étaient le plus beau de tous les bruits.

— Bravo, Elena, dit-elle en soulevant le chemisier de la jeune mère pour poser le bébé sur son ventre.

Le père était là aussi. Blessé, il avait rampé jusqu'à la portière.

— *Madre de Déus !* s'exclama Alba qui venait d'arriver, chargée de serviettes et du sac à main.

Cleo essuya l'enfant. Avec les serviettes qui restaient, elle les couvrit, sa mère et lui, pour les réchauffer.

Cleo se tourna vers Felipe.

— Je ne peux pas me servir de mes mains, dit-elle en montrant ses doigts tachés de sang. Dans la poche zippée de mon sac, vous trouverez un étui. Pouvez-vous l'ouvrir et prendre les pinces à clamper ?

Felipe n'en revenait pas. Tout en suivant les instructions qu'elle lui donnait, il dit quelques mots aux nouveaux parents. Ils se mirent à rire à travers les larmes d'émotion qui les assaillaient.

— Que leur avez-vous dit ? demanda Cleo tandis qu'il ouvrait l'étui stérile.

— J'ai dit : vous en connaissez beaucoup, des femmes qui gardent des trucs pareils dans leur sac ?

— En plus, elles sont de la bonne couleur, répondit-elle en voyant les pinces bleues.

Elena gémit soudain, alors qu'une contraction inattendue la traversait. Cleo la rassura. Rien que de très normal. Puis elle enveloppa le placenta dans un linge et le plaça près du bébé.

Elle palpa ensuite le ventre d'Elena. À son grand soulagement, l'utérus était dur et se contractait sous ses doigts. Dieu merci, elle n'aurait pas à faire face à une hémorragie en plus d'une naissance sur le siège avant d'une voiture !

Elle prit les pinces à clamper et, écartant doucement le bébé de sa mère, elle les referma sur le cordon.

— Je n'ai pas de ciseaux, mais les ambulanciers couperont le cordon. Ne vous en faites pas. J'ai fait ce qu'il fallait.

Alors, elle prit conscience qu'Elena et son mari la regardaient avec une immense gratitude.

Tout comme Felipe.

16

Felipe ne pouvait s'empêcher de dévisager Cleo. Celle qu'il avait quittée après une nuit d'amour et qui était réapparue par hasard dans sa vie était agenouillée sur la chaussée et souriait à l'inconnue qu'elle venait d'accoucher. Comme s'il n'y avait rien de plus naturel au monde !

Il secoua la tête.

— J'ai vu beaucoup de naissances pendant mes études de médecine, mais aucune aussi sereine et rassurante que cette urgence dans des conditions extrêmes. Cleo, vous avez été d'un calme et d'un sang-froid incroyables. Vous êtes d'une constance merveilleuse.

Elle lui sourit, les traits doux et détendus comme si elle était parfaitement heureuse ainsi. Elle ne réalisait même pas à quel point elle avait été extraordinaire.

En dépit de tout ce qui venait de se passer, il y avait une sorte de légèreté dans l'air. Grâce à Cleo, Felipe sentit aussi quelque chose changer au fond de lui, et un élan jaillit de sa poitrine. Il eut soudain envie de se battre pour conquérir cette femme, de donner une chance à leur histoire malgré les obstacles. Il voulait cette femme pour lui seul.

Il serra les poings. Il avait mal agi en la quittant. Elle avait été si généreuse dans l'amour, lui avait accordé toute son attention quand il lui avait parlé de son passé. Leur entente avait été spontanée et tout simplement incroyable. Pourtant, il était parti.

La voix douce de Cleo s'infiltra dans ses pensées.

— J'avais l'assistance d'un médecin, répondit-elle.

Oui, et il espérait qu'il aurait été utile en cas d'urgence. Une fois, il avait assisté à un accouchement qui s'était soldé par un drame. Il grimaça, tandis que ce souvenir pénible lui revenait en mémoire.

Cette tragédie avait changé le cours de sa carrière, car jusqu'alors il envisageait de devenir obstétricien. Ce jour-là, il avait essayé de ranimer un bébé qui venait de naître, sans succès. L'enfant était mort. Plus tard, l'autopsie avait montré qu'il n'aurait pas pu survivre à cause d'une grave malformation cardiaque. Mais Felipe, traumatisé, avait renoncé à se spécialiser en obstétrique.

Cleo, elle, avait montré plus de courage, elle avait tenu bon. Cela le laissa pensif. Il y avait longtemps qu'il n'avait pas pensé à ce nouveau-né qu'il n'avait pas réussi à sauver. La proximité de Cleo avait fait resurgir ce souvenir. Comme nombre d'autres choses qu'il avait oubliées et qui dominaient son esprit quand il était près d'elle.

— Voici l'ambulance.

La foule s'était reculée. Très vite, Elena et son bébé furent mis en sécurité à bord du véhicule. Les ambulanciers donnèrent à Cleo de quoi se désinfecter les mains, mais sa robe crème était irrémédiablement tachée et sans doute fichue.

Une fois l'ambulance partie, Alba rassembla le linge souillé dans un grand sac plastique qu'elle alla jeter à la poubelle en bougonnant.

Puis tous trois montèrent dans l'ascenseur. Cleo s'adossa à la paroi et, un léger sourire aux lèvres, ferma les yeux. Felipe contempla le doux soulèvement de ses seins sous sa robe barbouillée.

— Je vais essayer de réparer les dégâts, dit Alba d'une voix tendue.

Il sourit. L'irritation d'Alba n'était pas dirigée contre Cleo, mais contre ceux qui abusaient des invités de *doña* Luisa et osaient les salir.

— *Gracias*, Alba, dit Cleo en rouvrant les yeux.

Felipe l'avait entendue parler à Elena et prit conscience qu'elle avait une solide connaissance de l'espagnol. Où l'avait-elle appris ? Il voulait tout savoir d'elle, tout à coup.

— Nous rentrerons dès que vous vous serez rafraîchie. Ma grand-mère comprendra, dit-il.

Elle baissa les yeux sur sa robe et ses jambes.

— Hum... C'est une bonne idée, je crois.

Qui aurait pu lui reprocher son allure après un comportement aussi héroïque ? Felipe prit une profonde inspiration, tâchant de tempérer son exaltation. Car Cleo avait seulement agi comme toute personne ayant une certaine expérience médicale. Inutile de la mettre sur un piédestal.

C'était à cause des changements qui s'opéraient en lui, se dit-il. Ceux que sa grand-mère avait remarqués. Jusqu'à présent, il s'était tenu à l'écart des relations sérieuses, adoptant une attitude froide et distante. En attendant qu'une femme vienne briser son armure et le secouer ? Cleo avait certainement réussi cet exploit.

Il pensa au couple qu'ils avaient rencontré si malencontreusement et à leur bébé né dans des circonstances dramatiques. Il avait envie d'être un bon mari et un bon père un jour.

Comme il ouvrait la porte de l'ascenseur, Alba poussa immédiatement Cleo devant elle. Il entra à son tour dans l'appartement et se rendit dans un cabinet de toilette pour se laver les mains et s'assurer qu'il était présentable avant de retrouver sa grand-mère. Celle-ci, il le savait, attendait des nouvelles avec impatience.

— Tu as l'air sonné. La jeune femme va bien ? demanda la vieille dame avec un regard perçant. Alba avait l'air catastrophée et n'a rien voulu me dire.

— Oui, la mère et l'enfant vont bien. Un petit garçon est né dans ta rue. *Àvia*, qu'y a-t-il ? Je sens que quelque chose te turlupine ?

Les prunelles de la vieille dame brillaient d'une lueur étrange.

— La façon dont tu regardes la sage-femme.

Il hocha la tête en souriant. Décidément, rien n'échappait à sa grand-mère.

— Où est Sofia ? demanda-t-il pour changer de sujet.

— Partie changer sa fille.

— Avec ta permission, nous allons partir dès qu'elle sera de retour. Cleo a besoin de se changer après son exploit.

Sa grand-mère haussa les sourcils de surprise.

— Son exploit ? Mais c'est toi le médecin, non ?

— La dame était sur le point d'accoucher. Rien à voir avec une chimiothérapie, dit-il en souriant.

— De mon temps, le médecin faisait tout. Felipe, dit-elle en se penchant légèrement, dis-moi, as-tu vraiment des sentiments pour elle ?

— C'est la sage-femme de Sofia, répondit-il évasivement.

— Ce n'est pas ma question. Acceptes-tu enfin qu'une femme t'approche ?

Il entendit des pas, et le sujet de leur conversation apparut à la porte du salon.

— Ah, Cleo, dit-il pour donner le change. Entrez. Je disais justement que c'était une grande chance de vous avoir ici.

17

Cleo s'immobilisa, consciente d'une nouvelle tension dans la pièce. Consciente aussi de sa robe humide et douteuse, alors que ses hôtes étaient d'un impeccable chic. Elle s'avança lentement jusqu'au fauteuil de *doña* Luisa.

— Nous avons eu beaucoup de chance que tout se passe bien pour la mère et le bébé, répondit-elle. Veuillez excuser mon apparence, *doña* Luisa. Alba a eu la gentillesse d'essayer de nettoyer ma robe, mais je crains...

La vieille dame balaya ses propos d'un geste de la main.

— Inutile de vous excuser. Felipe m'a déjà chanté vos louanges, dit-elle en la fixant d'un regard pénétrant.

Sofia revint à cet instant, poussant le landau, et Felipe sembla se réjouir de son apparition.

— Sur ce, nous allons prendre congé, dit-il. Nous reviendrons une autre fois.

— Envoie-moi Sofia demain, dit sa grand-mère d'une voix soudain lasse. Dès le matin, et elle restera avec moi jusqu'à l'heure de ma sieste. Cleo et toi, vous pourriez venir dîner demain soir, si je suis assez bien portante.

Cleo en était certaine, quelque chose lui échappait. Elle sentait entre la grand-mère et son petit-fils comme un aparté silencieux où il était question d'elle.

Sofia embrassa sa grand-mère et prit son bébé dans ses bras. Le visage de *doña* Luisa s'adoucit, tandis qu'elle regardait l'enfant endormie.

— Aussi belle que sa mère, dit-elle dans un murmure.

— À demain, *àvia*, répondit Sofia avec chaleur.

Dans la voiture, Sofia était pensive.

— Elle va vraiment mourir ? demanda-t-elle soudain d'une voix faible.

— Oui, répondit Felipe avec tristesse. Elle m'a dit qu'elle avait eu une bonne vie, mais qu'elle avait fait son temps. Elle se sent prête.

Sa cousine essuya une larme.

— Tu peux encore faire quelque chose pour elle ?

— Le traitement n'est plus possible. Restent les soins de confort. Je veille sur elle, dit-il en lui touchant la main.

— Désolée d'avoir été si pénible. Elle t'a demandé de venir me chercher en Australie parce qu'elle avait découvert que Terence me volait mon argent, c'est ça ?

— *Sí.* Mais si j'avais su tout ce qu'il avait fait, elle n'aurait pas eu besoin de me le demander. J'y serais allé de toute façon.

— Oui, je comprends maintenant.

Puis, se tournant vers Cleo, elle ajouta :

— Mon cousin n'est peut-être pas aussi horrible que ça, finalement.

Cleo regarda ces deux têtes brunes aux mêmes traits frondeurs et obstinés penchées l'une vers l'autre.

— Je suis contente pour vous deux. C'est tellement mieux de pouvoir compter sur les siens quand quelqu'un vous laisse tomber. Quant à moi, je n'ai plus de raison de rester, puisque Sofia a l'intention de passer plus de temps avec sa grand-mère.

Oui, elle allait écourter son séjour. C'était même la seule décision raisonnable.

Sofia lui tapota le genou.

— Ne crois pas que tu peux partir maintenant. En fait… je ne lui fais pas totalement confiance, dit-elle en adressant une grimace à son cousin.

Felipe salua cette mimique d'un rire sonore qui le secoua tout entier.

Sofia, médusée, le dévisagea.

— Je ne savais pas que tu étais capable d'éclater de rire.

— Ma chère cousine, dit-il en se calmant, Cleo va penser que je suis aigri et décidément trop sérieux.

— Franchement, Cleo, tu l'as déjà vu rire ? demanda Sofia.

Cleo sentit son cœur manquer un battement. La réponse était oui. Ils avaient ri ensemble quand elle était blottie dans ses bras après l'amour, puis sous la douche et enfin quand ils avaient regardé le manège nocturne des mouettes par la fenêtre...

— Maintenant oui, répondit-elle en adoptant un ton léger, malgré le rouge qui lui montait aux joues.

Heureusement, Isabella choisit ce moment pour s'agiter dans son siège bébé, et Sofia s'empressa auprès d'elle.

Voyant le sourire entendu de Felipe, Cleo s'empourpra davantage.

Arrêtez ! articula-t-elle silencieusement en le fusillant du regard.

Mais, au fond d'elle, elle se réjouissait aussi. Depuis cette naissance dramatique dans la rue, elle retrouvait entre Felipe et elle quelque chose de la complicité qu'ils avaient partagée cette nuit-là.

Vivement, elle se tourna vers la vitre avant que Sofia ne remarque ses joues enflammées. Mais elle gardait une conscience aiguë de l'homme assis auprès d'elle. Même s'ils ne se touchaient pas, elle percevait la chaleur de son corps athlétique, le moindre de ses gestes et le parfum de son eau de toilette qu'elle n'oublierait sans doute jamais.

Comme elle réfléchissait à sa situation de plus en plus inextricable, il lui toucha l'épaule pour attirer son attention.

— Vous allez être libre demain, puisque Sofia sera chez ma grand-mère. Vous prévoyez de visiter la ville ?

Tout à ses pensées, elle se sentit prise au dépourvu.

— Peut-être, répondit-elle. Nous verrons si Isabella passe une bonne nuit.

Il s'apprêtait à dire quelque chose, mais parut se raviser.

— Oui, bien sûr.

Après quoi il regarda la route sans rien ajouter.

Qu'avait-il voulu dire ? Cleo ne put s'empêcher de s'interroger tout le reste du trajet.

Le lendemain, Sofia s'éveilla, joyeuse et reposée. Isabella était tranquille dans son berceau. Au cours de la nuit, Cleo s'était levée à chaque réveil du bébé et avait donné des conseils à la jeune mère pour l'endormir facilement après chaque tétée. La petite fille dormait déjà plus longuement. Cleo, à l'inverse, avait eu plus de mal à trouver le sommeil. Les regards troublants dont Felipe l'enveloppait depuis l'accouchement d'Elena la déroutaient. Peut-être ferait-elle bien de partir à la fin de la semaine.

Après le petit déjeuner, elle se posta à la fenêtre de sa chambre pour voir Sofia et Isabella monter en voiture avec l'aide de Carlos. La jeune femme avait un peu râlé à cause de l'heure matinale – il n'était que 8 h 30 –, mais elle comprenait aussi que sa grand-mère ne veuille plus perdre de temps.

Tandis que la limousine s'éloignait, Cleo contempla le ciel d'un bleu pur annonçant une belle journée ensoleillée. Elle était tentée d'aller explorer un peu la ville, comme Felipe le lui avait suggéré, et de rentrer juste avant le déjeuner. Sofia lui avait téléchargé une application sur son téléphone, afin qu'elle puisse commander un taxi pour ses déplacements. Elle appréciait l'idée d'être libre et de voir tout ce qu'elle souhaitait.

On frappa un coup discret à la porte. Ouvrant le battant, Cleo découvrit Maria qui lui tendait une feuille de papier pliée. Cleo la prit avec réticence. Même sans avoir jamais vu son écriture, elle savait que le message venait de Felipe.

Il n'était donc pas parti travailler ? Malgré elle, elle sentit son pouls s'accélérer.

— Le thé est servi dans la bibliothèque, mademoiselle Wren, dit Maria avant de disparaître.

— Merci, Maria.

Cleo déplia la feuille.

J'aimerais te parler.

F.

Eh bien, elle pouvait dire adieu à sa balade touristique. Peut-être Felipe voulait-il lui signifier que sa présence n'était plus requise. Cela l'arrangeait justement, car il lui était de plus en plus difficile de le côtoyer sans se souvenir des moments torrides qu'ils avaient partagés.

Elle descendit l'escalier et, prenant une profonde inspiration, ouvrit la porte de la bibliothèque.

— Bonjour, Cleo.

— Bonjour, *don* Felipe.

Il haussa les sourcils.

— Si je t'embrassais chaque fois que tu m'appelles *don*, peut-être arrêterais-tu de le faire.

— Oh ! je m'arrêterais, c'est sûr. Parce que je ne serais plus là pour t'appeler par quelque nom que ce soit, répondit-elle du tac au tac.

— Je n'en doute pas une seconde, dit-il, un sourire narquois aux lèvres. Bien dormi ?

— Très bien, merci, répondit-elle avec assurance.

Il lui offrit un sourire désarmant.

— Je n'ai pas fermé l'œil non plus.

— Je suis désolée de l'apprendre, dit-elle d'un ton railleur.

— Aujourd'hui, du moins jusqu'au retour de Sofia, j'aimerais passer la matinée avec toi.

Ce n'était même pas une question ! Quelle arrogance ! Elle secoua la tête. À en croire la façon dont il la regardait, le tourisme était la dernière chose qu'il avait en tête. Elle avait accepté une fois de faire une promenade avec lui et elle se rappela comment cette balade s'était terminée. Recommencer, à Barcelone cette fois, aurait été doublement stupide. Mais à sa grande consternation, elle était aussi tentée d'accepter… en lui soufflant un baiser !

— J'ai déjà des plans pour aujourd'hui, répondit-elle d'une voix moins ferme qu'elle ne l'aurait voulu.

— Vraiment ? Que veux-tu faire ?

— J'aimerais visiter la Sagrada Família.

— La plus belle église de Gaudi mérite certainement un détour. Puis-je venir avec toi ?

Eh bien, il n'y allait pas par quatre chemins ! En même temps, elle sentit un élan de joie la traverser. Pourquoi se priver de la compagnie de Felipe, d'autant qu'il devait être un fantastique guide touristique ? Des frissons l'assaillirent à la perspective de passer du temps, seule avec lui. Accepter était stupide, sans doute. Mais quelle chance elle avait aussi !

— Tu peux refuser, bien sûr. Mais j'aimerais venir avec toi.

Elle contempla son visage séduisant, regrettant la belle relation qu'ils auraient pu avoir. Si seulement… D'un autre côté, si elle passait la matinée avec lui, ce serait horriblement difficile de le quitter à la fin.

— Tu ne travailles pas aujourd'hui ?

— J'ai passé quelques heures à l'hospice tôt ce matin, je viens juste de rentrer. J'y retournerai cet après-midi.

Elle vit son humeur changer brusquement.

— *Don* Raymond ? demanda-t-elle, le cœur serré.

— *Sí*. Il est en paix maintenant.

Elle lui toucha le bras.

— Oh ! Felipe. Je suis sincèrement désolée...

— Merci. Il m'a souvent dit d'apprécier sa présence et de ne pas être triste de son départ. C'était mon meilleur ami.

Elle était terriblement émue. Néanmoins, fidèle à la promesse qu'elle avait faite à Raymond, elle s'efforça de le distraire de ses sombres pensées.

— À quelle heure veux-tu partir ? demanda-t-elle.

Il consulta sa montre.

— Dès que Carlos aura ramené la voiture. Le plus tôt sera le mieux, car il y aura de plus en plus de monde au cours de la journée, les gens restent des heures à contempler le moindre détail.

— Entendu, c'est la bonne heure.

— Parfait. Une autre fois, j'aimerais t'y emmener au coucher du soleil, quand la lumière dorée illumine les vitraux.

Une autre fois ? Mais auraient-ils le temps avant la fin de son séjour ? Elle n'osa pas poser la question.

— Tu es vraiment amoureux de ce monument, on dirait.

— Je te raconterai ça tout à l'heure.

Une demi-heure plus tard, ils avaient pris place à l'arrière de la limousine. Felipe toucha la main de Cleo.

— Ce matin, on se détend. Oublie que tu es là pour travailler. Nous sommes juste amis.

Y parviendrait-elle ? C'était pourtant comme cela que tout avait commencé. Un danseur de flamenco qu'elle avait trouvé irrésistible l'avait invitée à faire une promenade main dans la main...

L'alchimie vibrait de nouveau entre eux, et l'air de l'habitacle semblait grésiller. Un sourire malicieux incurvait la bouche sensuelle de Felipe, et son regard rivé au sien brûlait d'un désir contenu. Il semblait disposé à balayer les barrières qui les séparaient. Mais où cela les mènerait-il ?

— D'accord. On peut essayer, répondit-elle.

Carlos arrêta la voiture derrière un bus touristique, et Felipe descendit vivement ouvrir la portière. Cleo devina que le chauffeur reviendrait les chercher plus tard.

Comme la limousine disparaissait au coin de la rue, Felipe prit la main de Cleo pour la guider à travers la circulation dense du carrefour. La chaleur de cette pression ferme sur ses doigts remontait le long de son bras, avec des frissons exquis.

Les femmes qu'ils croisaient posaient des regards ouvertement approbateurs sur lui.

— Tu n'as pas peur que les gens te voient me tenir la main ?

— Non. Pourquoi ?

— Je voulais parler de ceux qui te connaissent. Tu es connu ici, non ?

— C'est vrai que je connais du monde, dit-il en souriant. Et je vais justement te faire profiter de ma notoriété.

Il alla directement à l'entrée, salua le gardien, et ils furent invités à entrer sans délai.

Cleo resta ébahie devant la façade monumentale de la basilique. C'était immense, et le décor était absolument incroyable.

— Tu viens souvent ici ? demanda-t-elle, impressionnée.

Une expression nostalgique se peignit sur les traits de Felipe.

— La nourrice qui s'occupait de moi quand j'étais enfant m'emmenait souvent. Elle assistait à la messe du dimanche ici et me racontait les histoires de cette église. Ce temple apporte une telle paix à l'âme.

Un temple... Oui, c'était le mot. La Sagrada s'élançait vers le ciel avec ses tourelles ornementées et ses sculptures complexes qui couvraient les murs et les moindres recoins. Tout en haut, d'étranges mosaïques en relief représentaient des fruits.

— Viens. Nous allons entrer de ce côté pour éviter les groupes des visites guidées.

Il l'entraîna vers les marches pour lui montrer les apôtres, le Christ et la multitude d'histoires gravées dans la pierre. Il était évident que Felipe était très touché par l'église de son enfance. En vrai Catalan, il était fier, passionné, et désireux de partager ce qu'il aimait avec quelqu'un capable d'apprécier.

En entrant dans l'édifice, Cleo eut le souffle coupé. C'était comme si elle se tenait au milieu d'une forêt, comme si des arbres immenses et blancs soutenaient la voûte dorée du monde. Les colonnes centrales attiraient l'œil vers le dôme de dentelle, et des centaines de vitraux multicolores répandaient la lumière au centre de l'édifice. Les visiteurs étaient mouchetés de ces taches de couleur changeante. Les murs et les rangées de bancs se paraient de bleus, de verts, d'or et de rouges.

Oh ! mon Dieu ! Émerveillée, elle porta une main à sa poitrine.

— J'aimerais m'allonger là et regarder en l'air.

18

Felipe observa l'émerveillement de Cleo. C'était exactement l'expression qu'il avait espéré voir sur ses traits. Elle promenait son regard fasciné sur les murs et la voûte grandiose de la Sagrada, des larmes brillaient au bord de ses cils.

Elle renversa la tête presque jusqu'à en perdre l'équilibre, et il se plaça derrière elle pour la stabiliser.

— Appuie-toi sur moi et regarde à ton aise.

Elle se laissa aller contre son torse. Il l'entoura de ses bras, posant légèrement les mains sur ses hanches. Il sentit la chaleur de son corps sinueux et retrouvait le modelé de ses jolies courbes.

Il inspira longuement son parfum et sentit sa bouche s'assécher. Il ressentait un irrésistible besoin de la goûter à nouveau, tandis que des souvenirs brûlants, explicites, envahissaient son cerveau.

Mon Dieu ! Comment pouvait-il avoir de telles pensées charnelles dans un lieu sacré ? Sa brave nourrice serait horrifiée. Il avait été stupide de se croire capable d'oublier Cleo.

Il commençait à comprendre que, s'il était rentré en Espagne sans elle, il aurait entrepris un autre voyage en Australie dans un bref délai. Pour la revoir.

— Tu disais que ta nourrice venait à la messe ici le dimanche ?

Sa voix douce, imprégnée de respect pour la splendeur autour d'eux, interrompit ses pensées déplacées.

— *Sí.*

— Oh ! participer à un office ici, ce doit être… magnifique.

Elle soupira et s'abandonna contre lui. Elle ignorait les sentiments qu'elle lui inspirait et mettait à rude épreuve le contrôle qu'il exerçait sur lui-même. Elle donnait toute son attention à la voûte. De temps à autre, elle bougeait contre lui, déplaçant l'angle de son corps, pour mieux voir. Il réprimait chaque fois un gémissement.

Bientôt, il s'obligea à écarter ses mains rivées aux hanches de Cleo.

— Une messe du dimanche ? Bien sûr, je peux arranger ça.

Quelques minutes plus tard, elle murmura :

— C'est normal que les visiteurs veuillent rester plusieurs heures. Il y a tant de choses à admirer. Il faudrait des semaines, peut-être même des mois, pour étudier tous les détails.

Elle secouait la tête en s'extasiant, et il recevait la caresse fluide de ses cheveux contre son visage. Il brûlait d'enrouler une mèche autour de son doigt et d'y déposer un baiser.

— *Sí*, répondit-il d'une voix tendue.

Il voulait la faire pivoter vers lui et la regarder au fond des yeux. Puis il savourerait ses lèvres en l'enlaçant à l'étouffer et presserait ses seins contre son torse.

Jusqu'où cette folie les conduirait-elle ? À une aventure qui durerait quelques jours, voire quelques semaines ? À une merveilleuse vie à deux ? Mais cela ne risquait-il pas aussi de finir par un mariage désastreux, comme celui de ses parents ? Non, car il n'était pas comme son père. Et Cleo ? Il savait qu'après son expérience conjugale malheureuse elle tenait avant tout à sa liberté, et sa vie était en Australie. Pourrait-elle vivre en Espagne ? Avec lui et pour toujours ? Du fait de ses responsabilités, il n'était pas question pour lui d'envisager de s'installer en Australie… Les raisons pour lesquelles il n'aurait pas dû entamer cette relation lui revenaient brusquement en pleine figure.

Doucement mais résolument, il écarta la jeune femme. Rien n'était possible entre eux.

Cleo écarquilla les yeux, puis fit un pas de côté de plus en prenant conscience qu'elle avait été dans ses bras et qu'elle avait sans doute aimé cela. Sans s'en rendre compte, elle s'était servie de lui pour mieux se perdre dans la contemplation de l'architecture.

Sa réaction le fit sourire. Elle était adorable de naïveté. Il eut envie de la ramener à lui.

Il s'éclaircit la voix.

— L'après-midi, la lumière entre par l'autre côté et éclaire la nef de couleurs différentes.

— Quel chef-d'œuvre ! dit-elle dans un soupir.

Elle dut remarquer ses traits contractés, car elle lui lança un regard intrigué et remarqua la tension de son entrejambe. En comprenant qu'elle avait provoqué son excitation en se collant contre lui, elle étouffa une exclamation et releva vivement les yeux.

— C'est ta faute, dit-il en souriant.

Les joues de Cleo devinrent écarlates, et il se délecta de sa consternation.

— Felipe, je suis vraiment désolée… Je me suis servie de toi comme d'un pilier et…

Elle s'empourpra davantage, et il voulut tendre la main pour caresser sa peau brûlante.

— J'ai apprécié, murmura-t-il pour le seul plaisir de la tourmenter.

Puis il lui prit la main, et ils déambulèrent parmi les colonnes gigantesques. De temps à autre, il saluait quelqu'un dans la foule, mais son attention était centrée sur Cleo.

Au bout d'une heure, il consulta sa montre.

— Tu veux en voir davantage ?

— Oh ! non. Tu as été très patient. C'est tellement beau. Merci pour cette visite. Je vois aussi combien tu aimes cet endroit.

Il avait surtout aimé y être avec elle, s'il était honnête.

— C'était un plaisir. Veux-tu prendre un café avant que nous allions chercher Sofia ?

19

Quand Felipe et Cleo débouchèrent sur le parvis inondé de soleil, elle se retourna pour contempler une dernière fois la glorieuse façade de la Sagrada Família.

Jamais elle n'oublierait cette visite. Ni d'ailleurs le fait qu'elle s'était pressée contre le torse de Felipe pour lever la tête... Il l'avait stabilisée de ses bras d'acier. Oh ! là là... Dire qu'elle s'était frottée contre lui et qu'il l'avait laissée faire !

Mais c'était lui qui s'était proposé pour la soutenir, et il n'avait pas détesté cela, apparemment. Et où cela les mènerait-il ? Il devait bien se rendre compte que plus ils passaient de temps ensemble et plus ce serait dur quand viendrait le moment de se séparer.

Que se passerait-il quand elle serait de retour en Australie ? Ils n'avaient certainement rien à gagner dans une relation à distance. Et l'entourage aristocratique de Felipe espérait sans doute qu'il épouse une femme de sa condition. Une fois déjà, elle s'était engagée dans une histoire hors de son milieu social. Pour quel résultat !

Elle ne supporterait pas une autre trahison, se dit-elle avec amertume. Et cet homme qui l'avait choisie et séduite en une soirée, qui attirait le regard et le sourire de toutes celles qu'il croisait, représentait un risque majeur pour ses sentiments.

Il fallait absolument qu'elle mette un terme à ce qu'il y avait entre eux. Maintenant !

— Merci de m'avoir emmenée à la Sagrada et d'avoir été si patient, dit-elle d'un ton crispé.

Il la regarda avec chaleur, et elle sentit des spasmes au creux de son ventre. Son bras ferme qui frôlait le sien était terriblement tentant. Elle luttait pour ne pas se pencher, s'abandonner contre lui.

Non, Cleo…

À contrecœur, elle dégagea sa main.

Il n'essaya pas de la retenir.

— Allons dans ce petit restaurant là-bas, dit-il. De la terrasse, on pourra admirer les tours tout en buvant un café.

— Oui, ça me plaît.

Elle espérait retrouver son calme, ne plus penser à l'avenir incertain et à ce qu'il réservait, pour savourer l'instant présent.

Elle avait voulu voir Barcelone, et Felipe semblait savoir d'instinct comment parfaire l'expérience. Elle marchait auprès de lui, et l'étreinte de ses doigts lui manquait, mais elle respira profondément pour apaiser ses émotions turbulentes. Sans doute accordait-elle trop d'importance à ce qui s'était passé. Peut-être aurait-il eu la même réaction physique si n'importe quelle autre femme s'était pressée contre lui.

Ils prirent place à l'ombre, et Cleo tourna son regard vers la Sagrada.

— Cet édifice est insensé, sublime et tellement incroyable ! Comme le peu que j'ai vu de Barcelone.

Et comme l'homme qui l'accompagnait, ajouta-t-elle en elle-même.

— Comme ce qu'il y a entre nous ? fit-il d'une voix profonde et malicieuse.

Elle reporta vivement son attention sur lui.

— Tu le penses vraiment ?

— Oui. Insensé, sublime et tellement incroyable.

— Et surtout impossible, dit-elle avec un soupir désabusé.

La serveuse leur apporta des verres d'eau et prit leurs commandes. Quand elle eut disparu, Cleo n'était plus sûre de vouloir reprendre leur conversation, même si le sujet continuait de planer entre eux.

Felipe but une gorgée d'eau. Reposant son verre, il la regarda au fond des yeux.

— Penses-tu à moi le soir avant de t'endormir ?

Eh bien, il ne s'embarrassait pas de scrupules quand il s'agissait de poser une question directe ! Elle sentit ses joues s'enflammer, et ses bras nus se couvrirent de chair de poule.

Oh ! pitié ! Que répondre ?

Pouvait-elle mentir et prétendre être insensible à son charme ? À quoi bon ? Il saurait qu'elle jouait la comédie.

Elle décida de soutenir son regard et, pour lui rendre la pareille, prit une gorgée d'eau sans le quitter des yeux.

— Pourquoi je ne penserais pas à toi ? dit-elle enfin. Tu as été un amant époustouflant. Seulement, de nombreuses choses ont changé depuis cette nuit-là. Qu'attends-tu de moi, Felipe ?

La serveuse arriva avec leurs cafés, puis s'éloigna vers une autre table. Felipe se pencha vers Cleo.

— C'est la meilleure question.

Cleo remua son café avec brusquerie.

— Pourquoi ?

— Parce que c'est aussi celle que je me pose à propos de toi et je ne connais pas la réponse.

Elle sentit un grand vide au fond d'elle-même. Comme un rêve lumineux et plein de promesses qui s'étiolait pour devenir une aventure sordide, pour laquelle ils devraient se cacher de Sofia et de sa grand-mère.

— Il n'y a pas de réponse, dit-elle dans un souffle. Je ne peux pas risquer de passer une autre nuit avec toi. Ni maintenant ni jamais.

Parce que ce serait un déchirement au moment de te quitter…

— Pourtant… J'ai terriblement envie de toi, Cleo. Je n'arrête pas d'y penser.

Une vague de chaleur la submergea.

— Ce n'est pas rare pour un homme d'avoir des désirs, dit-elle d'un ton abrupt.

Sur ce, elle termina son café et se leva.

— Nous devrions rentrer. Ta grand-mère doit se reposer, et Sofia aura besoin d'aide pour s'occuper d'Isabella.

— Je vais aussi retourner travailler, dit-il en posant un généreux pourboire sur la table.

Cleo regarda la rue, comme si la voiture allait apparaître miraculeusement. Et justement, Carlos se gara au plus près de la terrasse. Felipe ouvrit la portière, et elle s'y engouffra.

— Je pense que Sofia se débrouille assez bien maintenant, dit-elle dès qu'il eut pris place auprès d'elle. J'ai l'intention de rentrer à la fin de la semaine.

Il se raidit.

— Pourquoi partir si vite ? Ta mission n'est pas terminée.

Résolue à camper sur ses positions, elle décida que Sofia était son meilleur argument.

— Je n'ai rien à redire sur ses facultés à être une bonne mère. Elle a ça en elle.

La voiture tourna bientôt au coin d'une rue, et Cleo reconnut le café. *Doña* Luisa habitait juste en face. À part une longue trace de pneus, il n'y avait plus aucun signe de l'accident de la veille.

Carlos arrêta la limousine. Felipe en descendit et attendit.

— J'aimerais rester à l'intérieur, si ça ne te gêne pas, dit Cleo. Je ne veux pas déranger ta grand-mère pendant que tu vas chercher Sofia et le bébé.

Il parut surpris, mais n'insista pas.

— Comme tu voudras.

Elle le regarda s'éloigner avec un soupir de soulagement. Elle allait pouvoir respirer un peu, et la climatisation la rafraîchirait.

Pour tromper l'attente, elle observa l'habitacle luxueux. Les banquettes en beau cuir souple, les compartiments en bois verni, le petit réfrigérateur… Devant elle, Carlos en uniforme attendait de répondre aux ordres de son patron. Serait-elle aussi à la disposition de Felipe, si elle devenait sa maîtresse ? Elle ne faisait pas partie de son monde. Serait-elle pour lui un jouet dont il finirait par se lasser ?

Certes, il avait suggéré une fois qu'elle avait toutes les qualités requises pour travailler en soins palliatifs. Dans son hospice ? Avait-elle seulement le droit de travailler en Espagne ? Serait-elle capable de s'adapter dans cette nouvelle spécialité ?

Peut-être… Travailler auprès de Felipe, prendre soin de ceux qui méritaient qu'on respecte leurs derniers instants et communiquer avec leur famille… ce serait une belle occupation. Était-elle lâche de refuser ? Perdait-elle la chance d'avoir un avenir avec Felipe ? Et pourquoi était-elle si tentée de le découvrir ?

Parce que tu es tombée amoureuse de Felipe Alcala Gonzalez, un homme admirable doté d'une incroyable personnalité.

Elle l'admettait enfin. Et si elle mettait tant d'énergie à combattre ses sentiments, c'était parce qu'elle craignait d'être brisée si, comme Mark, il la trompait.

La seule solution était de prendre cet avion et de rentrer en Australie. Et ne pas songer à passer plus de temps avec Felipe, car cela la perdrait.

On cogna à la vitre. Elle s'attendait à voir celui qui occupait ses pensées, mais c'était un homme souriant qui lui parut vaguement familier.

— *Muchas gracias, señorita !*

Il hochait vigoureusement la tête et joignait les mains en la remerciant. Alors, elle nota l'hématome sur son front.

Oh ! j'y suis ! Le mari d'Elena…

Elle ouvrit la portière.

— Comment vont la maman et le bébé ?

— Très bien. Très bien. *Muchas gracias !*

— *De nada*. Félicitations à vous deux.

Comme il lui adressait un dernier sourire reconnaissant avant de s'éloigner, Felipe réapparut et le toisa d'un regard sombre. Un instant, Cleo crut qu'il allait le suivre pour lui demander des explications.

— C'est le mari d'Elena, dit-elle aussitôt. Elle va bien et le bébé aussi.

Les traits de Felipe se radoucirent.

— Ah, très bien.

Avait-il été jaloux ? À cette pensée, elle sentit un petit élan de satisfaction. Tenait-il suffisamment à elle pour vouloir éloigner les autres hommes ?

— J'ai oublié de te dire, fit-il. Ce matin, j'ai appelé l'hôpital pour prendre de leurs nouvelles. Ils ne t'oublieront pas.

Il l'enveloppa d'un regard admiratif, et elle sentit son cœur se gonfler de joie.

— Moi non plus. Où est Sophia ?

Les traits de Felipe s'assombrirent.

— Elle a décidé de rester auprès de ma grand-mère. Son état de santé s'est dégradé depuis hier. Maintenant qu'elle a eu la visite qu'elle attendait, il est possible qu'elle renonce à se battre.

Là-dessus, il contourna la voiture et reprit sa place auprès d'elle.

Ainsi, Sofia ne venait pas ? Cleo déglutit. Et elle qui était censée l'aider... Qu'allait-il se passer maintenant ?

— Ma grand-mère se repose dans son fauteuil, poursuivit Felipe. Quand je suis entré, Sofia lui tenait la main. Je pense qu'elle a compris que le temps d'*àvia* était compté.

Cleo en déduisit qu'on n'avait plus besoin d'elle.

— Dans ce cas, je vais rentrer en Australie.

— Je préférerais que tu ne partes pas. Je te serais infiniment reconnaissant si tu pouvais aider Sofia à s'installer chez ma grand-mère. C'est une décision qu'elles ont prise ensemble. Mais elle a besoin de toi. Surtout maintenant, dit-il, le visage grave.

— Oui, c'est dur, surtout pour une jeune maman.

Il soupira, preuve qu'il se préparait lui aussi à l'inévitable.

— J'ai une proposition à te faire. Accepterais-tu d'assister jusqu'au bout les infirmières qui s'occupent de ma grand-mère ? Sofia veille sur elle, bien sûr, mais c'est compliqué avec un nouveau-né et elle n'y connaît rien en soins. Elle voudrait que tu sois là. Je sais, ça ne fait pas partie de ta mission, dit-il en prenant sa main pour la presser brièvement. Veux-tu faire ça pour ma famille ?

Elle sentit la chaleur de ses doigts se répandre en elle. Bien sûr, cela dépassait le cadre de sa mission, mais... Elle pensa à Sofia qui aurait plus que jamais besoin d'aide dans ces circonstances.

— Ai-je un peu de temps pour réfléchir ?

— Évidemment.

— Pourquoi ai-je du mal à te croire quand tu parles comme ça ? J'ai combien de temps pour me décider ?

Il sourit malgré sa tristesse.

— Il faut une demi-heure pour arriver chez moi. Plus le temps de faire les bagages de Sofia et d'Isabella, ce qui ne prendra pas longtemps.

Elle lui jeta un regard exaspéré.

— Je n'ai rien organisé, dit-il posément. Je vois seulement combien ça nous aiderait si tu voulais bien rester.

Elle avait tant de raisons de ne pas le faire. Et la plus importante était l'homme assis près d'elle. Mais autant de raisons d'accepter aussi, si elle en avait le courage.

— *Doña* Luisa ne me connaît pas, pour ainsi dire...

— Elle ne connaît pas davantage les infirmières, répondit-il. Sofia lui a beaucoup parlé de la façon dont tu avais fait son accouchement. Elles ont manigancé ça entre elles, et ma grand-mère n'est pas du genre à faire plaisir à qui que ce soit par simple politesse. Elle souhaite vraiment ta présence.

— Et ça t'arrange aussi, je suppose ?

Une lueur dansa dans son regard sombre.

— Que ton séjour ici se prolonge ? *Sí*.

Entrevoyait-il des possibilités pour eux ou pensait-il seulement au service qu'elle rendrait à sa famille ? Les deux, peut-être.

Une autre question la tracassait.

— Je suis sage-femme. Et assister ta grand-mère dans ses derniers moments... je n'ai aucune expérience dans ce domaine.

— Mais ni moi ni Sofia ne doutons de tes compétences, dit-il avec chaleur. Tu es la personne de la situation, et je suis persuadé qu'avant longtemps *doña* Luisa ne tarira pas d'éloges sur toi.

Le sourire qu'il ébaucha reflétait avec force cette approbation. Cleo en eut la gorge nouée.

20

— Je sais que c'est beaucoup demander, dit Felipe à Cleo.

Il n'ajouta pas qu'il la paierait généreusement pour cette nouvelle mission, car il savait déjà que ce n'était pas ce genre d'argument qui la déciderait.

Elle se renversa contre la banquette et ferma les yeux.

— Très bien, j'accepte de rester. Et je ferai tout mon possible pour assurer le bien-être de *doña* Luisa.

Il sentit une vague de soulagement l'envahir. Pour sa grand-mère, pour Sofia. Pour lui-même aussi.

— Merci.

— De rien. Mais ensuite, je rentrerai.

Il ne voulait pas l'entendre parler de départ. Il ne pouvait pas supporter l'idée de ne plus la voir. Mais il s'inquiéterait de cela plus tard.

Un pli barrait le front de Cleo, et il eut envie de l'effacer d'une caresse, il voulait apaiser les pensées qui la tourmentaient.

— Je vais faire part du changement à ton agence dit-il. Bien sûr, ils voudront ta confirmation. Et je te réserve un billet d'avion, que tu pourras utiliser à la date de ton choix.

— Oh ! tu lis dans mes pensées ?

Il rit.

— C'est juste qu'à ta place j'aimerais que ces questions soient réglées.

Il sortit son téléphone.

— J'appelle Maria pour qu'elle prépare les bagages de Sofia. Veux-tu que je lui demande de s'occuper des tiens ?

En la voyant se raidir, il ajouta :

— Je peux aussi patienter jusqu'à ce que tu sois prête.

Le sourire qu'elle lui renvoya compensa largement la perte de temps qu'il prévoyait.

— Oui, je préfère ça, répondit-elle.

Pendant sa conversation avec Maria, il contempla le profil délicat de Cleo. Elle se mordillait la lèvre, et il aurait voulu embrasser sa bouche meurtrie.

Ce serait terriblement dur, de lui dire au revoir. Pourtant, un grand calme l'avait gagné depuis qu'elle avait accepté de rester. Peut-être parce qu'il savait qu'elle serait là quand viendrait le moment déchirant de dire adieu à sa grand-mère et qu'elle comprendrait son chagrin. C'était bizarre d'avoir ce genre de certitude alors qu'il la connaissait depuis si peu de temps. Mais c'était la stricte vérité et cela le réconfortait.

La voiture s'arrêta devant le perron de la villa. Maria se tenait déjà devant la porte avec des valises.

Il décida de se rendre directement dans son bureau pour prendre les dispositions qu'il avait annoncées. Quand il aurait terminé, il rejoindrait Cleo en espérant qu'elle serait prête.

21

Une demi-heure plus tard, Cleo descendait les marches de la somptueuse demeure de Felipe en s'interrogeant. Reviendrait-elle un jour ? Au moment de monter en voiture, tandis que le valet plaçait son sac de voyage dans le coffre, elle leva les yeux vers la belle façade pour repérer le petit balcon de sa chambre, d'où elle avait admiré la ville.

À présent, elle allait séjourner dans Barcelone, pour une courte période – quelques semaines, d'après Felipe. Cela lui plaisait, de rendre service à cette famille dont les circonstances lui avaient fait croiser le chemin.

Elle repensa à la matinée qu'elle avait passée avec Felipe à visiter la Sagrada Família. Le jeu de la séduction avec son beau danseur était terminé, mais elle en garderait un souvenir inoubliable.

Quant à Sofia, elle prenait de plus en plus confiance en elle en tant que jeune maman et, courageusement, elle désirait remplir des responsabilités plus difficiles encore.

Cleo eut aussi une pensée pour *doña* Luisa qui affrontait le plus grand des défis et qu'elle allait soutenir.

Oui, cette famille avait encore besoin de ses services, et elle avait fait le bon choix en acceptant de rester. Cela n'avait rien à voir avec sa vie personnelle ni avec Felipe.

Elle se tourna enfin vers la voiture où il avait déjà pris place.

— Ton agence est d'accord. Ils t'envoient un mail. Et ton billet d'avion est retenu.

— Merci.

— *De nada*, répondit-il avec un sourire bref.

Puis il se tut, et elle lui en sut gré. Elle avait besoin de mettre de l'ordre dans ses pensées.

Dès que Felipe et Cleo arrivèrent à l'appartement de *doña* Luisa, il s'éclipsa pour se rendre auprès de sa grand-mère.

— Je te retrouve dans quelques minutes, dit-il. Alba va te montrer ta chambre.

— Par ici, *señorita*, dit aimablement l'employée de maison.

La chambre qu'on lui avait réservée était spacieuse et très lumineuse. Elle disposait d'un petit balcon qui donnait sur la rue. Alba ouvrit une porte pour lui montrer une salle de bains privative au carrelage vert et or.

— Sofia et le bébé occupent la chambre en face de la vôtre. *Doña* Luisa est au fond du couloir.

— Merci, Alba. Comment va *doña* Luisa ?

Le visage de l'employée s'assombrit.

— Elle se repose. L'infirmière est venue lui faire sa toilette, mais cela l'a épuisée. Je ferai mieux que cette brute ! Sofia discute avec elle dans la bibliothèque.

— Merci, Alba.

Avec un signe de tête, l'employée disparut.

Cleo allait défaire sa valise, que Carlos avait déposée devant sa porte. Ensuite, elle irait voir Sofia et l'infirmière.

Après avoir attaché ses cheveux et s'être lavé les mains, elle se sentit prête à prendre ses nouvelles responsabilités et sortit de la chambre.

L'infirmière, une grande femme brune en uniforme, parut mécontente de la voir.

— *Bon dia*, dit Cleo en lui tendant la main. Parlez-vous anglais ?

Son interlocutrice acquiesça d'un bref hochement de tête, avant de lui serrer la main avec réticence.

— Je suis Rhona, répondit-elle d'une voix contrariée. Ils disent que vous êtes là pour m'aider ?

— Ravie de vous rencontrer, Rhona. Je suis ici pour seconder Sofia, qui risque d'être fatiguée en tant que jeune maman. À nous trois, je suis sûre que nous arriverons à assurer le bien-être de *doña* Luisa.

— Ah, je vois, dit Rhona en se radoucissant quelque peu. Je n'ai pas l'habitude de soigner les gens en phase terminale à domicile. Je travaille dans un service de gériatrie.

— C'est une spécialité qui demande beaucoup de dévouement.

À ces mots, Rhona se détendit sensiblement.

— Oui. Il faut bien se dire que, plus tard, nous serons nous-mêmes entre les mains des infirmières. Et adapter notre comportement en conséquence.

— Je suis totalement d'accord. J'ai appris que *doña* Luisa allait plus mal aujourd'hui.

— Elle perd ses forces. Après les émotions d'hier, elle était contente de garder le lit. Il est vrai que c'était compliqué ce matin, au moment de la toilette. Ce sera mieux pour elle si nous sommes plusieurs.

— De mon côté, je soutiendrai aussi Sofia, car ce sera compliqué pour elle d'assister au décès.

— Oui, répondit l'infirmière. C'est une bonne chose que vous soyez là. Je suis désolée de ne pas vous avoir fait bon accueil.

— Ne vous excusez pas. Je vous remercie de comprendre ma présence ici.

À cet instant, Felipe entra dans la pièce, et le cœur de Cleo battit plus vite. Il était triste, mais il n'avait pas l'air abattu. Bien sûr, en tant qu'oncologue, il était habitué à faire face à ce genre de situation. Mais en tant que petit-fils, c'était une expérience inédite et une tragédie.

— Elle veut te voir, Cleo.

Cleo échangea un regard avec Rhona.

— Je vais manger un peu ; tout à l'heure, nous pourrons la changer de position, dit celle-ci.

Cleo suivit Felipe le long du couloir jusqu'à la chambre plongée dans la pénombre. Sur le seuil, il s'arrêta.

— Je ne sais pas comment tu t'y es prise, mais Rhona semble avoir beaucoup de sympathie pour toi.

— Nous sommes là pour la même raison : soigner ta grand-mère. C'est important de nous entendre et de mettre nos compétences en commun.

— Quand même, tu as réussi à l'apprivoiser alors que, d'après ma grand-mère, elle était de mauvaise humeur.

Il ajouta en baissant la voix :

— Le déclin est rapide. Mais peut-être est-elle simplement très fatiguée après la journée d'hier. Elle était tellement heureuse de voir Sofia et de connaître son bébé. Tu as aussi permis ça, Cleo.

— Alors je suis contente. Tu viens avec moi ?

— Non. Vas-y seule. Je vais t'attendre ici.

La chambre de *doña* Luisa sentait la lavande. Cleo perçut également une légère odeur de fumée, qui provenait d'un petit autel avec une image pieuse et deux lumignons.

Elle s'avança dans la pénombre et distingua le visage cireux de la vieille dame sur l'oreiller. Elle sentit sa gorge se nouer, tant le changement physique était frappant. La fatigue creusait de profonds sillons sur ses joues, et son regard était éteint.

— Approchez-vous que je vous voie, dit *doña* Luisa d'une voix faible.

Cleo prit place à son chevet.

— Bonjour, *doña* Luisa. Que puis-je faire pour vous ?

La vieille dame étouffa un petit rire.

— Vous faites déjà ce qu'il faut. J'entends encore bien, vous savez. D'après mon petit-fils, vous avez réussi à calmer l'infirmière.

Elle ferma les yeux et ajouta :

— Je suis contente que vous soyez ici pour aider ma famille... Sofia, mais surtout Felipe. Quand je serai partie, il ne laissera personne l'approcher.

Que répondre à cela ?

— Mais il vous observe constamment, reprit *doña* Luisa. Ne sous-estimez pas votre pouvoir en ce qui le concerne.

Elle laissa échapper un soupir.

— La toilette m'a épuisée. Rhona veut bien faire, mais elle me manipule comme un sac. Vous la forcerez à être plus douce. Maintenant, je vais dormir et nous parlerons plus tard. Les médicaments me font somnoler.

— Avez-vous mal ?

— Non, on m'a administré des calmants, et je suis tranquille.

Cleo remarqua le drap remonté jusqu'au menton et bordé serré. Rhona était à l'évidence une infirmière de la vieille école. Il serait peut-être bon de donner plus d'aisance à la vieille dame et d'apporter juste un peu de lumière dans la chambre. Elle s'efforcerait de faire ces suggestions avec tact. Pour le moment, elle ne pouvait rien d'autre pour *doña* Luisa que de la laisser dormir.

— Reposez-vous, dit-elle doucement en se levant.

Mais la vieille femme dormait visiblement déjà.

Sofia et Felipe attendaient à l'extérieur de la chambre.

— Comment va-t-elle ? demanda la jeune femme qui berçait son bébé.

— Elle est fatiguée. Elle vient de s'endormir.

— Comment se fait-il qu'elle ait décliné si vite ?

— Cela arrive parfois, dit Felipe.

— Elle m'a dit qu'elle entendait très bien, je vais donc m'éloigner de la porte, dit Cleo en souriant. Votre grand-mère a encore de l'humour. J'espère avoir le temps de mieux la connaître.

Ils gagnèrent le salon, et Felipe consulta sa montre.

— Je dois y aller. Je reviendrai ce soir vers 7 heures pour la voir.

Oui, bien sûr, il devait partir, se dit Cleo, résignée. Ce n'était pas sa maison, et il avait une vie personnelle. La sienne était ici pendant quelques semaines. Ensuite, elle rentrerait chez elle.

22

Felipe passa l'après-midi à l'hospice, mais pensait sans cesse et avec inquiétude aux trois femmes qu'il avait laissées à l'appartement.

Avait-il été juste envers Cleo en la chargeant de veiller sur sa famille ? Il la connaissait depuis si peu de temps, mais beaucoup mieux bizarrement que certaines femmes qu'il côtoyait depuis des années. S'il y avait quelqu'un capable d'assurer le bien-être de sa grand-mère et de tranquilliser le personnel, c'était bien Cleo.

Il avait conscience de l'utiliser, mais elle ne semblait pas lui en tenir rigueur, parce que c'était dans sa nature de se donner totalement aux autres. Dans l'amour aussi, elle s'était offerte à lui sans réserve, et il espérait bien lui rendre cette générosité-là le moment venu.

Quant à Sofia, elle l'avait profondément surpris en montrant de grandes qualités morales qu'il n'avait même pas soupçonnées. Pourquoi l'avait-il sous-estimée ? Peut-être ressemblait-il à son père, en fin de compte. Il avait considéré les membres de sa famille comme des problèmes à résoudre au lieu de les voir comme des personnes qui méritaient d'être écoutées.

Cleo, elle, savait parfaitement s'y prendre avec les autres. Au cours de leur seule nuit ensemble, il lui avait confié des choses qu'il n'avait jamais dites à personne jusque-là. Pourquoi ? Parce qu'il pensait ne jamais la revoir et parce qu'il y avait en elle comme un tendre mystère qui poussait aux confidences.

Et à présent…

Un rire railleur lui monta aux lèvres. Qui aurait cru que cette femme, rencontrée dans un moment de relâchement, réussirait à le changer à ce point et ferait partie intégrante de la vie de sa famille en un laps de temps aussi court ? Même sa grand-mère l'avait adoptée. Une réaction à peine croyable de la part de celle qui, depuis des années, s'obstinait à lui présenter des jeunes femmes de l'aristocratie catalane.

Chère *àvia*... Elle devait encore dormir en ce moment.

Tout l'après-midi, il veilla sur ses patients, reçut des familles en deuil, s'absorba dans les tâches administratives qui s'étaient accumulées en son absence. Il trouva aussi le temps d'appeler Alba et de prier pour sa grand-mère.

Felipe regagna le domicile de *doña* Luisa peu avant 19 heures. En sortant de l'ascenseur, il fut surpris d'entendre l'air de *Nights in the Gardens of Spain* de Manuel de Falla, l'un des disques préférés de sa grand-mère. Le son était très bas de sorte que la mélodie n'était qu'un murmure, mais cela mettait un peu de vie dans l'appartement assombri.

Alba sourit brièvement en remarquant qu'il reconnaissait la musique, mais elle avait un regard plein de tristesse.

— Le prêtre est venu, *don* Felipe. Maintenant, elle dort et le bébé est couché auprès d'elle.

Felipe la suivit jusqu'à la porte de la chambre et contempla la scène paisible. Rhona tricotait dans un coin de la pièce. Cleo était assise près du lit, occupée à lire. Sa grand-mère était allongée sur le côté, soutenue par des oreillers. Son visage était calme et reposé. Sofia était étendue près d'elle avec Isabella dont la petite main serrait le doigt de son arrière-grand-mère.

Une paix profonde envahit Felipe. Comme si Cleo avait senti sa présence, elle leva la tête et lui sourit. Il eut l'impression que ses épaules s'allégeaient d'un grand poids.

Il s'apprêtait à quitter le seuil de la chambre pour ne pas troubler leur tranquillité, mais Cleo se leva et lui fit signe de venir prendre sa place.

Comme il esquissait un geste pour refuser, elle le rejoignit et lui toucha le bras.

— Va t'asseoir, murmura-t-elle. Savoure ces moments, qui sont beaux. Tu mérites plus que quiconque de les partager avec elle.

Doña Luisa s'éveilla à cet instant.

— Felipe.

Le sourire qu'elle eut fut une merveilleuse récompense. Il s'approcha et déposa un baiser sur sa joue.

— Bonsoir, ma chère petite grand-mère.

— Oui, tu as raison. C'est un beau soir, n'est-ce pas ? répondit-elle avant de refermer les yeux. Merci de les avoir conduites jusqu'à moi. Elles sont adorables. Toutes.

Sa respiration devint difficile, et elle se tut. Felipe resta là un long moment. La petite Isabella s'était endormie aussi, et seul le cliquetis des aiguilles de Rhona troublait le silence.

Cleo apparut à la porte et lui demanda par gestes s'il avait faim.

Oui, il avait une faim de loup. Il jeta un coup d'œil à l'infirmière, qui lui fit comprendre d'un hochement de tête qu'elle restait là.

Felipe suivit Cleo dans la salle à manger. Comme il enveloppait sa silhouette d'un long regard, il aperçut le fauteuil vide de sa grand-mère. Il prit conscience que sa chère *àvia* ne se tiendrait plus jamais là, droite comme une reine, pour le sermonner gentiment.

23

Cleo capta le regard de Felipe vers le siège vide, et son cœur se serra douloureusement.

— Ta grand-mère se sentait plus faible ce soir, mais tout l'après-midi elle nous a raconté ses souvenirs. C'est une femme merveilleuse, dit-elle en souriant.

— Oui, je sais.

— Il a été très souvent question de toi. Tu lui as donné beaucoup de joie.

Ils prirent place autour de la longue table. Felipe gardait une expression terriblement triste et solennelle, et Cleo se souvint du vœu de *doña* Luisa : que Felipe ne se laisse pas abattre.

Elle pensa au vieux livre de poésie pour enfants que la vieille dame avait demandé à Alba de retrouver.

« Prenez-le, Cleo. Peut-être un jour les lirez-vous à vos enfants et vous aurez une pensée pour moi. »

Comme elle allait en parler à Felipe, Alba apporta les plats et les déposa sur la table.

— Il n'y a que nous deux ? demanda Felipe, surpris.

Cleo hocha la tête.

— Rhona a déjà pris son dîner, et Alba a mis une assiette de côté pour Sofia quand elle se réveillera.

— Bien sûr, tu sais tout ce qui se passe, dit-il en la couvant d'un regard plein de tendresse. Je n'en reviens pas. Tu t'adaptes n'importe où, comme le caméléon ? Il y a seulement deux jours que tu es ici.

— Tout le monde a été très gentil, pour que je ne me sente pas perdue. Tu sais, *doña* Luisa nous a raconté tes exploits quand tu étais petit, nous avons beaucoup ri. Je crois que tu ne pourras plus impressionner Sofia après ça.

Il esquissa un sourire contrit, et ses traits se détendirent quelque peu.

— Je ne veux pas savoir ce qu'elle vous a dit. Je suis sûr que Sofia saura me le ressortir aux moments les plus inappropriés.

Il s'assombrit brusquement.

— Je retire ça. Je n'ai pas su apprécier Sofia comme elle le mérite. Mais ça va changer.

— Tant mieux, répondit Cleo. Elle est formidable, tu sais. Si maternelle avec Isabella, si bonne avec votre grand-mère. Tu as bien fait de la sortir des griffes de cet homme.

— Ce n'est pas ce qu'elle disait sur le moment. Mais j'aurais dû deviner qu'elle était en danger.

Il soupira et plongea son regard dans le sien.

— En entrant ici ce soir, j'ai remarqué une différence incroyable. C'était une autre ambiance. Merci infiniment, Cleo.

Elle sentit le picotement des larmes et s'efforça de les refouler. Les dernières heures n'avaient pas été faciles, et elle était lasse, mais la nuit risquait d'être pénible. *Doña* Luisa ne verrait sans doute pas le jour se lever.

— Ce que tu as accompli est inestimable. Je ne pourrai jamais te rendre ce cadeau.

Elle détourna le regard. Elle pensa à tous ceux qu'il aidait. À l'hospice, tout le monde aimait le Dr Gonzalez. Sa grand-mère aussi avait longtemps insisté sur sa gentillesse à son égard. Et, bien sûr, il y avait tout ce que Cleo percevait elle-même.

— Tu te dévoues pour créer du réconfort et de la paix autour de ceux qui arrivent en fin de vie. Si je peux faire juste un peu pour apporter de la sérénité à ceux qui te sont chers, alors tant mieux. Tu le mérites, et c'est ce que ta grand-mère mérite aussi. C'est un privilège de venir en aide à ta famille, Felipe.

Elle avait parlé avec fougue, et il était un peu sonné d'entendre ces vérités.

— Je... Merci.

— Je vais bientôt prendre la relève de Rhona. Je me suis reposée avant ton retour. Je vais veiller ta grand-mère cette nuit.

— Non, c'est inutile. Je resterai avec elle.

Exactement ce que sa grand-mère avait prédit. Cleo lui offrit un sourire rassurant.

— Bien sûr. Mais tu pourras compter sur moi pour t'assister au besoin. C'est ta grand-mère qui a insisté pour que tu aies un soutien.

L'air sombre, il repoussa son assiette.

— Je n'ai pas besoin de soutien.

— Je n'en doute pas. Mais laisse-moi accomplir sa dernière volonté. Je somnolerai dans un coin, sans vous déranger, *don* Felipe.

Il haussa les sourcils, et une trace de gaieté traversa son regard avant de disparaître aussitôt.

— Et si je refuse ?

— Alors je laisse à *doña* Luisa le soin de t'expliquer elle-même ce qu'elle a décidé quand elle se réveillera.

Juste avant l'aube, la respiration de *doña* Luisa devint subitement laborieuse. Cleo sortit discrètement de la chambre et alla chercher Sofia.

Celle-ci nourrissait son bébé. Elle devint très pâle en voyant Cleo.

— C'est le moment, n'est-ce pas ? dit Sofia, les traits crispés.

— Oui, je le crains, répondit doucement Cleo. Veux-tu prendre Isabella et venir embrasser ta grand-mère une dernière fois ?

Sofia la suivit et, serrant sa fille contre elle, fit des adieux poignants à la vieille dame. Se redressant, elle pressa l'épaule de Felipe, assis près du lit, et se retira, le visage baigné de larmes.

Puis ce fut le tour d'Alba, qui avait tenu à être avertie.

Respectant sa promesse à *doña* Luisa, Cleo vint se placer derrière Felipe et posa une main sur son épaule. Après le départ d'Alba, il lui avait jeté un regard implorant pour réclamer sa présence au moment de perdre celle qui l'avait élevé et aimé.

Le souffle de *doña* Luisa ralentit, sa poitrine maigre se soulevait désormais à peine. Felipe gardait la tête inclinée, serrant la main inerte. Jusqu'à ce qu'elle rendît son dernier soupir.

— Elle est partie, murmura-t-il avant d'embrasser les doigts de la vieille dame avec ferveur.

— Elle sera toujours avec toi, dit Cleo avec émotion. L'amour ne disparaît jamais.

Le lendemain, Cleo vit à peine Felipe.

Il annonça à Sofia qu'elle pourrait occuper l'appartement de leur grand-mère aussi longtemps qu'elle le souhaitait, ce qui permettrait à la pauvre Alba, bouleversée par le décès de sa patronne, de continuer à travailler pour leur famille. Après quoi, il alla s'enfermer dans le bureau pour prendre les dispositions relatives aux obsèques et contacter les avocats de *doña* Luisa. Puis il déclara qu'il rentrait chez lui.

Cleo avait beau se dire qu'elle s'attendait à cette attitude distante, il était trop tard. Elle aimait Felipe. Elle était amoureuse de lui depuis la nuit torride qu'ils avaient passée ensemble dans son petit appartement à Coogee. Elle avait beau essayer de se convaincre qu'il ne s'agissait que de sexe, leur connexion instantanée l'avait touchée en plein cœur. Elle doutait qu'un autre homme pût jamais la troubler à ce point.

Mais maintenant, elle devait se rendre à l'évidence. Il n'avait plus besoin d'elle.

Elle soupira, regrettant d'avoir accepté de rester jusqu'aux funérailles. Mais Sofia l'avait suppliée de ne pas partir tout de suite.

Elle ne vit pas davantage Felipe le lendemain. Mais Alba vint lui remettre un message de sa part. Il l'invitait à déjeuner la veille des funérailles.

En s'éveillant ce matin-là, Cleo constata que des flots de lumière dorée inondaient la chambre, éblouissant les miroirs et les jolies moulures du plafond.

Dans deux jours, elle serait chez elle à Coogee, bien loin du décor luxueux de cet appartement et de la splendeur de la villa de Felipe.

Sur la table du petit déjeuner, elle découvrit une rose à côté de son assiette et de celle de Sofia.

— Pourquoi cette attention ? demanda-t-elle à Alba qui apportait le café.

— À Barcelone, le 23 avril est la journée des Amoureux, répondit l'employée de maison qui portait une petite rose à la boutonnière. Tout le monde donne des roses. Traditionnellement, l'homme offrait une rose à son amoureuse et elle lui donnait un livre. Mais de nos jours, on en offre à tout le monde, et pas seulement aux amoureux. À la famille, aux collègues… C'est une belle journée !

— Comme la Saint-Valentin ?

— Oui, peut-être. Si vous allez en ville, vous verrez les étals des vendeurs de roses. Sofia et moi allons nous promener avec Isabella pour les voir.

— Je pensais que Sofia déjeunait avec *don* Felipe et moi ?

— Non, pas aujourd'hui, dit Alba sans parvenir à dissimuler un sourire. Il viendra à midi. Je vous prie de l'attendre *ici*.

À en croire son regard perçant, Cleo ne devait surtout pas descendre dans la rue, où elle risquait de rencontrer des problèmes, des accidents de voiture par exemple, ou des bébés sur le point de naître !

Felipe et elle déjeuneraient en tête à tête ? Dans une ville remplie d'étals de roses et d'amoureux ? Et Felipe lui ferait ses adieux de manière amicale, balayant du même coup ce qu'il y avait entre eux…

Mon Dieu ! Que pouvait-il y avoir de pire, alors qu'elle avait le cœur déchiré ? Elle avait cru qu'ils s'étaient rapprochés, ces derniers jours, qu'ils avaient noué des liens plus forts. Mais elle avait seulement pris ses désirs pour des réalités. Felipe ne lui avait même pas adressé la parole depuis le décès de sa grand-mère. Pour lui, elle avait rempli sa tâche, et sa mission s'arrêtait là.

Et comme une idiote, elle avait baissé la garde, pensant qu'il voulait lui faire une place dans sa vie. Elle s'était même prise à rêver d'un avenir pour eux deux. Mais il ne l'aimait pas comme elle l'aimait et il ne lui avait jamais fait de promesses.

Quand elle serait de retour chez elle, peut-être cesserait-elle de souffrir, se dit-elle sans y croire. Oh ! pourquoi la vie était-elle si compliquée ? Elle voulait rentrer tout de suite, mais elle ne le pouvait pas. Ce serait seulement après les funérailles. Peut-être devait-elle simplement apprécier ce dernier moment à partager avec Felipe, savourer cette brève parenthèse et la graver dans sa mémoire pour s'en souvenir plus tard. Du moment qu'elle n'en attendait rien.

Mais au fond d'elle, une toute petite étincelle d'espoir subsistait, refusait de s'éteindre. Felipe lui avait tenu la main à la Sagrada Família, l'avait pressée contre lui. Elle se rappelait aussi ses sourires pleins de chaleur, sa volonté de la voir heureuse. Cela voulait forcément dire quelque chose. Aujourd'hui, c'était leur dernière chance.

À midi, bien qu'elle eût préféré l'attendre devant l'entrée, elle alla s'asseoir dans le grand hall formel, dans sa robe crème qu'Alba avait finalement réussi à nettoyer.

Elle se força à respirer calmement. Quel Felipe retrouverait-elle ? L'homme chaleureux ou l'aristocrate au visage austère ?

— Tu as l'air absorbée dans tes pensées.

Elle sursauta.

— Oh… j'ai dû rêvasser. Je n'ai pas entendu l'ascenseur.

— Tu es ravissante.

— Tu es très élégant, toi aussi. Où allons-nous ?

— Je te propose un tour dans la ville pour te montrer les hauts lieux. Nous t'avons donné tellement d'occupations que tu n'as presque rien vu de Barcelone.

Ainsi, il endossait le rôle de l'hôte parfait qui montrait à son invitée les charmes de sa ville. Il employait un ton formel et ne ressemblait en rien au Felipe charmeur qu'il avait été en Australie ou à la Sagrada Família.

Elle tâcha de cacher sa déception au mieux. Certes, il la trouvait ravissante, mais au fond d'elle le petit espoir était en train de s'éteindre. Faire du tourisme quand il se montrait si austère n'était guère enthousiasmant.

— Je n'ai pas à me plaindre. Mais merci quand même.

En entrant dans l'ascenseur, elle eut la pénible impression d'être un fardeau, un devoir dont il devait s'acquitter. Elle aurait aimé prendre l'avion sur-le-champ.

Il se tenait près d'elle, si grand, si beau, mais si distant aussi. Un aristocrate dans toute sa splendeur glacée… Elle n'était pas du tout la femme qu'il lui fallait, se dit-elle avec désespoir. Elle aurait dû le savoir.

Il était si réservé qu'elle avait envie de hurler. En percevant la senteur attractive de son eau de toilette, elle regretta de ne pas s'être aspergée de parfum pour ne plus respirer le sien. Elle n'aurait pas dû venir.

Comme il l'invitait à prendre place dans la voiture, elle salua

Carlos et s'engouffra sans un mot à l'intérieur. Sur la banquette, face à elle, il y avait un magnifique bouquet de roses rouges.

— Pour toi, dit Felipe.

— Elles sont très belles. Mais nous ne sommes pas amoureux.

Oh ! mon Dieu ! Pourquoi avait-elle dit ça ?

24

Felipe jeta un regard stupéfait à Cleo. Elle n'aimait pas les roses ? Pourtant, il lui avait semblé qu'elle appréciait les rosiers qui entouraient sa villa.

— Les roses sont une tradition ici. Même entre amis, et j'espère que c'est ce que je représente pour toi.

Il n'y comprenait rien. Il s'attendait à un de ses sourires radieux, à un baiser peut-être – mais il ne fallait pas trop espérer non plus.

Il ne lisait rien sur ses traits, mais son humeur était étrange. Qu'est-ce qui n'allait pas ? Il savait que sa propre nervosité le rendait moins accessible, pour ne pas dire austère. Mais il était terriblement tendu, parce qu'il était déterminé à faire de ce moment quelque chose de beau dont elle se souviendrait. Tout dépendait de la réponse de Cleo.

— Elles sont très belles, répéta-t-elle.

Mais sa voix manquait singulièrement d'enthousiasme. S'était-il trompé ? N'avait-elle pas la moindre attirance pour lui ?

Cette brassée de roses était son premier geste romantique avant de l'emmener au parc Güell. Là, il comptait lui demander de rester en Espagne et de leur donner une chance de vivre une belle histoire. Bien sûr, il était conscient des obstacles qui les séparaient, mais ils en discuteraient ensemble et finiraient par les surmonter.

Facile à dire ! Le mur qui se dressait entre eux à présent lui semblait infranchissable, et son projet lui paraissait déjà voué à l'échec.

— Qu'y a-t-il, Cleo ?

— Je suis fatiguée. La semaine a été riche en émotions.

Oui, elle était lasse, il le voyait maintenant. Il s'en voulait de ne pas avoir fait plus attention à elle ces derniers jours.

— Tu dois être trop épuisé toi aussi pour jouer les guides touristiques, dit-elle.

— Mais je ne *joue* pas, répondit-il, vexé.

— Même pas à être un danseur de flamenco ?

Il se rembrunit.

— Pas du tout. Je suis aussi cet homme-là au fond de moi. Je pensais que tu le savais.

Comme elle gardait le silence, il chercha désespérément une autre approche.

— Cleo, je voulais te parler...

— Me parler de quoi, Felipe ?

Elle n'était guère encourageante ; il aurait voulu la ramener à l'appartement et tout reprendre à zéro, car ce tête-à-tête était décidément mal parti. Il avait prévu de pique-niquer dans le parc et de l'embrasser, pour la première fois depuis trop longtemps.

— Tu envisagerais de t'installer en Espagne et de travailler avec moi à l'hospice ?

Cette stratégie pourrait l'intéresser, si elle consentait à rester, avait-il pensé. Mais il avait formulé sa proposition de façon abrupte et elle sonnait comme un ultimatum.

Cleo se raidit.

— À quel titre ?

Il se pencha vers elle.

— Je te l'ai dit, je te vois très bien réconforter les patients dont la fin est proche et consoler ceux qui doivent leur dire adieu.

Elle secoua la tête.

— Non, je ne peux pas.

— Et si tu formais le personnel ? Si tu partageais les admirables compétences dont tu as fait preuve avec ma grand-mère ?

— Non.

Le ton était véhément. Ce refus catégorique mettait un coup fatal à tous les espoirs de Felipe.

— C'est ce que tu voulais me dire ?

— Entre autres choses... J'avais pensé que tu pourrais emménager avec Sofia.

Il avait eu peur de l'effrayer en lui demandant de s'installer chez lui dès le début de leur histoire. Il se sentait terriblement maladroit. Comment se rattraper ? S'il lui parlait d'amour maintenant, elle serait capable d'ouvrir la portière et de sauter en marche.

Comment avait-il pu se tromper à ce point ? Il ne lui était pas indifférent, il en était certain. Il l'avait sentie si proche, si adorable à la Sagrada, si merveilleusement compatissante au moment où sa grand-mère était morte... La nuit qu'ils avaient passée ensemble à Sydney l'avait profondément marquée, elle aussi. Elle lui en avait fait la confidence à bord de l'avion.

Depuis, il l'avait laissée se faire peu à peu une place dans sa vie. Jusqu'à ce qu'il admette que Cleo lui était nécessaire, qu'il était fou d'elle et qu'elle avait conquis son cœur.

Sa chère *àvia* se serait-elle trompée, elle aussi ? Alors, ce serait une première !

Mais tout n'était peut-être pas perdu... À cette pensée, il sentit la tension s'atténuer en lui. Tout ce qu'il avait à faire, c'était de se mettre en retrait et de parler plus tard à Cleo. Il ne renoncerait pas, dût-il la poursuivre jusqu'en Australie. Parce qu'il ne croirait jamais qu'elle n'avait aucun sentiment pour lui. Il avait lu ses émotions au fond de ses prunelles.

— C'était peut-être une mauvaise idée, de te proposer ce rendez-vous aujourd'hui, alors que tu es si fatiguée, dit-il malgré son intense frustration. Mais demain, avec les obsèques, il nous sera impossible de parler avant ton départ.

Elle ne répondit pas, et il accepta son erreur.

Laisse-lui encore le temps...

— Veux-tu que je te ramène à l'appartement ?

— Oui, s'il te plaît.

25

Le jour se leva, sombre et morne. Cleo pensa avec tristesse que c'était son dernier jour à Barcelone.

Quelques heures plus tard, sous le ciel gris et le vent mordant, elle attendait la seconde voiture qui l'emmènerait, avec Sofia et Isabella, aux obsèques. Immédiatement après la cérémonie, un taxi la conduirait à l'aéroport.

Son sac de voyage était posé à ses pieds. Une dernière fois, elle vérifia que son billet d'avion se trouvait dans sa poche. Elle avait plus que rempli ses engagements envers la famille Gonzalez et elle voulait partir au plus vite. Elle s'était même si bien acquittée de sa tâche que Felipe lui avait offert une place dans son hospice...

Elle poussa un soupir douloureux. Comme elle avait été sotte de rêver d'une relation durable avec Felipe... La veille, un seul regard lui avait fait comprendre que cet homme n'était pas pour elle. Encore heureux qu'il ne lui ait pas offert une prime pour les aimer tous ! Pendant le trajet de retour, il avait à peine prononcé un mot, mais, au moment où elle descendait de la voiture, il l'avait retenue par le bras.

— Je t'en prie, accepte les roses. J'aimerais tant que tu les gardes.

Elle les avait emportées, pour ne pas le blesser. Mais une fois dans l'ascenseur, elle avait enfoui son visage dans les pétales veloutés et fondu en larmes. Felipe ne lui avait rien promis, et elle n'avait pas le droit de se rendre si malheureuse, n'est-ce pas ?

Oh ! si... Parce qu'elle aurait aimé travailler à l'hospice et rester amie avec Sofia.

Les funérailles de *doña* Luisa avaient lieu à la cathédrale. Il y avait une foule de dignitaires et d'officiels, et l'édifice était presque comble, constata Cleo, impressionnée. Malgré leur douleur, Felipe et Sofia, placés au premier rang, semblaient parfaitement à l'aise parmi ces personnalités. Elle choisit de se tenir au fond avec Alba, Rhona et Carlos.

Après le service funèbre, traditionnel et fastueux, quand Sofia vint lui demander de les accompagner au cimetière, elle n'eut pas le cœur de refuser. Mais elle partirait aussitôt après, se promit-elle. Pas question de rester à la réception.

Peu de gens assistaient à l'inhumation, et Cleo ne put s'empêcher de remarquer qu'à part Sofia personne n'approchait Felipe pour lui témoigner un peu de chaleur. Des salutations, quelques poignées de main respectueuses, et il se trouva seul au bord de la tombe.

Alors, elle n'y tint plus. S'avançant parmi les inconnus, elle le rejoignit et lui toucha le bras.

— Je suis de tout cœur avec toi, Felipe. Je suis heureuse d'avoir connu ta grand-mère. C'était une belle personne.

Il se tourna vers elle, et la désolation de son regard la suffoqua. Elle raffermit la pression sur son bras pour lui offrir un peu de réconfort.

— Une autre femme que j'aimais et que je perds, dit-il d'un ton poignant. Et toi aussi, tu vas me quitter.

Elle le fixa avec étonnement.

— C'est différent. Je ne fais pas partie de ta famille, et tu ne m'aimes pas.

Au lieu de répondre, il baissa les yeux vers le cercueil et murmura :

— *Àuia*, penses-tu que c'est le bon moment ? Merci, ma chère petite grand-mère. Repose en paix.

Là-dessus, il entraîna Cleo à l'écart.

— Sais-tu ce qu'elle m'a dit ? « Ne la laisse pas s'enfuir, Felipe. »

Cleo lui jeta un regard inquiet. Le chagrin lui faisait-il perdre la tête ?

— Non, je ne suis pas fou, dit-il comme s'il devinait ses pensées. Elle m'a dit qu'elle me hanterait si je te laissais partir.

— Hum… Je dois y aller, Felipe. Mon avion décolle dans quatre heures.

— J'ai besoin de te parler. Une fois que j'aurai fini, si tu décides toujours de partir, je te promets de te conduire à temps à l'aéroport.

Elle n'insista pas et se laissa guider vers la voiture. Pendant qu'elle s'installait à l'intérieur, elle vit Felipe donner des instructions au chauffeur. Puis il la rejoignit sur la banquette arrière. Carlos ferma la portière et se tint à l'écart. Sans doute avait-il reçu l'ordre de ne pas les déranger.

Elle fut encore plus intriguée quand Felipe prit ses mains dans les siennes.

— N'aie pas peur, ma douce Cleo. Je sais que j'ai beaucoup d'efforts à faire vis-à-vis de toi. M'ouvrir davantage, pour commencer, dit-il en plongeant son regard dans le sien. Et m'expliquer à propos d'hier...

Il soupira et reprit :

— J'étais un amoureux, essayant de jouer Roméo...

— Un Roméo ? Où était-il passé pendant cette fameuse conversation ?

— Je ne sais pas, parce que je suis incapable d'exprimer mes émotions. Au moment d'avouer mes sentiments, je suis si désespérément froid et formel.

Un sourire chaleureux éclaira alors ses traits, et elle vit apparaître le Felipe qu'elle aimait.

— Mais je compte travailler là-dessus, avec ton aide, pour être le danseur passionné que je suis au fond de moi. Il n'y a que toi qui puisses faire apparaître cet homme-là. Tu es mon ange, Cleo. Me comprends-tu ? Je t'aime.

Elle secoua la tête, hébétée. Son cœur battait la chamade. C'était trop beau, trop soudain, trop dangereux aussi, et elle n'osait y croire. « Je t'aime. » Trois petits mots insensés qu'elle désespérait d'entendre de la bouche de son beau Catalan.

Sans lui laisser le temps de répondre, il poursuivit :

— Il a fallu la naissance de ce bébé dans la rue pour que je me rende compte à quel point je t'aimais. Un amour qui remonte à notre première nuit ensemble.

— Non, c'est impossible, dit-elle. Tu m'as quittée sans un mot ce matin-là.

— Sais-tu que j'ai levé les yeux vers ta fenêtre et que j'avais le cœur déchiré ? Pour revenir à hier, mon amour, j'avais plein de projets en tête, mais j'étais anxieux comme un collégien et ça a été un désastre. Plus tard, j'ai compris que je t'avais effrayée avec mon air austère. Je voulais tellement que tu répondes oui à ce que je désirais si ardemment.

— C'est vrai. J'étais décontenancée. Tu désirais ardemment que je travaille avec toi à l'hospice, c'est ça ?

— Non… Enfin, oui, mais pas seulement. Je voulais surtout te parler de notre avenir à deux. J'avais mis un panier de pique-nique dans le coffre et je comptais t'embrasser. Mais j'ai été minable, dit-il avec un sourire désabusé. Nous recommencerons si tu renonces à prendre cet avion.

L'esprit de Cleo se mit à tourner à toute vitesse. Elle avait cru Felipe distant et arrogant, alors qu'il était simplement nerveux. Lui d'habitude si sûr de lui avait eu peur d'être rejeté.

— Tu étais si inflexible, mon amour. Et si déterminée à partir, dit-il.

Oui, une vraie peste. Parce qu'elle avait voulu se protéger à tout prix.

— Tu m'as proposé un emploi, dit-elle du bout des lèvres.

— Mon ultime recours pour te garder en attendant de te séduire, murmura-t-il en portant ses doigts à ses lèvres.

Elle esquissa un sourire. Oui, elle le reconnaissait enfin, son merveilleux danseur.

— Vous avez donc l'intention de me séduire, *don* Felipe ? dit-elle par jeu.

— Absolument. Mais ce n'est pas tout, mon amour. Mon vœu le plus cher est que tu deviennes ma femme. Pour partager avec toi le reste de ma vie et te montrer chaque jour combien je t'aime.

Une joie immense emplit le cœur de Cleo.

— Mon cher Felipe, tu aurais dû te jeter à l'eau hier. Alors tu aurais su que…

Sa voix se brisa. Ces mots-là, elle les avait criés dans le silence de son cœur, mais c'était la première fois qu'elle allait les prononcer.

— Je t'aime… depuis l'instant où je t'ai vu dans le cabaret de Diego, murmura-t-elle en se blottissant contre lui. Tu étais si sensuel !

— Je sais, répondit-il d'un air faussement arrogant.

Elle se mit à rire jusqu'à ce qu'il la prît par la taille pour la hisser sur ses genoux. Heureusement, la silhouette de Carlos les protégeait des regards !

— Ma Cleo, si belle, si adorable..., dit Felipe en appuyant son front contre le sien. Quand nous retournerons pique-niquer et que je t'apporterai d'autres roses, j'essaierai de te dire toutes les raisons que j'ai de vouloir devenir ton mari.

— Je les écouterai avec bonheur, mon danseur adoré.

Felipe l'embrassa tendrement. Cleo ferma les yeux, s'abandonnant au baiser de celui qu'elle pensait avoir perdu, un matin, à l'aube, alors qu'il s'éloignait après une nuit avec elle.

Épilogue

Six mois plus tard

Le mariage était célébré dans la crypte de la Sagrada Família. Assise auprès d'Alba et de Carlos, la vieille nourrice de Felipe était toute tremblante d'émotion. De l'autre côté, il y avait Sofia, avec Isabella, et toutes deux le regardaient en souriant.

Felipe patientait devant l'autel, Diego à son côté. Une autre cérémonie aurait lieu un peu plus tard, dans la cathédrale, suivie d'une grande réception à l'hôtel de ville. Mais il avait voulu d'abord ce mariage intime dans le lieu qui lui était cher pour de multiples raisons.

La musique résonna soudain, et la petite assemblée se retourna. Auprès de lui, Diego frémit en voyant apparaître la demoiselle d'honneur, sa fiancée Jen. Mais Felipe n'avait d'yeux que pour la mariée.

Sa reine, sa divine Cleo… Elle ressemblait vraiment à une reine, tandis qu'elle s'avançait vers lui avec confiance dans sa jolie robe blanche. Son cœur se gonfla d'émotion quand le regard rempli d'amour de Cleo rencontra le sien. Jamais il n'avait été plus heureux qu'en cet instant, où elle venait prendre sa place auprès de lui pour devenir sa femme.

Ce soir, après la réception, il lui réservait une surprise. Il lui enseignerait les premiers pas de flamenco pour que, plus tard, elle devienne sa partenaire. Puis il la porterait vers le lit et il lui ferait l'amour avec toute la passion dont son âme était pleine.

AMY RUTTAN

Les jumeaux d'un rival

Traduction française de
ÉVELINE CHARLÈS

BLANCHE

HARLEQUIN

Titre original :
TWIN SURPRISE FOR THE BABY DOCTOR

Ce roman a déjà été publié en 2021.

1

Ce matin-là, en franchissant le seuil de l'hôpital San Diego Mesa, Adeline Turner ne pouvait s'empêcher de sourire.

Cette journée était exceptionnelle ! Elle venait d'apprendre que son dernier concurrent pour le poste de médecin chercheur, le Dr Oleson, avait accepté une proposition à New York. Désormais, plus aucun obstacle ne se présentait sur sa route ! Elle allait être enfin récompensée pour son travail acharné. Dans quelques mois, elle pourrait faire de la recherche dans l'un des hôpitaux les plus prestigieux de la côte Ouest !

— On dirait que vous avez gagné le gros lot, docteur Turner, plaisanta Nelly Keeper, l'infirmière en chef, en lui tendant son premier dossier de la journée.

Adeline réprima un gloussement de joie.

— Ça, c'est sûr ! Le Dr Oleson a été affecté à New York ! Nelly lui jeta un coup d'œil étonné.

— Ah ? c'est pour cela que vous êtes si contente ? J'ignorais que vous étiez aussi proches.

— Ce n'est pas le cas, mais nous espérions tous les deux la même promotion. Maintenant, nous ne sommes plus rivaux.

Son interlocutrice pinça les lèvres, ce qui l'inquiéta un peu.

— Quoi, qu'est-ce qu'il y a ? Quand vous faites cette tête...

— Nous avons un nouveau résident qui arrive de Houston.

Tandis que l'infirmière s'éloignait, Adeline sentit son optimisme baisser de quelques crans.

Ce n'était pas la première fois qu'un nouveau médecin rejoignait l'équipe du Dr Wilder, et elle n'avait eu jusqu'à maintenant aucun concurrent à craindre parmi les nouveaux… Pourtant, son instinct lui disait que la journée s'annonçait moins facile qu'elle ne l'avait pensé.

Depuis sa désastreuse première histoire d'amour avec l'homme qu'il ne fallait pas durant ses études de médecine, son instinct la trompait rarement. Elle avait appris qu'elle ne pouvait compter que sur elle-même.

Elle ne devait faire confiance qu'à elle-même.

Adeline ne voyait que le dos du nouveau médecin, qui discutait avec Maxine Wilder, sa chef de service.

Il était grand, environ un mètre quatre-vingt-cinq, si elle en jugeait par sa propre taille. Lorsqu'il se retourna, elle sentit son cœur manquer un battement.

Elle n'avait jamais vu un aussi bel homme.

Il avait des yeux noirs et pétillants, des cheveux bruns et bouclés en désordre. Son demi-sourire creusait une fossette dans sa joue, et lorsqu'il la regarda, elle ressentit comme un petit choc électrique.

Elle s'immobilisa pour le fixer, incapable qu'elle était de faire quoi que ce soit d'autre dans l'instant.

Elle n'avait rien éprouvé de tel depuis longtemps… Pas depuis Grégory.

Elle s'en voulut que cette pensée lui traverse l'esprit et détesta la chaleur qui envahissait son cou et ses joues.

Le Dr Wilder l'aperçut à son tour.

— Ah ! docteur Turner ! Je vous présente le médecin qui remplace le Dr Oleson. Il s'agit du Dr Elias Garcia, qui nous arrive de Houston.

Le Dr Garcia sourit à Adeline non sans la parcourir du regard, ce qui suscita en elle une nouvelle décharge électrique.

— Je suis ravi de faire votre connaissance, dit-il en lui tendant la main.

Elle la serra de mauvaise grâce, et juste parce que sa supérieure hiérarchique les regardait.

— Moi de même, répondit-elle.

Son instinct ne l'avait pas trompée : ce type ne pouvait être qu'une source d'ennuis, et ce d'autant plus qu'elle le trouvait terriblement séduisant.

— Docteur Turner, je souhaiterais que vous mettiez le Dr Garcia au courant du fonctionnement du service et que vous travailliez ensemble sur les dossiers des patients autorisés à rentrer chez eux.

Elle sentit son sourire forcé se muer en grimace.

— Je croyais que je faisais les consultations, aujourd'hui ?

Le Dr Wilder la fixa froidement.

— Je m'en occuperai. Aujourd'hui, vous faites visiter l'hôpital au Dr Garcia et vous vous chargez des sorties.

— Bien.

Les gratifiant tous les deux d'un bref hochement de tête, le Dr Wilder s'éloigna, laissant Adeline seule avec leur nouveau collègue.

L'espace d'un instant, elle ne sut que dire. Elle ne devait surtout pas faire de gaffe et donner à cet inconnu des armes contre elle.

Ce fut lui qui rompit le silence.

— Vous n'avez qu'à me donner la moitié des dossiers, que je puisse commencer à travailler.

— Pardon ?

Le Dr Garcia croisa les bras sur sa poitrine, visiblement agacé.

— Écoutez, je n'ai pas besoin d'une baby-sitter. Je suis là pour une titularisation, alors si on pouvait commencer...

Elle adopta la même posture que lui et leva le menton dans sa direction.

— Ce sont des patients que je connais, et vous ignorez les procédures du San Diego Mesa. Tant que ce sera le cas, je serai votre baby-sitter, comme vous dites. Alors, vous allez me suivre pour commencer la journée.

— Vous suivre ? Je ne suis pas un interne, et vous n'êtes pas mon médecin référent.

— J'ai travaillé un an en obstétrique avant qu'une place se libère dans ce service et, du même coup, je suis votre supérieure.

Elias réprima un sourire.

Il appréciait les femmes fougueuses... Le seul problème, c'était que celle-ci était sa rivale.

Avant même d'arriver à l'hôpital de San Diego, il avait entendu parler d'elle, et il savait qu'elle était l'adversaire à abattre. Mais la réalité ne correspondait pas exactement à ce qu'il avait imaginé.

Le Dr Adeline Turner était d'une beauté à couper le souffle. Elle avait de grands yeux marron foncé, des lèvres pleines, elle rougissait sous l'effet de l'émotion, et il n'avait pas pu s'empêcher de se dire qu'elle serait encore plus séduisante si ses cheveux blonds noués sur sa nuque étaient lâchés sur ses épaules. Pendant une fraction de seconde, son sang avait bouillonné dans ses veines sous l'effet de l'attirance qu'elle lui inspirait…

Puis elle avait ouvert la bouche, et il avait atterri.

Elle était volontaire, forcément intelligente puisqu'elle était parvenue à ce niveau. Ce n'était pas le genre de fille que l'on peut draguer dans un bar. C'était la chirurgienne qu'il devait vaincre.

Elle lui plaisait énormément, mais il n'était pas là pour faire la cour à une femme, même aussi belle qu'Adeline Turner.

Dans sa vie, il n'y avait aucune place pour une idylle. Longtemps auparavant, il avait été amoureux, et mal lui en avait pris. Même dans sa propre famille, il ne se sentait pas compris, et il savait qu'il ne pouvait compter que sur lui-même. Son père l'avait toujours pris pour un raté, mais il comprendrait son erreur quand lui, Elias, atteindrait son but.

Est-ce qu'il en était vraiment certain ?

Chassant cette pensée importune, il baissa les yeux vers le Dr Turner qui le foudroyait du regard.

Une chose était sûre : sa carrière avait plus d'importance pour lui que n'importe quoi d'autre au monde. Et cela impliquait qu'il ne s'engage pas dans une relation amoureuse avec sa rivale.

— Il se trouve que, à Houston, j'ai été médecin hospitalier, spécialisé en pédiatrie, en unité de soins intensifs néonatals. Alors je pense que nous sommes sur un pied d'égalité.

— Non, nous ne sommes pas sur un pied d'égalité. Je suis ici depuis plus longtemps que vous, puisque vous venez d'arriver. Alors, vous feriez mieux de faire ce que je vous dis.

Malgré son agacement, il ne put réprimer un sourire.

Cette fille constituait un défi, mais il se sentait capable de le relever. Il obtiendrait ce poste, et cette spécialité figurerait sur son CV. Il serait reconnu de tous.

De tous, sauf de sa famille…

Il ne voulait pas évoquer sa famille, ni le fait qu'il n'en avait vu aucun des membres en deux ans et que cela en faisait cinq que son ex-fiancée l'avait quitté pour son frère cadet.

Ses relations avec sa famille étaient tendues. En leur présence, il était incapable de se concentrer. Il ne supportait pas de décevoir son père. Sa carrière était donc devenue sa seule priorité, et c'était pourquoi il ne céderait pas à la tentation, même si elle était aussi ravissante qu'Adeline Turner.

•

Espèce de crétin arrogant !

Tout en rentrant chez elle, Adeline ruminait sa déception.

Dire qu'elle attendait de faire les consultations depuis trois mois ! À la place, elle avait dû s'occuper du Dr Garcia. Et pour comble de malchance, il s'avérait un excellent médecin, charmant et très à l'écoute des patients.

Évidemment, toutes les femmes célibataires l'avaient aussitôt adoré. Elles devenaient folles quand il leur adressait ce demi-sourire qui creusait une fossette dans sa joue. Les plus récalcitrantes d'entre elles avaient été conquises.

Pour sa part, en travaillant avec lui durant toute une journée, elle avait compris deux choses : c'était un rival redoutable, et il était absolument canon.

Elle n'avait rien contre les très beaux hommes, mais elle avait appris à ses dépens qu'elle devait s'en méfier comme de la peste.

Grégory avait été son professeur, et il était aussi séduisant que le Dr Garcia. Ignorant qu'il était marié, elle en était tombée follement amoureuse. Dès qu'elle l'avait su, elle avait rompu, mais cela avait failli lui coûter sa carrière. Grégory lui avait mené la vie tellement dure ensuite qu'elle avait été contrainte de changer d'hôpital universitaire.

Tout ce qu'elle voulait, maintenant, c'était atteindre le but qu'elle s'était fixé dès le début de son internat à l'hôpital de San Diego lorsqu'elle avait entendu parler du Dr Maxine Wilder, une innovatrice dans le domaine de l'obstétrique et de la médecine fœtale.

Le Dr Wilder avait sauvé énormément de grossesses. Elle avait tiré d'affaire des cas désespérés.

C'était cela que voulait Adeline : se former auprès de la meilleure, sauver des cas désespérés, éviter à ses patientes la douleur de la perte d'un enfant.

Sa colère s'atténua alors qu'elle pensait à sa propre mère, qui n'avait pas pu avoir d'autres bébés après sa naissance en raison de la pathologie héréditaire qui affectait sa famille.

Le purpura thrombotique thrombocytopénique, ou PTT.

Il causait des caillots sanguins, mettant en danger la vie de la mère et de l'enfant.

Bien que sa mère ait survécu, Adeline s'était toujours reproché d'avoir en quelque sorte causé ce mal, qui s'était déclaré pendant la grossesse. C'était certainement l'une des raisons qui l'avaient incitée à faire des études de médecine.

Elle sentit une boule se former dans sa gorge et inspira profondément pour réprimer une forte envie de pleurer.

Ce n'était pas le moment de se laisser aller ! Elle ferait mieux de se faire tester pour savoir si elle avait hérité ou non de ce gène, comme sa mère le lui demandait depuis si longtemps.

Elle laissa échapper un soupir.

Cet examen la terrifiait et, de toute façon, puisqu'elle n'avait pas l'intention de fonder une famille, à quoi bon s'imposer cette épreuve ?

En s'engageant dans la rue où se trouvait la maison de plage qu'elle partageait avec d'autres internes de l'hôpital, elle vit une camionnette de location et des cartons posés dans l'allée.

Elle se rappela alors qu'un nouveau colocataire devait remplacer Dennis, parti pour Boston.

Elle ne se sentait pas d'humeur à se montrer accueillante. Tout ce dont elle avait envie, c'était prendre une bouteille de vin dans le réfrigérateur et s'installer avec sur la terrasse qui donnait sur la plage.

Dès qu'il l'aperçut, James, le propriétaire de la maison, secoua la tête.

— Rien qu'à voir ta tête, je devine que tu as passé une mauvaise journée ! s'exclama-t-il.

— Exact. Je vais siroter un verre de vin bien frais pour me calmer.

— Qu'est-ce qui s'est passé ? Tu étais de très bonne humeur, ce matin.

— Nouveau médecin. Nouveau concurrent. Je n'ai pas envie d'en parler pour l'instant.

James se mit à rire.

— Sherrie est déjà sur la terrasse.

Hochant la tête, elle laissa James accueillir le nouveau colocataire. Elle gagna la cuisine, prit la bouteille et un tire-bouchon, puis se rendit sur la terrasse où Sherrie était allongée sur une chaise longue, un livre de médecine sur les genoux.

— Qu'est-ce que tu lis ? demanda Adeline.

— Un bouquin sur les reins...

Sherrie jeta un coup d'œil à la bouteille.

— Tu as eu une journée difficile ?

Adeline hocha la tête.

— Le nouvel interne qui remplace Oleson convoite le même poste que moi !

— Aïe !

— Je ne te le fais pas dire. Et je ne m'inquiéterais pas autant s'il ne constituait pas une vraie menace.

— Il est bon ?

— Ses références sont excellentes. C'est la raison pour laquelle le Dr Wilder l'a engagé. Aujourd'hui, il a plutôt bien bossé, conclut Adeline en soupirant.

Elle s'assit près de son amie et contempla le ciel qui s'obscurcissait.

— Ça te dirait de manger au resto, ce soir ?

— J'aimerais bien, mais je dois réviser avant cette grosse opération, demain. Le Dr Thomas m'a demandé de l'assister.

— Pas de souci. Si je commandais quelque chose ? Je n'ai vraiment pas envie de faire la cuisine, surtout avec un nouvel arrivant et des caisses partout.

Sherrie se redressa vivement.

— À ce propos, tu l'as vu ?

— Pas encore.

— Il est canon, fit-elle avec un sourire rêveur. Quand je l'ai aperçu, j'ai failli m'évanouir.

— T'évanouir ? répéta Adeline, l'estomac brusquement noué.

Elle avait un mauvais pressentiment, mais le destin ne pouvait pas lui jouer un tour aussi cruel !

Se levant d'un bond, elle retourna dans la maison et trouva James qui montait l'escalier, un carton portant les initiales EG dans les bras.

Oh non ! Non ! Je vous en prie, non !

— Qu'est-ce que tu as ? demanda James. À voir ta tête, on pourrait croire que tu viens de croiser un fantôme.

— Le nouveau colocataire… Qui est-ce ?

— Tu peux le lui demander toi-même. Il est juste derrière toi.

Elle sentit un frisson lui parcourir la colonne vertébrale et se retourna lentement.

— Docteur Turner, je présume ?

Elias Garcia se tenait devant elle, avec ce même petit sourire en coin qui creusait une fossette dans sa joue. Vêtu d'un jean et d'une chemise de coton bleu, il était très différent du médecin en blouse blanche avec qui elle avait travaillé toute la journée. Ses manches retroussées dévoilaient des avant-bras musclés, ses yeux noirs pétillaient, et ses boucles brunes en désordre lui allaient toujours aussi bien.

Le souffle légèrement coupé, elle ne voyait plus en lui son adversaire, mais un homme terriblement attirant.

Il était urgent qu'elle se rappelle ce qui lui était arrivé à l'hôpital universitaire. Toute liaison avec un médecin était exclue, et celui-ci était son rival, son colocataire !

Elle avait du mal à réfléchir alors qu'il se tenait à moins d'un mètre d'elle et qu'il lui adressait le charmant sourire dont il avait usé avec les patientes toute la journée…

Mais elle n'allait pas se laisser faire, pas question ! Cette fois, personne ne se mettrait en travers de sa route.

Même si, en face d'Elias, elle avait les jambes flageolantes.

Oh ! bon sang !

Soudain, elle détestait Dennis, qui avait déménagé à Boston. Elle détestait James, qui louait une chambre à Elias Garcia. Non seulement ce type voulait lui prendre *son* poste, mais elle allait devoir en plus supporter de vivre sous le même toit que lui.

Elle ne pouvait même pas lui échapper.

— Tout va bien, docteur Turner ? demanda Elias en fixant la bouteille qu'elle tenait toujours à la main.

— Vous ne pouvez pas habiter ici, dit-elle vivement.

Elle laissa échapper un rire, tant cette situation était absurde.

Elias parut troublé.

— Bien sûr que si !

— Non, c'est impossible.

Elle sentit son cœur s'emballer alors qu'Elias faisait un pas dans sa direction.

— Pas du tout, répliqua-t-il plus doucement. Va-t-on devoir avoir une nouvelle discussion pour savoir qui est supérieur à l'autre hiérarchiquement ?

— En tout cas, ce n'est pas vous, affirma-t-elle en rougissant.

Il se pencha alors pour lui murmurer à l'oreille :

— Je crois pourtant que vous allez découvrir que c'est moi.

— Allez au diable !

Elias sourit intérieurement.

L'ardeur d'Adeline lui plaisait. Cette façon d'exprimer ses sentiments ouvertement était plutôt rafraîchissante. En cela, elle était très différente des femmes qu'il avait connues. Leurs petits jeux pouvaient être amusants pendant la période de séduction, mais ils cessaient rapidement de l'être par la suite.

Adeline n'appréciait visiblement pas plus que lui de vivre sous le même toit que son rival.

Il avait suffi qu'il passe une journée en sa compagnie pour comprendre qu'elle était très douée. C'était un excellent médecin. Elle était intelligente, rapide et totalement concentrée sur son travail. Mais l'hostilité qu'elle lui manifestait prouvait qu'elle voyait aussi en lui une menace.

Tant mieux.

— Eh bien, dit-il, je suis ravi que nous partions sur de bonnes bases, ma chère coloc.

Passant auprès d'elle, il monta quelques marches et fit signe à James de continuer à avancer.

Si Adeline n'avait pas été son adversaire, il l'aurait volontiers courtisée. Avec elle, ce serait certainement très amusant.

Elle était têtue, volontaire, et absolument canon.

Autant de critères qu'il appréciait. Mais il avait conscience qu'une femme comme elle était dangereuse parce qu'elle pouvait endommager ses défenses.

De hauts murs soigneusement érigés...

Elle n'était pas du genre à rechercher les coups d'un soir, et il n'avait de son côté pas la moindre intention de s'engager dans une liaison sérieuse. La dernière avait failli lui briser le cœur, et il n'était pas prêt à renouveler l'expérience.

Tout ce qu'il voulait, c'était une partie de jambes en l'air de temps à autre. Adeline Turner était focalisée sur sa carrière, tout comme lui. On couche rarement avec une femme dont le travail était l'unique passion. Et surtout pas quand il s'agit d'une concurrente...

Mais là, c'était dommage.

— Tu es sérieux, James ? cria Adeline depuis le rez-de-chaussée. Ce type va habiter ici ?

James leva les yeux au ciel et pâlit légèrement.

— Elle crie toujours aussi fort ? demanda Elias en prenant le carton des mains de James.

— De temps en temps, marmonna James.

— James ! lança de nouveau Adeline.

— J'ignorais que vous vous connaissiez, dit James. Le Dr Garcia vient d'arriver en ville, et il cherchait un logement. Nous avions une chambre de libre, et tu sais parfaitement que je les loue au personnel de l'hôpital. Je ne veux pas que tu fasses des problèmes, Adeline.

À la vue du visage renfrogné levé vers eux, Elias ne put s'empêcher de lui sourire. Elle était vraiment adorable quand elle était furieuse.

Sauf qu'il ne fallait pas qu'il pense à elle de cette façon. Ces cheveux blonds, cette bouche rose et ces courbes harmonieuses n'étaient pas pour lui.

- Allons, dit-il, ça ne peut pas être aussi catastrophique que ça, non ?

Elle plissa ses yeux marron comme pour lui faire comprendre qu'il allait avoir des ennuis. Mais, curieusement, cela ne fit que l'exciter davantage.

— C'est déjà assez moche que vous vouliez obtenir un poste pour lequel je travaille dur depuis le début de mon internat. Et il faudrait encore que je supporte votre présence au-dessus de ma chambre !

— Ce qui confirme que je suis au-dessus de vous.

Adeline rougit fortement.

— Je vous conseille de rester à distance !

C'était un avertissement clair comme de l'eau de roche.

— Ce ne sera pas facile, puisque nous sommes désormais colocataires et que nous travaillons tous les deux dans le service du Dr Wilder.

Il n'aurait sans doute pas dû la pousser à bout, mais quelque chose en lui l'y incitait. Il aimait le feu qu'il pouvait voir en elle, sous la surface.

Elle était fougueuse, elle lui faisait bouillonner le sang, et l'envie de la séduire prenait le dessus, bien que ce soit une très mauvaise idée.

— Exact, répliqua-t-elle. Je peux rester professionnelle, à condition que vous ne vous mettiez pas en travers de ma route.

Sur ces mots, elle tourna les talons et s'éloigna.

Malgré lui, il admira ses fesses rondes moulées dans son jean.

Sa tenue d'hôpital ne lui rendait pas justice en dissimulant ses formes, et ce chignon serré ne lui allait pas du tout. On aurait dit qu'elle faisait tout son possible pour se cacher.

Mais n'était-ce pas ce qu'il faisait aussi ? Lui-même ne se sentait-il pas protégé lorsqu'il portait sa blouse blanche ?

Surtout si sa famille despotique était dans le coin. Cette famille qui attachait plus de valeur à son vignoble qu'aux diplômes qu'il avait obtenus haut la main…

Son père avait toujours préféré son frère, Aidan, qui avait repris l'entreprise, à lui qui privilégiait ses études et ne faisait jamais ce qu'il attendait de lui.

Aux yeux de son père, il avait fait le choix d'une vie facile, alors que la médecine n'a rien de facile. Et chaque fois qu'il rentrait à la maison, il était confronté encore et encore à la même souffrance.

Son frère lui avait aussi volé Shea, sa fiancée. Aussi loin qu'Elias s'en souvienne, Aidan avait toujours voulu ce qui lui appartenait.

Mais personne ne pourrait lui enlever sa carrière. La blouse blanche, la tenue bleue, son objectif de sauver les vies les plus vulnérables... C'était ce qui lui permettait de tenir debout, de poursuivre sa route et de garder courage.

Alors, oui, il supporterait de vivre sous le même toit que la belle Adeline Turner.

Celle qu'il avait l'intention de vaincre à n'importe quel prix.

2

Le lendemain matin, quand Adeline se leva, elle en voulait à la terre entière, et en particulier à James, même si elle savait qu'il n'avait rien fait de mal. Mais comme elle avait besoin de blâmer quelqu'un, James était le bouc émissaire parfait.

Bon, elle allait partir au travail, et tout irait bien.

Elle voulait arriver à l'hôpital avant Elias Garcia, l'oublier. C'était pourquoi elle s'était levée de si bonne heure. Le Dr Garcia était nouveau et charmant. Les gens se laissaient séduire par son sourire, mais n'importe qui comprendrait bientôt qu'elle était bien plus digne de confiance que lui.

Et puis, le Dr Wilder était d'un naturel routinier, elle appréciait ses petites habitudes, et Adeline était sa préférée, celle à qui elle pouvait confier ses patients en toute quiétude. Il lui suffirait de le lui rappeler.

Souriant pour elle-même, elle franchit le seuil de l'hôpital.

Le soleil brillait, la température était agréable. Dès qu'elle aurait pris un café, elle s'occuperait des dossiers du Dr Wilder, et peut-être pourrait-elle faire les consultations.

En tout cas, elle s'arrangerait pour éviter le Dr Garcia.

— Bonjour, docteur Turner, fit une voix grave derrière elle.

De nouveau, elle sentit un long frisson lui parcourir le dos. Elle se retourna lentement et vit Elias Garcia à quelques pas d'elle.

Il avait déjà revêtu sa tenue bleu marine et enfilé par-dessus sa blouse blanche. Il tenait un gobelet de café dans une main et une tablette dans l'autre. Il était visiblement en pleine forme. On aurait presque dit qu'il n'avait pas quitté l'hôpital depuis la veille.

— Vous avez l'air fatiguée, remarqua-t-il calmement.

— Quelqu'un a fait un bruit incroyable toute la nuit.

— Certainement pas toute la nuit. Vous devez entendre des voix, ou bien vous avez rêvé de moi.

Elle leva les yeux au ciel.

— Bien sûr.

Inspirant profondément, elle serra les poings.

Il avait beau la rendre folle, il était incroyablement attirant.

Elle détestait son sourire !

Menteuse. Elle le trouvait craquant, au contraire, tout en se maudissant de ne pas se contrôler davantage, elle qui s'était toujours enorgueillie de se maîtriser parfaitement.

Du calme ! Elle devait se concentrer sur le fait qu'il était l'ennemi.

— Ce sont les dossiers du Dr Wilder ? demanda-t-elle en baissant les yeux vers la tablette.

— En effet. Puisque j'étais là, j'ai pensé que je pouvais commencer à mettre de l'ordre dans ses dossiers et examiner la patiente qui est arrivée cette nuit.

Elle sortit son téléphone de sa poche pour voir si elle avait reçu un appel.

— Une patiente est arrivée cette nuit ?

— Une fois que j'ai eu rangé mes affaires à la maison, j'ai décidé de retourner à l'hôpital où j'avais oublié quelque chose. Il y avait une femme, aux urgences. Elle semblait avoir un problème de pression artérielle. Le Dr Wilder m'a demandé de l'assister.

Adeline eut l'impression que son univers s'écroulait.

D'habitude, c'était elle que le Dr Wilder appelait en cas d'urgence nocturne ! C'était même pour cette raison qu'elle habitait si près de l'hôpital.

Cela *aurait dû* être elle.

Tandis que cette pensée l'envahissait, elle entendit presque la voix de sa mère lui disant de ne pas être aussi égoïste, qu'il y avait des drames bien pires dans le monde, et qu'elle devrait simplement remercier le ciel d'être en vie.

D'accord, mais ce poste était à elle ! Elle ne voulait le laisser à personne !

Et puis, Elias Garcia n'était peut-être pas Grégory, mais il lui rappelait la plus grande erreur de son existence.

Elle se força à sourire.

— Eh bien, si vous avez été là toute la nuit, vous devriez peut-être rentrer pour vous reposer un peu. Je m'occuperai des dossiers, ajouta-t-elle en tendant la main vers la tablette.

Elias plissa les yeux, mais le sourire qu'il lui adressa ne ressemblait en rien à celui qu'il réservait aux patients... ou plutôt aux patientes. Elle savait ce qui se cachait derrière : une détermination égale à la sienne.

« Que la bataille commence ! » lui disait-il clairement.

— Je vous remercie de vous préoccuper de ma santé, docteur Turner, mais je suis suffisamment en forme pour travailler ce matin.

Elle s'apprêtait à discuter, lorsqu'elle aperçut le Dr Wilder qui traversait le hall et venait vers eux.

— Ah ! docteur Turner ! Je suis contente que vous soyez là. Est-ce que le Dr Garcia vous a mise au courant, au sujet de notre patiente de cette nuit ?

— Brièvement.

Elias lui jeta un coup d'œil de côté, et elle ne put s'empêcher de lui adresser un sourire suave.

Cet échange silencieux échappa heureusement au Dr Wilder.

— Très bien. Le Dr Garcia m'a bien aidée, mais il est clair que cette patiente ne tardera pas à accoucher. Le Dr Garcia était le meilleur de sa promotion en néonatalogie et en pédiatrie. Et vous, docteur Turner, vous êtes mon bras droit dès qu'il s'agit de chirurgie obstétrique. Vous êtes tous les deux des chirurgiens talentueux. Je veux que vous travailliez ensemble sur ce cas. Nous devons garder ce fœtus *in utero* le plus longtemps possible, et pour cela il nous faut déterminer ce qui arrive à cette patiente. S'agit-il de prééclampsie, d'un problème thyroïdien ou cardiaque ? Les hypothèses sont nombreuses, et j'ai besoin de réponses.

Une boule se forma dans la gorge d'Adeline. Quelque chose lui disait que cette journée ne serait pas meilleure que la précédente.

— Vous souhaitez que nous travaillions ensemble ?

Elle attendait depuis une éternité l'occasion de travailler en solo sur un cas, pour que le Dr Wilder reconnaisse sa valeur. Cet espoir n'incluait absolument pas le Dr Garcia...

Cependant, s'il fallait collaborer avec le diable, lui en l'occurrence, elle relèverait le défi. Même si elle devait se brûler au passage.

Elias semblait aussi choqué qu'elle.

— Docteur Wilder, vous ne comptez pas prendre en charge cette patiente vous-même ?

Le regard de la chef de service passa de l'un à l'autre.

— Vous êtes mes deux meilleurs internes, et vous rivalisez pour obtenir un poste dans l'une des spécialités les plus pointues de la médecine. J'aime assez utiliser la méthode socratique, ayant moi-même été formée de cette façon. Je serai disponible si vous avez besoin d'un avis, mais la vie de cette femme et celle de son enfant sont entre vos mains.

Adeline prit la tablette à Elias.

— Merci. Vous pouvez nous faire confiance, docteur Wilder.

Elias toussota.

— Oui. Merci, docteur Wilder.

Cette dernière hocha la tête.

— Parfait. J'ai hâte de connaître vos conclusions. Les résultats des analyses devraient être arrivés. À votre place, je commencerais par là.

Sur ces mots, elle s'éloigna.

Les bras croisés sur la poitrine, Elias se planta devant Adeline. Il serrait si fort son gobelet qu'elle craignit un instant que le café n'en gicle.

— Très bien, dit-il. Nous allons examiner ensemble ma patiente.

— Notre patiente, rectifia-t-elle.

— C'est cela.

Il vida son gobelet froissé et le jeta dans une poubelle, après quoi il se tourna vers elle.

— Écoute-moi bien, je sais que nous sommes concurrents, mais je suis certain que cette rivalité ne nuira pas à ton travail.

— Je suis professionnelle, si c'est ce qui t'inquiète. Et toi ?

— Pareil. Je suis *très* professionnel.

L'adverbe « très » résonna comme une menace aux oreilles d'Adeline.

— Parfait. On y va ?

Un lent sourire étira les lèvres d'Elias.

— Tu devrais peut-être te changer, auparavant, dit-il en se penchant vers elle.

Il était si près d'elle que son haleine tiède lui caressa la tempe, suscitant en elle une étrange chaleur. Il profita de cette fraction de seconde d'inattention pour lui reprendre la tablette.

Malgré elle, ce jeu l'amusa.

— On se retrouve au labo ? Tu n'as qu'à récupérer les résultats, et on en discutera avant de voir la patiente.

— Très bien, docteur Turner.

Elle s'éloigna rapidement.

Elle avait besoin de recouvrer ses esprits afin d'empêcher Elias d'utiliser l'attrait qu'il exerçait sur elle pour la manipuler.

Certes, elle allait travailler avec l'ennemi, mais elle pouvait aussi s'en servir à son avantage.

Elias n'eut pas à attendre longtemps Adeline au labo.

Elle avait ôté les vêtements de ville qui flattaient si bien ses courbes. Son corps était dissimulé sous une tenue légèrement trop grande pour elle.

Il savait que c'était une armure, et il pouvait le comprendre. Il aurait préféré ne pas travailler avec elle, mais il devait reconnaître qu'elle était très performante dans sa partie, et leur objectif commun était la préservation du fœtus. Il avait du mal à l'admettre, mais il avait besoin d'Adeline.

— Tu as les résultats ? demanda-t-elle.

— Oui. On va s'installer dans une salle de consultation pour en parler ?

— Bien sûr.

Dès qu'ils eurent trouvé une salle libre, ils s'assirent à une table l'un en face de l'autre.

— Parle-moi de cette patiente, commença Adeline.

— Mme Bryant a trente-quatre ans, c'est sa troisième grossesse, énonça Elias. Sa tension est de 13-9, et elle est tachycardique. Elle souffre aussi d'indigestion.

Quelque chose lui trottait dans la tête, mais il ne parvenait pas à mettre le doigt dessus, ce qui le frustrait depuis le début. À voir le visage d'Adeline, il devina qu'elle réfléchissait intensément.

— De la tachycardie ? Une indigestion ?

— On lui a fait un électrocardiogramme qui a montré que le rythme cardiaque était normal.

— Est-ce que cette patiente a des protéines dans son urine ?

Il consulta les résultats.

— Non, mais le frottis de sang périphérique a révélé des schizocytes.

Adeline écarquilla les yeux.

— Des schizocytes, tu dis ?

— Oui, pourquoi ?

Il savait que c'étaient des globules rouges aux contours irréguliers, uniquement présents dans certaines maladies.

— Est-ce que le taux d'ADAMTS13 est élevé ? demanda Adeline d'une voix légèrement tremblante.

Cette fois, il s'agissait d'une enzyme qui si elle ne fonctionne pas correctement, entraîne la formation de petits caillots. Un taux élevé pouvait signifier que la patiente avait un problème sanguin.

Adeline se leva d'un bond.

— Je voudrais examiner cette patiente.

— Très bien. On va demander au labo de détecter la présence de cette enzyme. À quoi penses-tu ?

Adeline laissa échapper un soupir.

— Au PTT, le purpura thrombotique thrombocytopénique. Si Mme Bryant en présente les symptômes, sa vie et celle de son bébé sont en danger.

Il s'en voulut de ne pas y avoir pensé. Mais d'ordinaire il s'occupait de bébés victimes de PTT seulement après leur naissance.

— Bien sûr.

— Tu as déjà eu des cas de ce genre ? demanda-t-elle tandis qu'ils quittaient la salle de consultation

— Deux fois. Pas au niveau du diagnostic, mais au bloc, quand je travaillais en néonatalogie. Et toi ?

— Je l'ai vécu, murmura Adeline.

Elle jura entre ses dents tout en appuyant sur le bouton d'appel de l'ascenseur.

— Oublie ça, dit-elle.

— Impossible ! Je possède une mémoire eidétique.

— Vraiment ? C'est fascinant.

Tout en attendant l'ascenseur, ils échangèrent un petit sourire.

— Je le pense aussi. De quelle façon l'as-tu vécu ?

— Ma mère a développé un PTT après ma naissance. J'étais un bébé prématuré, né à trente-deux semaines. Ma mère a eu la forme la plus rare de cette pathologie, à savoir la version génétique. Le gène est dormant, et la grossesse peut l'activer. La plupart du temps, c'est une complication passagère, mais dans le cas de ma mère elle est persistante.

— Je suis désolé, murmura-t-il. Elle a fait une récidive, récemment ?

— Non, heureusement. Elle me supplie de faire un test génétique, mais... Je ne sais pas pourquoi je te raconte ça.

— Pas de souci. Il m'arrive parfois de travailler avec des prématurés, et je pense à mon neveu, qui l'était. J'avais quinze ans quand il est né. J'étais l'oncle de cet être humain minuscule et fragile qui pouvait ne pas vivre. J'ai su ce que je ferais plus tard. Comme j'étais moi-même un enfant prématuré, je suppose que c'était mon destin.

L'expression d'Adeline s'adoucit, il sentit son cœur battre plus vite.

— J'ai éprouvé la même chose quand ma mère a accouché après moi d'un bébé mort-né, dit-elle. Je voulais éviter cette douleur à d'autres femmes.

— Et c'est ce que tu fais.

Il n'aurait pas su dire pourquoi il avait dit cela. Adeline lui avait fait une confidence, comme à un ami. Et en tant que tel, il voulait la réconforter.

Les joues roses, elle lui adressa un sourire timide.

Un silence gênant s'installa entre eux. Enfin, la porte de l'ascenseur s'ouvrit, et ils entrèrent dans la cabine.

— J'aimerais que tu gardes ça pour toi, dit-elle. Je ne voudrais pas que ma vie privée se répande dans l'hôpital.

— D'accord, mais tu devrais le faire, ce test génétique.

— Pourquoi ?

— Eh bien, si tu veux fonder une famille un jour...

Adeline pinça ses jolies lèvres.

— Je ne crois pas que ça te regarde. Nous ne nous connaissons pas.

— Désolé si j'ai franchi des limites interdites. J'ai seulement pensé que, dans la mesure où tu es médecin toi-même, tu voudrais le faire.

— Je n'ai pas l'intention d'avoir d'enfants, si bien que c'est inutile, docteur Garcia.

Sans qu'il comprenne pourquoi, cette réponse le déçut.

Ce n'était pas comme si lui-même avait souhaité devenir père un jour, puisque sa carrière l'emportait sur toute autre préoccupation...

Menteur ! Il était simplement trop effrayé pour s'engager.

Sa famille était source de complications. Il ne s'entendait plus avec son père depuis qu'il avait refusé de reprendre la direction du vignoble pour faire des études de médecine. Quoi qu'il fasse, son père le désapprouverait toujours.

Son frère cadet était bien meilleur que lui. Il était même un meilleur mari...

Ne pas penser à Shea.

La cabine d'ascenseur s'arrêta, et Adeline fut la première à sortir.

Il regrettait de lui avoir posé des questions. Ainsi qu'elle le lui avait dit, sa vie privée ne le regardait pas. Il ne devait pas, ne pouvait pas s'y impliquer.

Mais il admirait son entêtement. Et plus il l'admirait, plus il la désirait.

Mais ça non plus, ce n'était pas possible.

3

Adeline percevait comme un bourdonnement persistant au niveau des tempes.

Elle détestait avoir affaire à des cas de PTT.

Par bonheur, ce n'était arrivé qu'une seule fois, alors qu'elle assurait une garde aux urgences. C'était même son diagnostic qui avait attiré sur elle l'attention du Dr Wilder. Mais cette expérience l'avait terrifiée en lui rappelant qu'elle pouvait avoir hérité de ce gène fatal.

Elle voulait aider les femmes qui souffraient de cette pathologie, mais en même temps elle en avait peur. Et elle ne parvenait à contrôler ses émotions qu'au prix d'un effort énorme.

Ce n'était peut-être pas le PTT.

Elle fit taire cette petite voix optimiste.

Quand il s'agissait du PTT, elle ne se trompait jamais.

Elle ne put s'empêcher de se repasser les moments sombres qui avaient décidé de son destin professionnel.

« Votre maman est tirée d'affaire, les enfants. »

Son père paraissait épuisé, des cernes sombres soulignaient ses yeux.

Elle et son frère avaient eu très peur quand on les avait fait entrer dans la chambre de leur mère. Celle-ci gisait sur le lit, pâle, faible et brisée.

« Les enfants sont là, Bev. »

« Merci. »

Leur mère avait juste émis un murmure, elle ne les avait pas regardés… Elle avait tout d'un fantôme.

En approchant de la chambre de leur patiente, Adeline chassa ce souvenir.

Dès le seuil de la pièce, elle remarqua le teint jaune de Mme Bryant, et son cœur se serra.

C'était le PTT.

— Madame Bryant, je suis le Dr Garcia. Nous nous sommes vus au moment de votre hospitalisation, vous vous rappelez ?

— Très bien, répliqua la jeune femme avec un sourire.

— Je vous présente le Dr Turner. Elle est obstétricienne et travaille dans le service du Dr Wilder.

Mme Bryant sourit faiblement, et Adeline lut dans ses yeux son épuisement et son inquiétude.

— Comment vous sentez-vous ? demanda-t-elle doucement, en sortant son stéthoscope de sa poche pour écouter le cœur du bébé.

— J'ai la migraine et mal au ventre.

— La migraine ? Quand cela a-t-il commencé ? demanda Adeline à l'infirmière.

— Il y a une heure, environ. Mais sa tension était normale.

Hochant la tête, Adeline ausculta la patiente.

Les battements de cœur du bébé étaient nets. Elle palpa ensuite l'abdomen de Mme Bryant sans rien déceler d'inquiétant.

— Nous allons faire une autre prise de sang afin d'éliminer certaines possibilités. J'aimerais aussi faire une échographie pour vérifier que le bébé va bien. C'est bon pour vous, madame Bryant ?

— Bien sûr.

— Je m'occupe de l'échographie, intervint Elias.

Adeline examina alors la peau de sa patiente, cherchant les petites taches rouges, ou pétéchies, qui confirmeraient le PTT.

Elle les repéra sur le côté de la jeune femme, puis sur son abdomen.

Elias était en train de faire l'échographie, distrayant du même coup la patiente qui fixait l'écran.

Adeline se pencha pour le regarder aussi.

— Le bébé semble aller bien, remarqua Elias. Le rythme cardiaque est bon, et le liquide amniotique en quantité suffisante.

Hochant la tête, Adeline se tourna de nouveau vers l'infirmière.

— J'ai besoin de connaître le taux d'ADAMTS13. Envoyez en urgence l'échantillon sanguin, et je veux qu'on lui injecte une dose de Bétaméthasone.

— Entendu, docteur Turner.

Elle s'adressa alors à Mme Bryant.

— Votre bébé va bien, mais au cas où vous feriez de l'hypertension, ou si le bébé risquait de présenter une détresse respiratoire au moment de l'accouchement, nous allons commencer un traitement. C'est la Bétaméthasone dont je viens de parler.

— D'accord, dit la patiente d'une voix tremblante.

Posant la main sur l'épaule de Mme Bryant, Adeline la pressa légèrement.

— Tout va bien se passer, vous êtes entre de bonnes mains.

— Je vous remercie tous les deux, dit la patiente en fermant les yeux. J'ai du mal à intégrer tout ça.

— Je comprends, mais votre état est stable, et nous allons veiller sur vous.

Adeline et Elias quittèrent la chambre pour gagner le poste des infirmiers.

— Qu'est-ce que tu en penses ? demanda Elias. Je te trouve bien silencieuse.

— Qu'est-ce que tu en sais ? Tu ne me connais que depuis hier.

— Oui, et tu m'as semblé plutôt bruyante et déterminée... Surtout quand il s'agissait de me faire déménager, plaisanta-t-il.

Elle se détendit légèrement et soupira.

— D'accord. Je suis embêtée. Mme Bryant présente bien les symptômes du PTT.

— La migraine et les maux de ventre concordent avec ce diagnostic ?

— Tout à fait. Maintenant, j'ignore s'il s'agit de la forme génétique ou acquise. Nous ne le saurons que lorsque le test génétique aura été fait, mais en attendant nous devons continuer de les surveiller, le bébé et elle.

— On ne va pas aller voir le Dr Wilder avec une simple intuition.

— D'habitude, je ne me trompe pas, mais le taux d'ADAMTS13 le confirmera. L'infirmière est en train d'injecter à la patiente de la Bétaméthasone. Si c'est le PTT, on a besoin de consulter l'hématologie et d'effectuer un échange plasmatique pour éliminer les caillots.

Le téléphone portable d'Adeline vibra dans sa poche. Elle sortit aussitôt.

— Le Dr Wilder m'attend au bloc 3. Une intervention d'urgence.

— J'ai le même message, dit Elias en consultant son téléphone. Sûrement un bébé en détresse.

— Dépêchons-nous, alors.

— Passe devant, je ne connais pas encore bien les lieux.

Elle sourit.

— On y va.

Il y avait une autre vie à sauver. Pour l'instant, elle devait oublier le PTT et compartimenter son cerveau comme elle le faisait toujours, en vraie professionnelle.

Concentrée sur sa tâche, Adeline procédait à une chirurgie fœtale avec le Dr Wilder.

Il s'agissait de sortir en partie un bébé présentant une *spina-bifida*, mais sans couper le cordon.

Au départ, le Dr Wilder avait privilégié la cœlioscopie. Elle comptait effectuer de petites incisions dans la paroi utérine de façon à introduire les instruments et intervenir *in utero*. Malheureusement, il y avait eu des complications, et il avait fallu ouvrir l'abdomen de la patiente.

Le bébé n'avait que trente semaines, mais la mère avait un problème de pression artérielle. Le Dr Wilder avait appelé la néonatalogie au cas il faudrait procéder à l'accouchement.

— Comment va la mère ? demanda le Dr Wilder.

— Sa tension grimpe, répondit l'anesthésiste.

Le Dr Wilder fronça les sourcils.

— Prééclampsie.

— On sera peut-être obligés de procéder à l'accouchement, fit remarquer Adeline, qui tenait entre ses mains la petite vie encore liée à sa mère.

— Si la pression continue de monter, on n'aura pas d'autre choix. Docteur Garcia, vous pouvez approcher ?

Elias obéit.

— Oui, docteur Wilder.

— Vous avez déjà opéré un enfant atteint de *spina-bifida*, je crois, non ?

— En effet.

— Alors, prenez ma place. Il se peut que je doive sortir totalement l'enfant et refermer la mère.

— Très bien.

Quelques secondes plus tard, Elias se trouvait en face d'Adeline devant la table d'opération.

Ses grandes mains se mouvaient avec délicatesse, tandis qu'il l'assistait sans qu'elle ait besoin de lui donner des instructions.

Tout comme elle, il savait ce qu'il faisait.

— C'est bien ce que je pensais, constata le Dr Wilder. Vous travaillez bien ensemble. En tandem, si je puis dire.

Adeline émit un grognement.

— Tu n'es pas d'accord ? demanda Elias.

— C'est la première fois qu'on opère ensemble, elle ne peut pas se faire une opinion aussi vite.

— Je crois que c'est très possible, au contraire. Certains chirurgiens s'accordent instinctivement. Ils savent quoi faire et anticipent d'instinct le geste suivant de leur partenaire. Je pense que c'est notre cas.

Adeline bénit le masque chirurgical qui dissimulait sa rougeur.

Les paroles d'Elias insinuaient quelque chose de plus intime. Comme une promesse...

Ne pas s'engager sur ce terrain.

Une alarme retentit.

— Elle s'enfonce ! cria quelqu'un.

— Turner, j'ai besoin de vous maintenant, ordonna le Dr Wilder. Garcia, on sort le bébé. Qu'on prévienne les soins intensifs néonatals.

Aussitôt, Adeline abandonna ses instruments. L'équipe des soins intensifs néonatals arriva et aida Elias à sortir le bébé du ventre de sa mère.

— On coupe le cordon, annonça le Dr Wilder dès qu'Adeline l'eut clampé.

Du coin de l'œil, Adeline vit Elias soulever le bébé minuscule dans ses grandes mains, tandis qu'elle s'efforçait de sauver la mère.

Elle avait beau le considérer comme un mufle arrogant, cette vision la fit fondre.

— Dès que le bébé sera stable, Garcia, j'aurai besoin de vous ici !

cria le Dr Wilder. La mère saigne énormément, et toutes les mains sont nécessaires. Il me faut davantage de sang.

La pression artérielle de la patiente était dangereusement élevée.

Concentrée sur sa tâche, Adeline remarqua à peine le retour d'Elias jusqu'à ce qu'elle entende sa voix derrière elle.

— L'état du bébé est stable, il est en soins intensifs, dit-il.

Après cela, le temps sembla s'arrêter pendant que tous deux travaillaient côte à côte avec le Dr Wilder pour sauver leur patiente.

Malgré elle, Adeline devait admettre qu'il était facile de collaborer avec Elias Garcia. Le Dr Wilder avait raison, ils constituaient une excellente équipe malgré leur rivalité.

Assis sur un banc dans le vestibule du bloc, Elias s'étira pour tenter de soulager son dos.

Il se sentait épuisé après les deux interventions successives, l'une sur le *spina-bifida* du bébé, l'autre pour sauver sa mère.

Adeline le rejoignit à cet instant et, sans crier gare, prit place à côté de lui à son grand étonnement.

— Je savais que certaines opérations pédiatriques étaient longues et difficiles, dit-il, mais deux à la suite...

— Tu t'es bien débrouillé, répliqua-t-elle avec un soupir. Mais ça ne m'a pas empêchée de m'inquiéter pour toi.

Se tournant vers elle, il comprit qu'elle plaisantait, et il ne put s'empêcher de lui sourire.

Il y avait tellement de choses qu'il appréciait en elle ! Elle était intelligente, déterminée, talentueuse, ravissante...

Stop ! Il fallait qu'il arrête de trouver des raisons de l'aimer. Il devait se rappeler qu'elle faisait partie du clan ennemi. Il pouvait travailler avec elle, mais il avait avant tout un but à atteindre.

— Le Dr Wilder veut nous voir demain au sujet de Mme Bryant. Pour l'instant, elle nous suggère de rentrer nous reposer.

— Je ne vais pas discuter. On pourrait rentrer ensemble, à moins que tu ne préfères qu'on marche chacun sur un trottoir ?

— D'accord, d'accord. On se retrouve devant l'hôpital dans 20 minutes ?

— Parfait.

Adeline fit quelques pas avant de se retourner, les bras croisés sur la poitrine.

Il s'attendait au pire, mais elle lui sourit gentiment.

— Beau boulot, aujourd'hui, docteur Garcia, dit-elle.

Sur ces mots, elle s'éloigna d'un pas vif.

Le compliment lui fit battre le cœur plus vite.

— Toi aussi, murmura-t-il, beau boulot.

Il se leva et gagna les soins intensifs néonatals avant de se changer.

Ce service l'apaisait toujours depuis que son neveu, Manny, y avait passé ses premières semaines, et la vue de la petite fille qu'ils avaient sauvée l'emplit de joie.

Il sourit au père qui se tenait près de la couveuse, vêtu d'une tenue stérile.

À une certaine époque, alors qu'il pensait épouser Shea après son internat, il aurait donné n'importe quoi pour être père. Ensuite, son monde s'était écroulé.

La paternité, ce ne serait jamais pour lui.

Il quitta rapidement le service.

Inutile de broyer du noir en évoquant ses rêves brisés ou la famille qu'il n'aurait pas.

4

Adeline réprima un soupir d'impatience.

Pourquoi est-ce qu'elle attendait ici ?

Elle regrettait d'avoir accepté de rentrer en compagnie d'Elias, qu'elle attendait depuis une vingtaine de minutes.

Peut-être était-il parti sans elle.

Mais non, ce n'était pas Grégory.

Seulement, elle ne parvenait pas à s'ôter cette idée de la tête.

Elle allait s'en aller, lorsqu'elle le vit traverser le hall dans sa direction. En vêtements de ville, il semblait totalement différent… Et toujours aussi beau.

Immédiatement, elle s'irrita d'avoir de telles pensées.

— Excuse-moi, dit-il. Je suis passé voir aux soins intensifs le bébé que nous avons accouché.

Il était légèrement hors d'haleine, comme s'il avait couru, Et il la balaya du regard d'une façon qui lui déclencha un envol de papillons dans le ventre.

— Tu es ravissante, remarqua-t-il.

— Je porte la même chose que ce matin.

— Sauf que tu as lâché tes cheveux, dit-il en tendant la main pour les toucher. C'est vraiment joli.

Elle toussota, gênée par la façon dont son corps réagissait à ce contact.

— Comment va le bébé ?

— Bien…

Mais quelque chose dans la voix d'Elias l'alerta.

Il était perturbé, et ce n'était pas à cause du bébé, mais cela ne la regardait pas.

Un instant plus tard, ils marchaient en silence côte à côte.

C'était une belle soirée d'été à San Diego. Une brise tiède effleurait leurs visages, les terrasses et les restaurants commençaient à se remplir sans que ce soit encore le rush du dîner. C'était l'un des moments qu'elle préférait.

— Tu es né à Saint Diego ? demanda-t-elle pour faire la conversation.

— Non. Je suis originaire de Napa.

— Et moi, de San Francisco. Mes parents y habitent toujours.

— Si bien que nous sommes tous les deux Californiens. C'est un autre point commun, en dehors des prématurés.

Elias esquissa un sourire avant de se détourner très vite, ce qui la mit mal à l'aise.

— Où as-tu fait tes études et ton internat ? demanda-t-elle pour dissiper cette sensation.

— C'est le jour de l'interrogatoire ? plaisanta-t-il.

— J'essaye de connaître mon adversaire, répliqua-t-elle.

Cette fois, la tension qui régnait entre eux s'évapora.

— Tu es drôle, dit Elias en riant, et ton sourire est adorable. D'habitude, tu es plutôt sévère, surtout quand tu me regardes.

Elle leva les yeux au ciel.

— Je prends mon boulot très sérieusement.

— Mais ça ne fait pas de mal de sourire.

— Ça permet aux gens de m'approcher. J'ai fait cette erreur une fois dans ma carrière. Ça n'arrivera plus.

Elle s'en voulut aussitôt d'avoir laissé échapper cette confidence.

Qu'est-ce qui n'allait pas, chez elle ?

Elle sortit ses clés, et ils rentrèrent dans la maison qu'ils partageaient.

Elle savait que Sherrie participait à une transplantation et que James était de garde aux urgences. Ce soir, ils étaient seuls dans la maison.

Vite, penser à autre chose !

— Bon, dit-elle, je vais manger un morceau et boire un verre de vin sur la terrasse. La journée a été intense.

— Je peux me joindre à toi ?

Comment refuser ?

— Bien sûr.

— Si je commandais des plats thaïs ?

— Ce serait génial.

— Va chercher le vin pendant que je m'en occupe. Tu me rembourseras plus tard.

— Tu veux dire en te cédant mon poste ? plaisanta-t-elle.

Tout en riant, Elias lui adressa un clin d'œil.

Elle gagna la cuisine où elle prit la bouteille de vin ouverte la veille et qu'elle n'avait pas finie. Elle quitta ses chaussures et gagna la terrasse sans oublier les verres.

Le soleil commençait à se coucher, embrasant le ciel et projetant sur le sable blanc des lueurs orangées. Avec cette brise provenant du Pacifique, c'était le paradis.

À San Francisco, s'asseoir près de l'eau avait toujours apaisé Adeline. Si elle fermait les yeux, elle pouvait presque s'imaginer parmi les grands arbres et percevoir le souffle de la brume qui montait de la baie.

Malheureusement, sa sérénité fut troublée lorsqu'elle pensa au purpura sous la peau de Mme Bryant. L'état de sa patiente continuait de l'inquiéter.

— On sera livrés dans quelques minutes, annonça Elias.

Il se tut un instant avant d'ajouter :

— Qu'est-ce qui ne va pas ?

— Je pensais à Mme Bryant, la patiente dont nous devons parler au Dr Wilder. Je devrais peut-être retourner à l'hôpital.

— Elle va bien. Son état est stable. Tu ne peux rien faire de plus.

La sonnette de la porte d'entrée retentit.

— C'est le livreur, dit Elias. Mets la table, on mangera dehors.

— Bonne idée.

Elle se leva pour aller chercher les couverts dans la cuisine. Elle les disposait sur la table quand Elias revint avec les plats, qui sentaient terriblement bon.

Ils s'assirent et mangèrent, tandis que le soleil disparaissait à l'horizon et que les lampes solaires s'allumaient, diffusant une douce lumière.

— C'est la pleine lune, ce soir, remarqua-t-elle. James va avoir du travail, aux urgences.

— À quoi est-ce dû, à ton avis ?

— Je n'en sais rien. Le fait est que de nombreux bébés naissent cette nuit-là.

— On dit qu'il y en a aussi beaucoup qui sont conçus à la pleine lune, fit Elias d'une voix légèrement enrouée.

Elle sentit son cœur battre plus vite, et la nourriture prit soudain un goût de sciure dans sa bouche.

— Parle-moi du vignoble où tu as passé ton enfance, dit-elle pour changer de sujet.

Elias parut étonné.

— Je t'ai dit cela ?

— Non, mais je l'ai deviné.

— Comment ?

— Tu as grandi à Napa, et tu fais une mimique quand tu bois une gorgée de vin. J'en déduis que tu es un connaisseur.

Elias se mit à rire.

— Bravo ! Ma famille est dans la vigne depuis un siècle. Notre vignoble a été transmis de père en fils depuis le début.

— Tu vas quitter un jour la médecine pour en prendre la direction ?

Il fronça les sourcils.

— Non. Mon frère cadet est parfait pour le rôle. Quant à moi, j'ai failli à mes responsabilités.

Visiblement, elle avait soulevé une question délicate.

Mais comment une famille pouvait-elle être déçue d'avoir un fils chirurgien ?

— Je trouve pourtant que tes parents devraient être fiers de toi.

Une lueur étrange traversa le regard d'Elias.

— Tu es vraiment belle, tu sais.

— Ne fais pas ça, murmura-t-elle.

— Quoi.

— Ne me complimente pas.

— Pourquoi ?

Elle se leva pour débarrasser.

— Parce que nous sommes rivaux.

Se levant à son tour, Elias lui toucha le bras, causant un choc électrique qui la traversa.

— Des rivaux peuvent se complimenter mutuellement, affirma-t-il. En tout cas, quand les éloges sont mérités. Et d'après ce que j'ai vu ces deux derniers jours, tu es une concurrente redoutable.

Cette fois, elle sentit son cœur s'emballer.

Ce sourire, ces yeux pétillants… Elle comprenait pourquoi Elias charmait tout le monde. Et elle n'échappait pas à la règle : il l'attirait.

Mais peut-être – juste peut-être – cesserait-elle d'être tourneboulée en sa présence si elle l'embrassait.

C'était absurde.

Pourtant, plus elle y pensait, plus elle se convainquait que c'était la solution. Elle désirait embrasser Elias Garcia. Elle l'avait désiré dès la seconde où elle l'avait vu. Si elle cédait à cette faim, à ce désir irrésistible qui la consumait de l'intérieur, elle pourrait éventuellement passer à autre chose.

Il fit un pas vers elle, comme s'il pensait la même chose, comme s'il menait le même combat.

— J'ai envie de t'embrasser, Adeline. Non ! Je *vais* t'embrasser.

Hochant la tête, elle fit la moitié du chemin. Elle avait l'impression d'être attirée par un aimant.

Elias glissa les doigts dans ses cheveux et l'embrassa passionnément, exactement comme elle le voulait.

Exactement comme elle en avait besoin.

Non ! Ça ne se pouvait pas !

Comme le baiser n'en finissait pas, elle le repoussa.

— Je ne peux pas.

— Désolé, Adeline, je n'ai pas pu m'en empêcher.

Elle avait du mal à respirer.

— Tu n'as pas à être désolé, mais je crois que je vais aller me coucher. Merci pour le dîner, je t'en dois un.

Elias détourna le regard.

— Bonne nuit, Adeline.

— Bonne nuit.

Elle s'éloigna très vite pour mettre de la distance entre eux avant de faire quelque chose qu'elle regretterait.

Avant de commettre pour la deuxième fois la même erreur.

Se passant une main sur le visage, Elias se versa une tasse du mauvais café qu'on buvait dans la salle de repos.

Il devait garder la tête froide avant cette présentation du cas de Mme Bryant au Dr Wilder. Il ne s'agissait pas de tout faire rater.

Il s'était tourné et retourné dans son lit pendant toute la nuit, obsédé par ce baiser qui avait fait bouillonner son sang. Avec n'importe quelle autre femme, cela aurait été plus loin, mais par bonheur Adeline y avait mis fin.

Sinon, il l'aurait fait lui-même.

Était-ce bien sûr ?

Adeline entra dans la salle. À sa vue, il cessa un instant de respirer, et elle s'immobilisa sur le seuil de la pièce, les joues toutes roses.

— Bonjour.

— Bonjour, répondit-il, avant de boire une gorgée de café.

— Il est bon ? demanda-t-elle.

— Infect, dit-il avec un sourire.

— Écoute, à propos d'hier soir...

— Il n'y a pas de souci.

— Pour de bon ?

— Tout à fait. C'était une erreur, et cela n'arrivera plus, crois-moi.

Une étrange lueur passa dans les yeux d'Adeline.

— D'accord, dit-elle en se servant un café.

— Tu es prête pour la présentation ?

— Je suis toujours prête.

Il retrouvait la chirurgienne déterminée dont il avait fait la connaissance quelques jours auparavant. Une chirurgienne incroyablement sexy...

Bon sang !

— On y va ? demanda-t-elle. À moins que tu n'aies besoin d'un autre café ?

— C'est bon, dit-il après avoir vidé son gobelet et l'avoir jeté dans la poubelle.

Il lui emboîta le pas et la suivit dans le couloir.

Tout ce qu'il restait à faire, désormais, c'était rapporter leurs conclusions au Dr Wilder. Ensuite, il espérait qu'il n'aurait plus à travailler avec Adeline Turner.

Ils trouvèrent leur patronne qui les attendait dans la salle de conférences.

— Eh bien, dit-elle en les voyant. Quel est le diagnostic ?

— PTT, dit Adeline. Les échantillons sanguins prélevés sur la patiente ont confirmé la présence de purpura.

Le regard froid du Dr Wilder se posa sur lui.

— Vous êtes d'accord, docteur Garcia ?

— Oui.

— Vraiment ?

— Je m'en remets à l'expérience du Dr Turner. Je n'ai rencontré qu'un seul cas de PTT, lorsque j'ai aidé à l'accouchement d'un enfant prématuré.

— Eh bien, je suis ravie de vous avoir confié cette patiente à tous les deux.

— Merci, dit Adeline, visiblement surprise par le compliment.

Le Dr Wilder croisa les bras sur sa poitrine.

— Votre tandem fonctionne bien, et je veux que vous continuiez à former une équipe parce que, ainsi que vous le savez, je n'ai qu'un seul poste offrir dans ma spécialité. Un seul ! C'est pourquoi je veux savoir comment vous gérez le cas de cette patiente. Dans un mois, j'ai une consultation programmée à San Francisco, et je souhaite que vous m'assistiez. Je sais que vous êtes en concurrence, mais vous avez intérêt à me montrer que vous êtes capables de travailler ensemble.

— Très bien, docteur Wilder, dit Elias. Je vous remercie pour cette opportunité.

— Parfait. Vous pouvez disposer.

Tournant les talons, Adeline quitta la salle de conférences, et il la suivit.

Il la savait très contrariée et, honnêtement, il ne pouvait pas l'en blâmer. Le Dr Wilder était froide, calculatrice et dure, mais elle était aussi brillante.

De son côté, il regrettait cette association forcée, d'autant qu'Adeline l'attirait terriblement… Surtout lorsqu'il se rappelait le goût de ses lèvres sous les siennes.

— Je n'arrive pas à croire que je suis coincée avec toi ! s'exclama-t-elle en se retournant.

— Pareil pour moi, grommela-t-il.

— Donc, nous sommes d'accord, remarqua-t-elle, un petit sourire aux lèvres.

— Oui, mais nous devons rester professionnels.

— Je suis toujours professionnelle.

— Tu ne l'étais pas tant que ça, hier soir, plaisanta-t-il.

Les joues rouges, elle lui saisit le bras et l'attira dans une chambre inoccupée, alluma la lumière et referma la porte.

À ses yeux écarquillés, il comprit qu'il était allé trop loin.

Elle était en colère, mais lui aussi l'était ! Il aurait eu besoin de mettre de l'espace entre elle et lui, et les ordres du Dr Wilder l'en empêchaient.

— Mettons les choses au point, dit-elle. On ne parle plus d'hier soir.

— D'accord. C'était une erreur, et ça n'aurait jamais dû arriver. Mais si je m'en souviens bien, tu m'as rendu mon baiser.

Pas question qu'il endosse la responsabilité à lui tout seul, Elle était autant à blâmer que lui... Et en même temps, pour l'instant, alors qu'il se trouvait si près d'elle dans cette pièce, il ne se rappelait plus pourquoi il était en colère.

Il ne pensait qu'aux lèvres d'Adeline... Comme il aurait voulu qu'elle soit quelqu'un d'autre ! Quelqu'un avec qui il ne soit pas obligé de collaborer.

En voyant Elias ce matin-là, Adeline avait été horriblement gênée. Après leur baiser, elle n'avait pas cessé de penser à lui. En réalité, elle aurait voulu aller plus loin, mais elle avait eu trop peur.

Par le passé, elle avait eu quelques liaisons auxquelles elle avait rapidement mis un terme. Après tout, ce serait la même chose avec lui !

Mais était-ce bien certain ?

— Je n'apprécie pas cette situation plus que toi, dit-elle, nous sommes obligés de travailler ensemble. Et je te rappelle que je suis là pour gagner.

Elias fit un pas dans sa direction.

— Moi aussi !

Le cœur battant la chamade, elle se mit à trembler légèrement.

— Toi aussi ?

— Bien sûr.

Obéissant à une impulsion subite, elle le saisit par les pans de sa blouse et l'attira à elle pour l'embrasser.

Seulement, cette fois, elle n'allait pas s'arrêter. Cette fois, elle allait le sortir de sa tête. Dès qu'ils auraient fait l'amour, elle pourrait de nouveau se focaliser sur ce qui était vraiment important. Son travail.

Elias s'écarta d'elle pour demander :

— Adeline, tu es sûre ?

— Oui.

Elle verrouilla la porte, puis lui prit la main et l'entraîna jusqu'au lit.

— J'ai envie de toi, Elias, et tu devrais savoir que j'obtiens toujours ce que je veux. Tout ce que je demande, c'est que cela n'arrive qu'une seule fois et que, ensuite, nous nous concentrions sur le boulot. Je sais que tu ressens la même chose.

— C'est vrai. Sache quand même que je ne pourrai pas te donner davantage.

— Je ne veux rien de plus... Juste ce moment.

— Parfait, dit Elias en l'attirant dans ses bras. C'est une proposition qui ne se refuse pas.

Les baisers d'Elias étaient tendres, mais empreints de la même urgence qu'elle éprouvait elle-même.

Quelques instants plus tard, ils se déshabillaient mutuellement.

Elle ne se rappelait pas la dernière fois qu'elle avait été aussi excitée. C'était une sensation âpre, qui la dévorait de l'intérieur.

Il ne leur fallut pas longtemps pour être nus. Les mains d'Elias parcoururent son corps, diffusant un feu qui la fit gémir.

Enfin, il glissa les doigts entre ses jambes, là où elle était humide de désir. Tout en la caressant, il se mit à lui lécher les seins.

— Mon Dieu, murmura-t-elle.

— Je veux m'enfoncer en toi, dit-il contre son cou, mais il me faut d'abord une protection.

Il s'écarta d'elle un instant pour prendre ce qu'il fallait dans son portefeuille.

— Laisse-moi t'aider, dit-elle en lui arrachant le sachet des mains.

Après avoir déchiré l'emballage avec ses dents, elle fit glisser le préservatif le long du sexe dressé d'Elias.

— Seigneur, Adeline !

Alors qu'il laissait échapper un gémissement, elle eut un petit sourire. Elle l'attira contre elle et l'embrassa de nouveau.

Se plaçant alors entre ses jambes, il la pénétra, l'emplissant de toute sa puissance.

Voulant qu'il la comble au plus vite, elle fit tout ce qu'elle put pour le retenir.

— Pourquoi tant de hâte ? demanda-t-il contre son cou.

— J'ai envie de jouir, haleta-t-elle. Caresse-moi !

Elle balança les hanches pour qu'il accélère le mouvement.

Plus vite. Plus fort...

Puis elle se mit à crier, les ongles enfoncés dans le dos d'Elias, submergée par l'orgasme.

Il ne fut pas long à la suivre.

Elle n'avait jamais rien expérimenté d'aussi intense, c'était effrayant.

— C'était génial, murmura-t-elle. Dommage que cela ne puisse jamais se reproduire.

Elle aurait préféré ne pas le faire, mais elle se leva en soupirant et rassembla ses affaires.

— Juste cette fois, docteur Garcia.

— D'accord. On bosse et on convoite tous les deux la même récompense.

— Exact. Mais il n'y a aucun mal à coucher avec l'ennemi, plaisanta-t-elle.

Elias se mit à rire.

— C'est ce que je suis ? Un ennemi ?

Elle enfila sa blouse.

— Bien sûr.

Plus sexy que jamais, Elias s'appuya sur le coude et sourit.

Mais il était toujours son rival, et le travail attendait.

Elle déverrouilla la porte et sortit dans le couloir.

Désormais, elle pourrait peut-être oublier Elias Garcia et obtenir le poste qu'elle voulait, parce qu'il était à elle.

À elle seule.

5

Quatre semaines plus tard.

Le Dr Wilder n'en finissait pas de parler. Assise à la table de conférence, Adeline ne se sentait pas bien.

Elle avait chaud, transpirait et avait à peine dormi de la nuit à cause de cette indigestion qui lui donnait des nausées.

La voix du Dr Wilder l'arracha à ses pensées.

— Docteur Turner !

— Oui.

— Les poumons du bébé de Mme Bryant sont arrivés à maturité, et la grossesse est suffisamment avancée pour que nous puissions procéder à l'accouchement. Nous allons le faire aujourd'hui. J'ai besoin que vous la prépariez pour l'intervention et que vous la mettiez au courant des risques encourus en raison du PTT.

— Oui, docteur Wilder.

— Je serai au bloc, mais c'est votre patiente, et c'est vous qui vous chargerez de la césarienne et d'une éventuelle hystérectomie. Le Dr Garcia vous assistera et s'occupera du bébé dès sa naissance.

Elias lui jeta un coup d'œil inquiet.

— Merci, docteur Wilder.

Elle n'avait pourtant pas besoin de sa compassion.

Depuis un mois, ils surveillaient l'état de Mme Bryant tout en assistant le Dr Wilder auprès des autres patientes. Elle avait fait en sorte de toujours avoir de l'avance sur Elias, mais récemment elle avait commencé à perdre pied.

Par bonheur, travailler avec lui était facile, et elle en venait à se réjouir qu'il soit là... C'était un excellent médecin, mais elle n'avait pas besoin qu'il la fixe comme s'il s'inquiétait pour elle.

Après cette réunion, elle allait faire un test sanguin. Dans deux jours, elle s'envolait pour San Francisco avec Elias et le Dr Wilder. Elle ne pouvait pas se permettre d'être malade.

Et si elle était enceinte ?

C'était absurde, puisque Elias et elle s'étaient protégés !

Mais son estomac se noua. Au cours des années, elle avait vu nombre de femmes enceintes après avoir utilisé une contraception.

Elle se sentit pâlir.

Ce test était urgent !

— D'accord, tout le monde. Vous pouvez retourner à vos tâches respectives. Et on prépare Mme Bryant pour l'intervention.

Tandis que la salle se vidait, Adeline resta assise, prise de vertige.

Si elle était enceinte, cela comblerait son désir de fonder une famille. Mais pour l'instant, elle ne pensait qu'à sa mère et à ce qui lui était arrivé.

L'espace d'un instant, les larmes lui montèrent aux yeux. Elle les essuya vivement, mais lorsqu'elle leva la tête, elle s'aperçut qu'Elias la couvait d'un regard inquiet.

— Tout va bien ? demanda-t-il doucement.

— Quoi ?

— Tu sembles complètement ailleurs, et tu as une mine affreuse.

Il la fixait avec une sollicitude qui paraissait sincère.

Elle ne se rappelait pas la dernière fois que quelqu'un lui avait demandé comment elle se sentait, à part sa mère. Malgré elle, elle en était touchée.

— Parce que je me sens vraiment mal. Mais ça ne te regarde pas.

— C'est vrai, dit-il, mais cela fait une semaine que tu es malade, et je m'amuse beaucoup moins quand tu n'es pas sur mon dos à me lancer des piques.

Elle se mit à rire.

— Je suppose que tu as pris ta tension, ajouta-t-il.

— Elle est un peu élevée, mais aucun signe de purpura, grommela Adeline.

— Tu m'as bien dit que ta mère présentait la version génétique ?

— J'ai fait le test après que nous avons couché ensemble, mais le séquençage des gènes prend du temps, précisa-t-elle avec un soupir.

— Tu as fait faire une recherche du gène ADAMTS13 ?

— Non. Je voulais juste savoir si j'ai hérité du gène du PTT. Il y a un mois, je ne présentais aucun déficit en ADAMTS13.

— Tu es sans doute épuisée. On a beaucoup travaillé, ce mois-ci.

— Si tu veux, tu peux me faire une prise de sang.

Elle se leva et suivit Elias hors de la salle de conférences. Dès qu'ils furent dans un box de consultation, il rassembla le matériel nécessaire.

— Assieds-toi, dit-il.

— Si ce n'est que de la fatigue, je serai furieuse, annonça-t-elle.

— Pourquoi ça ?

— Parce que tu as travaillé autant que moi et que tu as l'air en forme.

— C'est vrai, tu n'arrêtes pas de te plaindre. Je ne manquerai pas de le signaler au Dr Wilder.

— Très drôle !

Elle fit la grimace quand l'aiguille pénétra dans sa veine.

— C'est bon, dit Elias au bout d'une minute. Appuie sur la compresse. Normalement ça devrait suffire pour voir des signes de PTT.

— Je sais.

Elias mit l'échantillon dans un sachet destiné au laboratoire, puis se pencha vers elle.

Aussitôt, elle sentit son rythme cardiaque s'accélérer.

Elle ne se rappelait que trop bien ses caresses et le goût de ses lèvres sur les siennes. Il lui avait procuré un plaisir incroyable ! Et de temps en temps, lorsqu'ils travaillaient ensemble et qu'il lui souriait, une douce chaleur s'insinuait en elle.

Elle avait espéré tourner la page après cela, mais il n'en avait rien été. Elle aurait voulu davantage, mais dorénavant elle devait refouler ses pulsions.

— Tu t'inquiètes trop, murmura Elias avant de déposer un baiser sur sa joue.

Elle s'embrasa immédiatement. Elle oublia qu'elle n'était pas bien depuis une semaine et qu'il venait de lui faire une prise de sang.

Il avait suffi d'une marque de tendresse pour qu'elle se sente en sécurité. Mais elle ne voulait pas qu'il ait cet effet sur elle !

— Elias...

— Quoi ?

— Ne t'inquiète pas pour moi, je vais bien. Et puis, si je suis malade, ça te donne un certain avantage.

— Exact, répondit-il en riant. Mais je me fais du souci pour toi parce que ça ne te ressemble pas. Pour l'instant, on ferait mieux d'aller préparer Mme Bryant pour l'intervention. Je vais apporter ce tube au labo et leur demander d'accélérer le mouvement.

— Merci... Et je te remercie aussi d'être là.

— Les amis sont faits pour ça.

Sur ces mots, Elias tourna les talons et sortit du box.

De l'autre côté de la table d'opération, Elias ne lâchait pas Adeline des yeux.

Elle s'en sortait bien, mais quand ils avaient préparé Mme Bryant, il avait remarqué à plusieurs reprises son teint verdâtre. De son côté, le Dr Wilder ne les lâchait pas des yeux non plus.

Il ne comprenait pas pourquoi elle tenait tant à ce qu'Adeline et lui fonctionnent en binôme, si c'était pour finalement briser cette entente.

Un seul d'entre eux aurait le poste, et ce serait lui. Il devait montrer au Dr Wilder qu'il était capable de travailler en solo, mais c'était difficile tant qu'elle insistait pour qu'il soit constamment avec Adeline...

Il avait beau adorer leur collaboration, cette situation lui portait sur les nerfs.

Personne ne se mettrait en travers de sa route. Il ne pouvait se fier qu'à lui-même. Il avait fait confiance à Shea, et elle lui avait brisé le cœur. Il avait fait confiance à Aidan, qui l'avait poignardé dans le dos, lui avait volé sa fiancée et était devenu l'enfant prodige du vignoble de sa famille.

Pourquoi pensait-il encore à eux ? Rien de ce qu'il faisait n'avait de valeur à leurs yeux. Mais lorsqu'il serait un médecin de renommée mondiale comme le Dr Wilder, peut-être son père serait-il fier de lui ?

La gorge serrée, il s'efforça de penser à autre chose.

À Adeline, par exemple...

Il sourit intérieurement au souvenir de ses baisers, de la façon dont elle soupirait de plaisir dans ses bras, de l'odeur de sa peau et de la douceur soyeuse de sa chevelure.

— Docteur Garcia, vous êtes prêt à sortir le bébé ? demanda Adeline.

— Oui, docteur Turner.

Récemment ils avaient observé un ralentissement irrégulier du rythme cardiaque fœtal, c'est pourquoi il avait été décidé d'intervenir pour sauver le bébé.

Elias sortit délicatement le minuscule petit garçon du ventre de sa mère.

— Vous avez un fils, annonça-t-il à Mme Bryant, qui était réveillée.

Puis il porta le nourrisson dans la couveuse.

— Comment va-t-il ? demanda-t-elle. Je ne l'entends pas crier. Mon Dieu !

— Tout va bien, madame Bryant, dit Adeline. On dégage ses voies respiratoires. Il est dans de bonnes mains avec le Dr Garcia.

Ce dernier travaillait vite, et bientôt on entendit un petit piaillement.

— On y est ! Brave garçon.

M. et Mme Bryant se mirent à pleurer de joie. Dès qu'il eut terminé, Elias leur apporta le bébé.

— Toutes mes félicitations. Il a besoin d'un peu d'oxygène en plus, alors nous allons l'emmener en soins intensifs pédiatriques. Monsieur Bryant, vous pouvez l'accompagner, si vous voulez.

Le père se tourna vers son épouse, qui acquiesça d'un signe de tête.

Dès que l'équipe des soins intensifs eut pris le relais, Elias changea de gants et rejoignit Adeline près de la table d'opération pour l'assister.

Elle travaillait vite, mais le traitement visant à dissoudre les caillots sanguins avait déclenché un gros saignement.

Une alarme se déclencha.

— Elle s'enfonce, annonça l'anesthésiste. On doit l'intuber.

— Bon sang ! grommela Adeline entre ses dents.

Le Dr Wilder avança d'un pas.

— Quelle est l'étape suivante, docteur Turner ?

— Hystérectomie, répondit Adeline en secouant la tête. La patiente savait que cela pouvait arriver.

Il n'y avait pas d'autre choix. Les conséquences du PTT étaient trop graves, et une partie du placenta avait commencé à se déchirer. Le bébé était sain et sauf, mais il s'agissait maintenant de sauver la mère.

L'habileté d'Adeline émerveillait Elias, d'autant qu'il la savait mal en point.

Finalement, si elle devait l'emporter, ce serait bien mérité, et il s'en voudrait moins d'avoir perdu contre elle. C'était une adversaire exceptionnelle.

Tout comme lui ! Quoi que son père pense de lui, il était un bon chirurgien !

L'intervention fut longue, mais lorsqu'ils eurent terminé, l'état de la patiente était stabilisé, et le Dr Wilder était satisfaite.

Elias et Adeline se lavèrent les mains côte à côte.

— Comment te sens-tu ? demanda-t-il.

— Crevée.

— Tu as été remarquable.

— Docteur Garcia ?

Elias se retourna et vit un interne sur le seuil de la salle.

— Oui ?

— Je vous apporte les résultats du labo, dit le jeune homme en lui tendant une feuille.

Elias la prit après s'être séché les mains. Dès que l'interne fut sorti, il se tourna vers Adeline.

— Ce sont tes résultats.

— Lis-les-moi.

— Tu es sûre ?

— Oui. Ma vision est trop brouillée.

Il parcourut le document.

— Pas de trace d'ADAMTS13.

— Ouf !

Il continua sa lecture, et son cœur s'arrêta de battre lorsqu'il vit le taux d'HCG.

Elle était enceinte ?

— Qu'est-ce qui ne va pas, Elias ? Tu me fais peur.

— Tu es enceinte, Adeline ! Tu portes mon bébé !

Adeline eut soudain l'impression de tomber d'un avion sans parachute.

— Tu... Tu me fais marcher, répliqua-t-elle en riant nerveusement.

— Absolument pas.

— Il faut que je parte.

Elle ne savait pas où, mais elle avait besoin d'être seule pour digérer l'information.

— Où est-ce que tu vas ? demanda Elias en lui emboîtant le pas.

— Faire la tournée des patients.

Elle s'arrêta et lui prit la feuille des mains.

Les résultats de laboratoire ne pouvaient pas mentir, elle était bien enceinte d'Elias. Et tout ce qu'elle parvenait à se dire, c'était qu'elle avait de nouveau commis une énorme erreur et qu'Elias allait en profiter pour lui voler le poste.

Qu'avait-elle fait ?

— Je ne me sens pas très bien, murmura-t-elle.

Elias lui passa immédiatement un bras autour de la taille et la fit entrer dans une salle de consultation plongée dans la pénombre.

— Étends-toi, dit-il doucement en l'aidant à s'installer sur la table d'examen. Respire profondément.

— C'est ce que je fais, crois-moi, marmotta-t-elle.

Il humecta une serviette et la posa sur son front avec une douceur touchante. Malgré cela, elle s'en voulait de se montrer aussi faible devant lui.

Ce n'était pas Grégory !

Pourtant, elle avait du mal à lui faire confiance, elle avait peur qu'il ne se comporte ainsi que pour l'enfant, ou qu'il utilise la situation à son avantage.

En même temps, cette grossesse était à la fois exaltante et terrifiante. Lorsqu'elle avait posé sa candidature pour le poste, le Dr Wilder lui avait fait nettement comprendre qu'elle devrait être totalement disponible pendant quatre ans et que sa vie privée passait à l'arrière-plan.

— Qu'est-ce qu'on va faire ? demanda-t-elle.

— Qu'est-ce que tu veux dire ?

— On va avoir un bébé, et je te rappelle que c'est aussi le tien. À moins que ce soit ton plan machiavélique pour m'exclure de la course.

— Je ne suis pas un tel salaud, dit Elias en croisant les bras sur sa poitrine.

— On va avoir un bébé, répéta-t-elle, et elle ne put réprimer un sourire.

Certes, ce n'était pas le bon moment, mais elle s'en réjouissait.

— Je suppose qu'on devrait se marier, suggéra Elias.

— Quoi ? On est plus dans les années 1950 !

— D'accord, dit-il avec ce demi-sourire qui la faisait fondre, mais sache que je serai là pour vous deux. On pourra élever cet enfant ensemble. Pour l'instant, tu vas faire le gros du boulot, mais je serai toujours à tes côtés, je t'en donne ma parole.

— Je veux que personne ne le sache.

— Ça finira bien par se voir, mais je ne dirai rien.

— Le Dr Wilder nous fera bientôt part de sa décision, et je ne veux pas que ma grossesse influence son jugement.

— Elle aussi, elle finira par le découvrir.

— On ne peut pas faire de discrimination à l'encontre d'une femme enceinte.

— Tu sais bien qu'elle en est capable.

— Exact. Oublie ce que je viens de dire. Je suis complètement irrationnelle. Il y a quand même quelque chose que je voudrais que tu fasses pour moi.

— Quoi ?

— J'ai besoin que tu surveilles chez moi des signes du PTT. Je n'ai pas encore les résultats du test génétique, et je... Je suis inquiète.

Les larmes lui montèrent aux yeux, et elle s'en voulut aussitôt de pleurer, surtout devant Elias Garcia.

— Eh ! s'exclama-t-il. Ne te fais pas de souci, je te promets de faire attention. Mais je ne pense pas que tu doives t'en faire, puisque nous savons maintenant pourquoi ta tension avait augmenté.

— Mais si j'avais le PTT ?

Elias lui passa un bras autour des épaules et l'attira contre lui.

— On gérera la situation à deux.

Au lieu de le repousser comme elle l'aurait fait auparavant, elle se laissa aller. Elle se sentait en sécurité, comme s'il lui faisait la promesse de ne jamais la laisser partir.

Mais une petite partie d'elle-même restait effrayée à l'idée qu'il la quitte et qu'il la laisse seule avec le bébé.

Prenant sur elle-même, elle se redressa et s'essuya le visage.

— On ferait mieux de trouver le Dr Wilder et voir quelle sera notre prochaine patiente.

— Ça va aller ? demanda Elias.

— Je ferai en sorte que ça aille. Et, crois-moi, je vais tout déchirer quand on sera à San Francisco.

Elias hocha la tête en souriant.

— On forme une bonne équipe. Tous les deux, on est d'excellents compétiteurs.

Certes. Mais qui l'emporterait, au final ?

C'était la bonne question.

— Comment va la patiente ? demanda le Dr Wilder quand ils la retrouvèrent dans son bureau.

— Elle est stable, répondit Adeline. Je viens de vous envoyer le rapport opératoire.

— Merci. Vous avez bien travaillé, tous les deux. Comment va le bébé, docteur Garcia ?

— Le petit garçon est stable, lui aussi. Il est encore sous oxygène, mais autrement il va bien. À la naissance, son Apgar était à 3, et maintenant il est à 7.

— Parfait. Comme vous le savez, vous étiez censés vous envoler pour San Francisco dans deux jours, mais j'ai besoin que vous partiez ce soir.

— Ce soir ? répéta Elias.

— Oui. Ils viennent d'admettre une patiente enceinte de jumeaux. Le chef du service d'obstétrique est un ami, et il est à court de personnel. Il a besoin d'aide. Vous êtes les meilleurs, alors j'aimerais que vous partiez ce soir. Bien entendu, tous les frais sont payés.

— Merci, docteur Wilder, dit Adeline. J'adore relever ce genre de défi.

— Moi aussi, renchérit Elias.

Mais sa voix manquait de fermeté. Il redoutait ce voyage depuis que le Dr Wilder leur en avait parlé. Il avait cherché un moyen de s'y soustraire, mais c'était impossible s'il voulait atteindre son but.

— Très bien. Rentrez chez vous et faites vos valises. L'hôpital de San Francisco nous envoie son jet privé. Le décollage est fixé à 19 heures.

Tournant les talons, Adeline sortit du bureau, suivie d'Elias.

Il était encore bouleversé par l'annonce de la grossesse d'Adeline. Certes, il avait toujours souhaité être père, mais pas maintenant, et pas dans ces conditions.

Il n'était pourtant pas question qu'il abandonne son bébé ou Adeline. Elle ne le pensait peut-être pas, mais il était un homme de parole. Il ne parlerait à personne de cette grossesse tant qu'elle ne serait pas prête, et s'il obtenait le poste, il serait toujours là pour elle et pour leur enfant.

Mais pour l'instant, ce séjour à San Francisco, si près de sa famille, le rendait nerveux.

Sa sœur lui avait envoyé de nombreux messages auxquels il n'avait jamais répondu. Mais si ses parents apprenaient qu'il se trouvait à San Francisco, il n'aurait aucune excuse pour refuser de les voir. De toute façon, ils viendraient certainement lui rendre visite.

En tout cas, sa mère et sa sœur.

— Ça va ? demanda Adeline. Tu me sembles un peu éteint.

— La journée a été chargée, marmonna-t-il. Et franchement, je n'ai pas la moindre envie d'aller à San Francisco.

— Je croyais que la perspective de cette consultation t'excitait énormément.

— Exact, mais San Francisco est près de Napa.

— Et de ta famille ?

— Ça fait deux ans que je ne les ai pas vus.

— Waouh ! Tout ça parce que tu n'as pas repris la gestion du vignoble ?

— En partie. Mais surtout parce que… Parce que mon frère a épousé mon ex.

Il n'arrivait pas à croire qu'il faisait une telle confidence à Adeline ! Il y avait quelque chose en elle qui lui faisait baisser la garde, et ça le perturbait.

Il venait de lui dire que Shea ne l'avait pas jugé digne de son amour, alors qu'Aidan l'était !

Son frère avait toujours voulu ce qu'Elias avait, sauf qu'il avait été incapable de le concurrencer sur le plan scolaire. Aidan n'avait pas eu des résultats suffisants pour être accepté à l'université. Il n'avait pas obtenu un seul diplôme ou une bourse, et cela le rendait fou de rage contre Elias.

En était-il si sûr ?

Il se pouvait bien qu'Elias se soit vanté de ses succès pendant des années. En revanche, son frère cadet avait une passion pour le vignoble. Il adorait être dehors du matin au soir, contrairement à lui.

C'était sans doute une bonne chose, mais cela avait valu à Aidan l'admiration de leur père et de Shea.

— Du coup, vous êtes brouillés, remarqua Adeline.

Il se mit à rire.

— On peut dire ça.

— Tu n'es pas obligé de leur dire que tu es à San Francisco. Après tout, on va être très occupés.

— Exact.

— J'ai quelques petites choses à terminer avant de retourner à la maison faire mes valises. J'ai l'impression qu'on va être à San Francisco pour un bout de temps. On pourrait prendre un taxi pour aller à l'aéroport.

— D'accord. À tout à l'heure.

Adeline lui sourit avant de s'éloigner, mais il n'en éprouva aucun soulagement.

Il s'en voulait de s'être confié à elle. Il détestait les bavardages, et ce qui l'effrayait le plus, c'était que ce soit aussi facile avec elle.

C'était dangereux… Mais pour la première fois depuis longtemps, cela ne lui faisait plus aussi mal de penser à Aidan et Shea.

C'était grâce à Adeline… Et grâce au bébé.

Cette pensée le terrifia.

Sa dernière relation sérieuse datait de Shea, mais Adeline s'était frayé un chemin dans son cœur. Il tenait à elle, et cette paternité le rendait vraiment heureux.

En lui, la terreur le disputait à l'excitation.

Adeline lui avait fait nettement comprendre qu'elle ne voulait pas se marier avec lui. Elle souhaitait juste que la situation demeure telle qu'elle était. Mais cela faisait longtemps qu'il n'avait pas été aussi proche de réaliser son rêve de jeunesse : fonder une famille. À l'époque, il était persuadé qu'il devrait auparavant assurer sa carrière, mais maintenant, il n'en était plus aussi sûr.

Sa seule crainte, désormais, était que ce vieux rêve lui soit arraché comme tant d'autres l'avaient été dans le passé.

6

Entre le poste convoité, la grossesse et ce séjour à San Francisco, la vie d'Adeline était totalement bouleversée. Pourtant, elle se réjouissait de retrouver sa région natale. Elle n'avait pas rendu visite à ses parents depuis six mois !

Mais bien qu'elle ait très envie de voir sa mère, elle craignait de l'inquiéter en lui annonçant qu'elle attendait un enfant.

D'autant plus qu'elle n'avait pas encore les résultats du test génétique… Elle ne voulait pas non plus donner de faux espoirs à sa mère, qui allait tout de suite se projeter dans des projets de mariage et lui imaginer un avenir de conte de fées.

Mais ce serait sympa, non ?

Elle ne put s'empêcher de sourire, bien qu'elle soit à peu près persuadée que cela n'arriverait jamais.

Il fallait reconnaître que le *timing* était désastreux.

Mais au moins, sa grossesse ne se voyait pas encore, et Elias était le seul à être au courant. Il lui avait promis le secret, et elle voulait croire qu'il tiendrait parole.

Elle n'en était pas moins terrifiée à l'idée de tout perdre – son bébé, son poste, et Elias.

Cette idée la prit par surprise, car Elias n'était pas à elle. Ils étaient désormais amis et collègues, mais ils ne se possédaient pas mutuellement.

Après l'atterrissage, ils se rendirent dans l'appartement que l'hôpital mettait à la disposition des médecins invités.

Il était situé à côté du Panhandle, près du jardin botanique et du Golden Gate Park.

Ses parents à elle habitaient de l'autre côté de la ville. Si elle voulait les voir, il lui faudrait prendre plusieurs bus.

L'appartement était peu meublé, mais suffisamment pour leur confort. Il était moderne, avec des murs blanc et gris, et d'immenses fenêtres donnant sur les arbres.

Brusquement, elle se sentit nerveuse à l'idée d'y séjourner seule avec Elias. À San Diego, ils étaient colocataires, mais la chambre d'Elias se trouvait au premier étage, sans compter que James et Sherrie vivaient avec eux.

— Je m'attendais à moins bien, remarqua Elias tandis qu'ils visitaient les lieux. C'est plutôt sympa.

La chambre d'Adeline possédait sa propre salle de bains attenante, ce qui la changeait de leur maison de plage.

— C'est le grand luxe, remarqua Elias, adossé au montant de la porte.

— Je suis crevée, soupira-t-elle. La journée a été longue.

— Tu as faim ? On pourrait sortir et trouver un endroit où manger.

Elle aurait dû refuser et garder ses distances, mais elle était affamée.

— Bonne idée.

Le téléphone d'Elias se mit à vibrer. Il le sortit de sa poche et fronça les sourcils en lisant le SMS qui s'affichait sur l'écran.

— C'est ta famille ? demanda-t-elle.

— On dirait qu'ils ont un radar et qu'ils savent à quel moment me tomber sur le dos. Ils sont au courant que j'ai quitté Houston pour m'installer à San Diego.

— Comment l'ont-ils appris ?

— Je l'ai dit à mon neveu, et maintenant ma sœur menace de rouler jusqu'à San Diego pour me voir.

— Elle risque d'être déçue, plaisanta Adeline.

— Exact.

— Tu devrais lui dire que tu n'es pas disponible.

— Ça ne l'empêchera pas de venir.

— Alors, dis-lui que tu es ici mais que tu es très occupé.

— C'est ce que je vais faire. Mais d'abord, allons manger quelque chose avant que les restaurants ferment. Demain, nous aurons une journée chargée, entre cette patiente dont Wilder nous a parlé, les consultations et tout ce qu'on nous réserve en plus.

Les yeux brillants, Elias comptait sur ses doigts, comme s'il était de nouveau détendu.

— Parfait, dit Adeline en riant.

Elle prit son sac, puis ils descendirent dans la rue. Elle mit un moment à s'orienter, mais ils ne tardèrent pas à se retrouver sur Masonic Avenue. Ils traversèrent le parc en direction de Haight-Ashbury.

Finalement, ils s'attablèrent dans un petit restaurant mexicain qui disposait d'une terrasse sur le toit, ce qui leur permit de profiter de la brise du soir qui soufflait sur San Francisco.

— Je suis contente d'avoir pensé à apporter mon cardigan, dit-elle en l'enfilant.

— J'aime bien ce temps. À San Diego, il fait horriblement chaud dès le mois de juin, et je trouve que l'automne est la période la plus chaude de l'année.

— Ici aussi.

— Donc… Puisqu'on l'a conçu en mai, notre bébé devrait naître en février, fit-il en comptant de nouveau sur ses doigts, déclenchant l'hilarité d'Adeline. Qu'est-ce qu'il y a de si drôle ?

— Ta façon de compter.

Il baissa les yeux vers ses mains.

— J'ai pris cette habitude quand j'étais gamin. Je fais des calculs très vite et mentalement quand il s'agit de médicaments ou de mesures. Mais depuis mon enfance, j'ai toujours compté sur mes doigts.

— Je trouve ça mignon.

Aussitôt, elle se sentit rougir.

Elle appréciait beaucoup de choses chez Elias, et cela la rendait nerveuse. Personne ne lui avait jamais fait cet effet auparavant, même pas Grégory. Elle avait espéré se sortir Elias de la tête en couchant avec lui, mais c'était exactement le contraire qui s'était passé. Elle adorait sa compagnie, tout comme elle aimait travailler avec lui. Il était charmant, drôle, sexy… Et il était le père de l'enfant qu'elle portait.

En clair, il l'obsédait.

C'était terrifiant, parce qu'elle risquait d'être blessée à nouveau.

Il lui adressa un clin d'œil.

— Merci. Alors ? Est-ce que mes calculs sont justes ?

— Si je me fonde sur mes dernières règles, oui. En admettant que tout aille bien, le bébé devrait naître vers la Saint-Valentin.

— Pourquoi croises-tu les doigts ?

— Pour ne pas lui porter malchance.

— J'ignorais que tu étais superstitieuse.

— Ce n'est pas le cas.

Il haussa les sourcils.

— Tiens donc !

— Bon, d'accord. En tant que chirurgienne, j'ai un esprit cartésien, ce qui ne m'empêche pas de redouter le mauvais sort.

— Je trouve ça mignon…

Le cœur d'Adeline s'emballa.

— D'ailleurs, continua Elias, beaucoup de chirurgiens sont superstitieux sans vouloir l'admettre. Certains d'entre eux appliquent même des tactiques pour établir de bonnes vibrations.

— Ah ? Et quelles sont les tiennes ?

De nouveau, les yeux d'Elias étincelèrent.

— Je compte sur mes doigts.

À cet instant, le serveur vint prendre leur commande.

Malgré son envie d'une tequila, elle opta pour une boisson sans alcool et un poulet au mole, une sauce mexicaine pimentée au cacao. Le choix d'Elias se porta sur un thé glacé et une enchilada.

— Tu sais, tu peux boire une bière, dit Adeline.

— Je préfère m'en passer si je veux être en forme demain. On a eu une dure journée, entre l'opération de Mme Bryant et le trajet en avion jusqu'à… San Francisco.

Il avait prononcé ce nom avec une sorte de dégoût.

— Ça t'ennuie tellement, d'être ici ? demanda-t-elle.

— Oui. J'ai finalement envoyé un SMS à ma sœur pour lui dire où j'étais mais que je n'aurais pas le temps de la voir. Elle ne m'a pas répondu, mais au moins elle n'ira pas jusqu'à San Diego.

— Elle t'aime beaucoup, apparemment. C'est plutôt bien.

— Parlons plutôt de ta famille. Tu comptes aller voir tes parents ?

— Il le faudrait sans doute, admit Adeline dans un soupir.

— Tu les évites, toi aussi ?

— Non, mais... Je ne veux pas inquiéter ma mère en lui disant que je suis enceinte, du moins pas tant que je n'aurai pas les résultats du test génétique.

— Ça ne t'empêche pas de la voir. Elle n'en saura rien.

— Je n'arrive jamais à lui cacher quoi que ce soit.

— Tu as un frère, je crois ?

— Il est marié, il a des enfants et habite à Oakland. Il est plutôt occupé, mais je le préviendrai que je suis ici. Je n'ai pas vu mes neveux depuis quelques mois, et ils me manquent.

— Quel âge ont-ils ?

— Cinq ans. Ce sont des jumeaux... On a souvent des jumeaux dans ma famille.

Elias écarquilla les yeux.

— Dans la mienne aussi. Tu ferais bien de faire une échographie rapidement.

Elle éclata de rire.

— Tu imagines, si ça arrivait ?

Puis, soudain, cette pensée la frappa de plein fouet.

Et si c'était vraiment des jumeaux ?

Tentant de s'imaginer avec deux bébés, elle vit deux petites filles aux cheveux sombres, ce qui suscita en elle une bouffée de joie.

— Seigneur, murmura-t-elle. Ce serait...

— ... difficile, conclut Elias.

Cette pensée absurde les fit rire tous les deux.

De toute façon, il était trop tôt pour qu'une échographie détermine la présence d'un ou deux bébés.

— Croise les doigts, Adeline, reprit Elias, et prie le ciel qu'il n'y en ait qu'un.

— À partir d'aujourd'hui, je croise tout, marmonna-t-elle.

Il lui adressa un clin d'œil.

— Eh ! pas tout !

Elle sentit le sang bouillonner dans ses veines. Persuadée d'être rouge cerise, elle espéra qu'il ne s'en apercevrait pas grâce au crépuscule qui plongeait la terrasse dans une semi-obscurité.

Par bonheur, le serveur apporta leurs plats.

Pour la première fois depuis deux semaines, l'odeur de la

nourriture ne l'indisposa pas, et elle s'efforça de trouver un sujet de conversation anodin.

— Pourquoi avoir choisi la néonatalogie ? demanda-t-elle. C'est une spécialité difficile.

Elias eut ce sourire en coin qui lui creusait une fossette dans la joue.

— Tu essayes de mieux connaître ton adversaire ?

— Je crois qu'on n'en est plus là.

— Vraiment ?

— Eh bien… Si, nous le sommes toujours, mais ce soir nous pouvons être amis.

— Ça me plaît, en tout cas pour ce soir.

— Donc, pourquoi avoir choisi la néonatalogie et la médecine, au lieu des vignobles ?

Elias laissa échapper un soupir.

— Eh bien… En dehors du fait que je suis né prématurément, c'est aussi le cas de mon neveu, Manny, qui a failli mourir. À l'époque, j'avais quinze ans, et j'ai décidé non seulement d'être médecin, mais en plus de me spécialiser en néonatalogie. Par ailleurs, je ne me suis jamais intéressé aux vignes, ce qui a beaucoup déçu mon père. La médecine est ma passion, ajouta-t-il avec un haussement d'épaules. Je n'y renoncerai jamais.

Elle le comprenait parfaitement, parce qu'elle ressentait la même chose.

— Et toi ? continua Elias. C'est juste le PTT de ta mère qui t'a amenée jusque-là, ou bien est-ce que tu as quelque chose à prouver, comme moi ?

Il plaisantait, mais il n'était pas loin de la vérité.

— Il se trouve que j'ai dû changer d'hôpital universitaire, pendant mes études de médecine. Ça a failli détruire ma carrière, alors oui, j'ai quelque chose à prouver.

— Ah bon ?

— Je suis sortie avec l'homme qu'il ne fallait pas, c'est tout ce que j'ai à dire.

Et c'était déjà trop.

Qu'y avait-il chez Elias Garcia, qui la poussait à lui faire des confidences ?

C'était tout simplement parce qu'elle était en train de tomber amoureuse de lui. Un homme qui était son rival et qu'elle risquait de blesser si elle obtenait le poste... Et réciproquement.

— Tout va bien ? lui demanda Elias lorsqu'ils quittèrent le restaurant.

Ils avaient passé une très bonne soirée. Elle avait réglé l'addition sous prétexte que c'était son tour, après leur dîner thaï.

C'était ce fameux soir où ils s'étaient embrassés... Et le lendemain, ils faisaient l'amour à l'hôpital !

— Je suis juste fatiguée, répondit-elle.

Ce n'était pas un mensonge : elle était épuisée, tant sur le plan physique qu'émotionnel. Elle avait hâte de se plonger dans le travail et de chasser de son esprit sa grossesse, sa famille... et Elias, même s'ils étaient constamment ensemble pour des raisons professionnelles.

Elias se tourna et se retourna dans son lit pendant toute la nuit.

Sa sœur lui avait envoyé un SMS. Elle voulait le voir et lui reprochait de ne pas lui avoir dit qu'il quittait Houston pour s'installer à San Diego. Elle ajoutait que même s'il n'avait pas envie de venir à Napa, il faudrait bien qu'il le fasse un jour ou l'autre.

En réalité, il ne souhaitait pas se présenter devant sa famille tant que sa situation ne serait pas stabilisée. Pour l'instant, il n'avait pas le poste, vivait en collocation et n'avait pas d'épouse... En bref, selon son père, il était l'exemple vivant d'une existence ratée.

Il ne pouvait pas prouver à ses parents que les études difficiles qu'il avait entreprises en valaient la peine. Il n'avait rien de tangible à leur présenter, en dehors de la grossesse d'Adeline. Évidemment, cette nouvelle réjouirait profondément ses parents, mais son père voudrait savoir pourquoi ils n'étaient pas mariés.

Alors, pourquoi aurait-il eu envie de retourner les voir ?

Jurant sourdement, il rejeta les couvertures et enfila un jean, de façon à ne pas effrayer Adeline en se promenant nu dans l'appartement... Même s'il avait le sentiment très net que cette vue pourrait au contraire la réjouir.

Cette idée le fit sourire.

Elle ne se trouvait pas dans sa chambre, ce qui l'inquiéta. Il la trouva dans la salle de séjour, debout devant la fenêtre.

— Adeline ?

Elle se retourna.

— Je n'arrivais pas à dormir. Je suis un peu inquiète, pour demain, et comme chaque fois que je suis inquiète, je me sens légèrement nauséeuse. Et toi ? Pourquoi tu ne dors pas ?

— Pour les mêmes raisons que toi. Je pense à demain, moi aussi.

Laissant échapper un soupir, Adeline se laissa choir sur le canapé, et il s'installa près d'elle.

— Qu'est-ce qu'on va faire ? demanda-t-elle.

— À quel propos ?

— À propos du bébé et de celui de nous deux qui obtiendra le poste.

— Je n'en sais rien, répondit-il, la gorge serrée.

— Je déteste cette situation. Je n'aurais jamais cru que je dirais ça un jour, mais je déteste cette compétition.

— Moi aussi... Mais qu'est-ce qu'on y peut ?

— Tu n'es pas très rassurant, plaisanta-t-elle.

— D'accord. Tu veux être rassurée ? On va essayer de dormir, et au matin on ira travailler. Pour l'instant, il n'y a pas de solution en vue, alors on va vivre au jour le jour et faire de notre mieux pour nos patients.

Soupirant de nouveau, Adeline posa la tête sur son épaule.

C'était agréable. Il adorait cette proximité, la tenir dans ses bras, respirer l'odeur de lavande de son shampoing...

Lorsqu'il caressa sa chevelure soyeuse, elle se blottit contre lui.

— Tu as raison.

Pour l'instant, il n'était plus question de compétition.

— J'ai toujours raison, affirma-t-il.

Il aurait dû se lever et retourner dans sa chambre, mais il n'en fit rien.

— On trouvera bien une solution quand on saura qui a le poste, dit-elle en bâillant.

— Sûrement.

Mais il n'était pas aussi confiant qu'elle à ce sujet. Il ne voulait pas la blesser ou ruiner leur amitié.

Pour la première fois depuis longtemps, il souhaita connaître le même bonheur que son frère.

Parce qu'il était jaloux ?

Il chassa aussitôt cette pensée.

Ce n'était pas juste cela. D'une certaine façon, il avait vraiment envie de vivre avec Adeline et leur enfant. Mais elle lui avait fait nettement comprendre qu'elle n'en avait pas envie, et il craignait qu'elle ne finisse par lui briser le cœur.

Le problème, c'était que son cœur était déjà en danger.

Adeline Turner mettait du piment dans son existence. Elle était intelligente, drôle, sexy... Bref, il était en train de tomber amoureux d'elle.

Il se sentait bien avec elle. Il pouvait être lui-même, baisser la garde, il n'avait pas besoin de se protéger.

Et puis, il adorait travailler avec elle, et depuis qu'ils avaient fait l'amour, elle l'obsédait. Il n'arrêtait pas de l'imaginer dans ses bras, il sentait sur ses lèvres le goût de ses baisers. Il l'avait dans la peau, il la désirait...

C'était à la fois exaltant et effrayant.

7

Le lendemain, pendant sa pause, Elias s'efforçait encore d'oublier ce qui s'était passé la nuit précédente.

Ce devait être son septième café, mais il n'en était pas sûr, car il avait fini par en perdre le compte. Quoi qu'il en soit, cela faisait beaucoup de caféine.

Adeline et lui s'étaient endormis ensemble sur le canapé. Elle avait posé la tête sur ses genoux, et il avait somnolé assis, la nuque en arrière, si bien qu'il souffrait d'un torticolis.

C'était un sérieux handicap quand il fallait assurer un très long service sous le regard attentif de médecins que l'on voulait impressionner.

Mais au moins, Adeline semblait aller mieux. Elle n'avait montré aucun signe de fatigue pendant qu'ils examinaient ensemble les patientes ou prenaient en charge les consultations.

La première patiente présentait un excès de liquide amniotique qu'il allait falloir drainer. Le bébé n'avait que vingt-huit semaines, et ils espéraient pouvoir le maintenir ainsi plus longtemps dans le ventre de sa mère.

La femme qui attendait des jumeaux risquait une fausse couche en raison du syndrome transfuseur-transfusé, impliquant que l'un des deux bébés se développait plus que l'autre. Ils envisageaient une chirurgie fœtale afin de corriger cette anomalie. Adeline avait déjà effectué avec succès cette intervention en assistant le Dr Wilder.

Une autre mère souffrait de diabète gestationnel associé à un gros risque de complications. Elle était surveillée de près, et le bébé semblait aller bien, mais Elias avait un doute. Quelque chose n'allait pas dans cette grossesse. La mère était couchée, mais il sentait que son enfant n'allait pas tarder à faire son apparition.

— Tu as l'air fatigué, fit la voix d'Adeline dans son dos.

— C'est le cas, marmonna-t-il en avalant une nouvelle gorgée de café. La prochaine fois qu'on dormira ensemble, je préférerais que ce soit dans un lit.

— C'est noté, dit Adeline en s'asseyant près de lui. On a une autre patiente.

— Encore ?

— Oui. C'est sa deuxième grossesse. Elle est à risques, non seulement à cause de son âge, mais aussi parce que le premier enfant était prématuré, souffrait de problèmes cardiaques et a passé un certain temps en soins intensifs pédiatriques. Elle veut voir un néonatalogue.

— Et pourquoi c'est pour moi ?

— Elle a entendu dire qu'il y en a un qui vient de San Diego et qui travaille actuellement ici, alors elle demande à te voir. Je l'ai examinée, mais elle insiste énormément.

Il sentit son estomac se nouer.

Elle ne lui ferait pas ça !

— D'accord, conduis-moi jusqu'à elle, dit-il en jetant son gobelet dans une poubelle.

En parvenant devant la salle d'examen, il s'immobilisa à la vue de l'adolescent assis dans le couloir.

Il n'avait pas vu son neveu depuis deux ans, mais il était resté en contact avec lui. Le revoir souleva en lui un flot d'émotions qu'il n'était pas vraiment prêt à gérer, surtout en présence d'Adeline.

— Manny ? demanda-t-il, la voix rauque.

Le garçon leva les yeux et sourit.

— Oncle Elias !

— Tu es son oncle ? s'étonna Adeline.

Se levant d'un bond, Manny se précipita dans les bras d'Elias. À quinze ans, il était presque aussi grand que lui.

— Qu'est-ce que tu fais là ? demanda Elias.

Manny désigna du menton la salle d'examen.

— C'est maman. On ne croyait pas ça possible, mais elle est de nouveau enceinte. Il peut y avoir des complications, et elle voudrait que tu t'occupes d'elle. Elle était même prête à aller jusqu'à San Diego.

Cela expliquait pourquoi sa sœur avait été tellement insistante ces derniers mois, alors qu'il ignorait ses appels, ses SMS et ses mails.

— J'ai été très occupé, Manny. Je suis désolé.

— Je l'ai bien compris, mais grand-père est malade, lui aussi, et maman est dans tous ses états. Tu n'es pas revenu à la maison depuis longtemps, oncle Elias.

— Je sais. Bon, je ferais bien d'aller voir ta mère avant qu'elle grimpe au plafond.

Manny se mit à rire.

— Bonne idée.

Elias s'éloigna en soupirant, suivi d'Adeline.

— Donc, c'est ta sœur ?

— Oui. C'est l'aînée, et elle est très autoritaire.

— En tout cas elle sait ce qu'elle veut, mais elle n'a pas réclamé le Dr Garcia. Elle a juste demandé à voir le néonatalogue arrogant et soupe au lait qui vient de San Diego.

Il s'arrêta pour regarder Adeline.

— Et tu as immédiatement pensé à moi ?

— À qui d'autre ? C'est exactement l'impression que tu m'as faite la première fois que je t'ai vu. Enfin... Non, pas le côté soupe au lait, mais pour ce qui est de l'arrogance, pas de doute.

— Arrogant, moi ? plaisanta-t-il.

— Tu m'as dit que tu n'avais pas besoin d'une baby-sitter, comme si j'avais l'air d'une nounou.

— D'accord. Mais admets que tu t'es montrée toi-même plutôt condescendante. Ma sœur aurait pu faire allusion à toi.

— Sauf que je ne suis pas néonatalogue.

— Merci pour ta compréhension.

Il ouvrit la porte de la salle, et Adeline le précéda à l'intérieur.

Rosa se tourna immédiatement vers eux.

À la vue de son ventre imposant, il était évident qu'elle accoucherait bientôt.

Quand les yeux sombres de sa sœur se posèrent sur lui, il comprit qu'il allait avoir des ennuis.

— Deux ans, dit-elle sévèrement.

Il soupira.

— Docteur Turner, je vous présente ma sœur, Rosa Adler.

— Nous avons déjà fait connaissance, répliqua Adeline, qui réprimait un fou rire.

— Deux ans, insista Rosa.

— Il a fallu que j'étudie pour devenir chirurgien, Rosa. J'étais à Houston, et je n'avais pas le temps de rentrer à la maison.

Rosa plissa les yeux.

— J'imagine, en effet.

— Tu souhaites que je t'examine ?

Rosa se rassit sur la table d'examen.

— Je suis inquiète. Cela fait quinze ans que j'ai eu Manny, et ma grossesse est à hauts risques.

Il s'approcha de sa sœur.

— Rosa, je ne peux pas être ton médecin, puisque je suis ton frère.

Rosa jeta un coup d'œil à Adeline.

— Elle, elle le peut, non ?

— C'est possible si je suis encore à San Francisco quand vous accoucherez, dit Adeline. Vous n'avez pas de médecin, à Napa ?

— Si, mais il ne me convient pas. Ma petite fille est un gros bébé, et on lui a détecté un souffle au cœur. J'ai peur. J'ai entendu dire que vous étiez ici, et nous n'avons pas beaucoup d'obstétriciens, à Napa.

— Vous permettez que je vous examine, Rosa ? demanda Adeline.

Rosa hocha la tête.

— Je vais sortir et m'asseoir avec Manny, dit Elias avant de déposer un baiser sur le front de sa sœur. Tâche de ne pas te faire de soucis. Le Dr Turner est l'une des meilleures.

Sur ces mots, il quitta la salle et rejoignit son neveu.

— Comment va grand-père ? lui demanda-t-il en s'asseyant près de lui.

— C'est son cœur. Il a fallu lui faire un pontage.

— Fallu ?

— Oui, et il est toujours fragile.

— Et que fait ton oncle Aidan ?

— Il s'occupe de la propriété. Tante Shea va avoir un bébé dans six mois, je crois.

— C'est ce que j'ai appris.

En revanche, personne ne lui avait parlé du pontage coronarien de son père.

Mais est-ce que cela aurait changé grand-chose ? Son père aurait-il changé d'avis à son sujet ?

Malgré tout, il aurait aimé être au courant.

Allons, un peu de sincérité ! Est-ce qu'il aurait pris un congé pour être auprès de lui ?

Il n'en était pas certain, et cette pensée le perturbait.

— J'aimerais bien que tu nous rendes visite, reprit Manny en lui décochant un petit coup de coude. Tu me manques. Oncle Aidan est sympa, mais toi, tu es plus drôle.

— Merci du compliment, gamin.

Adeline ouvrit la porte. Se déplaçant lentement, Rosa sortit de la salle.

— Merci, docteur Turner. J'apprécie vraiment votre aide.

— De rien.

Adeline retourna dans la salle pour les laisser en famille.

— S'il te plaît, Elias, viens à la maison ce week-end. Juste pour un dîner. Fais-moi cette faveur ! le supplia Rosa.

— D'accord, répondit Elias avec un soupir. Je suis de repos demain, samedi, alors je viendrai dîner.

Un grand sourire aux lèvres, Rosa l'embrassa sur la joue.

— Génial ! Tout le monde sera ravi de te voir.

C'est ça, oui.

— Ménage-toi, lui recommanda-t-il.

Après avoir serré sa sœur dans ses bras, il la regarda s'éloigner dans le couloir avec son fils.

Quand il retourna dans la salle d'examen, Adeline rédigeait quelques notes dans le dossier de Rosa.

— Comment va-t-elle ?

— Son col est légèrement dilaté. Je pense que ta nièce naîtra avant notre retour à San Diego. Ce qui m'ennuie, c'est que c'est un gros bébé et que ta sœur a subi une césarienne il y a quinze ans. Mais tout semble aller bien en dehors de ça, et il n'y a pas de raison de l'hospitaliser.

Il se frotta le visage d'une main.

— Elle m'a invitée à dîner demain. J'aimerais bien que tu

m'accompagnes… Au cas où le travail commencerait, tu comprends. Tu dis toi-même que le col est un peu dilaté.

— C'est la seule raison ?

Dis oui.

— Non. Mon frère a épousé mon ex. Ce serait bien si je pouvais te présenter comme ma fiancée. Finalement, ce n'est pas vraiment un mensonge, puisqu'on va avoir un bébé.

Adeline sursauta.

— Tu veux… quoi ?

— Que tu fasses semblant d'être ma fiancée.

Elle réfléchit un instant.

Elle déplorait que les parents d'Elias le déprécient parce qu'il n'avait pas repris le vignoble. Et elle imaginait sans peine ce qu'il avait dû ressentir quand son frère avait épousé la femme qu'il aimait. Par ailleurs, elle souhaitait veiller sur Rosa et être auprès d'elle au cas où le travail commencerait.

— D'accord, s'entendit-elle déclarer, à sa propre surprise.

Le visage d'Elias s'éclaira.

— Merci ! Je te revaudrai ça.

— J'espère bien…

Leurs deux téléphones vibrèrent en même temps.

On les appelait en obstétrique : la patiente dont la tension était trop élevée avait perdu les eaux, et elle était en train d'accoucher.

Adeline tiqua malgré elle.

— Il serait temps de pratiquer la chirurgie endoscopique sur les jumeaux, mais comme Mme Saminsky a perdu les eaux. Tu ferais mieux de rejoindre l'équipe des soins intensifs pédiatriques. On va repousser un peu l'intervention sur les jumeaux.

— D'accord. Je te retrouverai au bloc.

Elle-même gagna l'obstétrique, où régnait une grande activité.

Le Dr Wilder n'était pas encore arrivée, mais Adeline était capable d'effectuer une chirurgie fœtale sur les jumeaux si c'était nécessaire.

En revanche, pour l'instant, il s'agissait de son autre patiente, Mme Saminsky.

Après avoir enfilé une tenue stérile, elle entra dans la salle d'accouchement où soufflait un vent de panique. Elle comprit immédiatement pourquoi en voyant la quantité de sang qui s'écoulait sur le sol.

— On l'emmène au bloc immédiatement, dit-elle. Et il me faut tout de suite son groupe sanguin. J'ai besoin de savoir si c'est le sang de la mère ou de l'enfant.

En procédant à l'échographie, elle constata que le placenta était trop bas dans l'utérus.

Un *placenta prævia*.

La patiente n'avait eu aucune contraction, mais il était urgent de l'emmener au bloc pour sortir le bébé.

Elle se lavait les mains quand Elias la rejoignit.

— *Placenta prævia* ? demanda-t-il.

Hochant la tête, elle leva les mains et entra dans la salle d'opération.

La patiente était endormie, et l'équipe avait commencé la césarienne, aussi se tint-elle en retrait, prête à porter assistance si c'était nécessaire.

Une infirmière entra.

— Docteur Turner, c'est le sang de la mère.

— Merci !

C'était un soulagement, car cela signifiait que le cordon n'avait pas été arraché. En revanche, la mère était en danger.

Pendant que les médecins sortaient le bébé, elle vit que le déplacement du placenta avait causé la rupture de certains vaisseaux. L'enfant fut confié à Elias et à l'équipe des soins intensifs. Elle s'inquiétait pour lui, mais pour l'instant elle devait refermer la plaie au niveau de l'utérus. Concentrée sur son travail, elle perçut le piaillement émis par la petite fille prématurée et sourit intérieurement.

Lorsqu'elle eut terminé de réparer les dommages causés par le *placenta prævia*, elle leva les yeux et vit que le Dr Wilder était entrée dans la salle.

— Tout va bien, docteur Turner ?

— *Placenta prævia*.

Le Dr Wilder hocha la tête.

— Désolée, mais vous n'avez qu'une heure avant la prochaine intervention. Je dois retourner ce soir à San Francisco.

— Je serai prête, docteur Wilder.

Elle était épuisée et affamée, mais elle allait devoir s'occuper des jumeaux avant de prendre le moindre repos.

— Je peux vous assister maintenant, docteur Wilder, intervint Elias.

Adeline le foudroya du regard.

Il voulait lui voler son intervention ! Elle croyait pourtant qu'ils étaient amis !

— Très bien, docteur Garcia. Docteur Turner, vous nous rejoignez dès que vous avez terminé.

Hochant la tête, elle se concentra sur Mme Saminsky.

Sur son travail.

Quand Mme Saminsky fut tirée d'affaire, la chirurgie fœtale pratiquée sur les jumeaux présentant le syndrome transfuseur-transfusé était terminée.

Adeline en voulait un peu à Elias, mais elle reconnaissait qu'elle en aurait fait autant à sa place.

Elle se rendit aux soins intensifs pour voir le bébé de sa patiente.

Debout devant les couveuses, Elias prodiguait ses soins au minuscule prématuré. Elle ne put s'empêcher de sourire, tant il était doux et délicat avec ces petits êtres fragiles.

Levant la tête, il lui adressa un sourire, qu'elle lui rendit.

Il la rejoignit dès qu'il eut terminé.

— Tu as l'air heureuse.

— Je le suis.

— J'aime te voir sourire. Comment va la mère ?

— Elle est stable. Je me réjouis que tu te sois chargé des jumeaux. Ils vont bien ?

— Le plus petit est un peu anémié, mais on a interrompu la transfusion entre les bébés au laser et réalisé un amniodrainage.

— Je voulais te demander dans quoi je m'engage exactement en jouant le rôle de ta fiancée.

— Oups !

— On ne va pas leur parler tout de suite de notre futur enfant ?

— Non. Ça, ça ne regarde que nous. Et je me répète, je te revaudrai ça.

— En abandonnant la compétition ? suggéra-t-elle en souriant.

Elias se mit à rire.

— Tu n'as pas un rapport à faire au Dr Wilder ? On se voit plus tard. Je préparerai le dîner.

— Génial !

Un milliard de questions se pressant dans sa tête, elle suivit des yeux Elias qui retournait auprès des couveuses.

Un mois plus tôt, elle avait un but précis. Désormais, le contrôle de sa vie lui échappait. Qu'allait-il se passer ?

En dépit de son optimisme, l'avenir l'effrayait.

Lorsqu'il eut terminé ses soins, Elias gagna la galerie surplombant le bloc opératoire où le Dr Wilder et Adeline opéraient une patiente présentant une rupture utérine et qui avait été hospitalisée en urgence.

C'était une intervention délicate, et l'occasion pour lui de voir Adeline en action sans qu'il soit lui-même impliqué. Dès le début, il avait été impressionné par son talent et, en l'observant maintenant, il comprenait à quel point elle était à sa place en ce lieu.

— Docteur Garcia ?

Il se tourna vers un homme qui ne pouvait être que le Dr Spiner, le chef des soins intensifs pédiatriques.

— Docteur Spiner ?

Tous deux se serrèrent la main.

— Je dois vous dire que j'ai énormément apprécié votre travail et celui du Dr Turner.

— Merci.

— Je n'aime pas l'idée de voler un chirurgien à un confrère ou une consœur, mais sachez que je serais ravi de vous accueillir dans mon équipe.

Deux mois auparavant, il aurait sans doute sauté sur l'occasion, mais le poste qu'il convoitait se trouvait à San Diego… Et puis, il y avait Adeline et leur enfant.

Il ne pouvait pas les quitter.

— Je vous remercie pour votre offre, docteur Spiner, et je la garderai à l'esprit, mais…

— Mais quoi ?

— Le Dr Turner et moi attendons un enfant. Nous n'en avons encore parlé à personne, car c'est encore trop tôt.

Il se reprocha aussitôt d'avoir lâché cette confidence.

— Eh bien, nous aimerions aussi avoir le Dr Turner à bord, répliqua le Dr Spiner avec un sourire. C'est une excellente chirurgienne et, pour être honnête, je comptais le lui demander en priorité.

Elias leva la main.

— Elle souhaite travailler avec le Dr Wilder, et moi aussi.

— Je comprends. Si vous changez d'avis, San Francisco est l'endroit idéal pour fonder une famille.

— Merci, docteur Spiner.

Quand le médecin s'éloigna, Elias se frotta les tempes.

Qu'avait-il fait ?

La seule chose qu'Adeline lui avait demandé d'éviter à tout prix ! Il ne lui restait plus qu'à espérer qu'elle ne l'apprenne pas, parce qu'il venait de trahir sa confiance, et cela risquait du même coup de tout gâcher entre eux.

Cette perspective le terrorisa.

8

Adeline ne rentra à l'appartement que tard dans la nuit, épuisée par les opérations successives.

Elle était contente d'en avoir fait une avec le Dr Wilder, après qu'Elias l'avait assistée pendant l'intervention sur les jumeaux. Mais elle avait mal partout.

Elias était couché, mais elle trouva dans le réfrigérateur une assiette de pâtes et une salade qu'il avait préparées pour elle.

Elle en eut les larmes aux yeux.

Qu'est-ce qui lui arrivait ? Elle n'allait pas pleurer pour des spaghettis !

Sauf que, à part sa mère, personne n'avait jamais eu ce genre d'attention à son égard.

Elle fit réchauffer les pâtes puis s'installa à la petite table près de la fenêtre.

Le parc était plongé dans l'obscurité, mais ça ne la dérangeait pas. Une fenêtre était ouverte dans l'appartement, si bien qu'elle entendait le souffle du vent dans les arbres.

C'était apaisant.

Adolescente, elle se promenait souvent dans Panhandle ou dans le Golden Gate Park, et elle écoutait le bruissement des feuilles. C'était quelque chose qui lui manquait à San Diego, même si elle aimait être proche de la mer.

Son téléphone vibra.

Un SMS de sa mère.

Je t'ai vue aux infos. On vantait ton habileté de chirurgienne au cours d'une opération délicate. J'ignorais que tu étais ici. Appelle-moi si tu as un moment. Je t'aime.

Aussitôt, elle composa le numéro de sa mère.

— Salut, maman.

— Je me disais bien que tu devais être encore réveillée !

— Comment se fait-il que tu sois debout à cette heure-ci ?

— Je n'arrivais pas à dormir. J'ai eu de nouvelles éruptions, et on m'a mise de nouveau sous corticoïdes et échanges plasmatiques.

— Ça ne t'était pas arrivé depuis longtemps, constata Adeline, la gorge serrée.

Sa mère soupira.

— Je vais bien, mais je me suis de nouveau dit que tu devrais faire le test génétique.

— C'est fait, maman, dit doucement Adeline.

— Vraiment ?

— Je n'ai pas encore les résultats.

— Je suis très contente de ta décision. Qu'est-ce qui t'a fait changer d'avis ?

— Eh bien...

Adeline hésita. Elle ne voulait pas parler à sa mère de sa grossesse, du moins tant qu'elle n'aurait pas ces résultats. Et surtout, elle ne souhaitait pas que sa mère se fasse des films au sujet de sa relation avec Elias.

— Eh bien ? répéta sa mère.

— Eh bien, l'un de mes colocataires à San Diego m'a persuadée qu'il le fallait, tu comprends ? Je ne fonderai peut-être jamais une famille, mais il se peut qu'un jour je présente les premiers symptômes de la maladie. Dans ce cas, il vaudra mieux que les médecins soient au courant.

— Je vois...

Elle perçut une certaine déception dans la voix de sa mère et s'en voulut de lui mentir. Mais pour l'instant, c'était nécessaire.

— Quand viens-tu me voir ? enchaîna sa mère.

— Je suis prise ce week-end, mais nous sommes là pour une quinzaine de jours, alors je pense pouvoir dîner avec toi la semaine prochaine.

— Tu es à l'hôtel ? Parce que si c'est le cas, j'envoie ton père te chercher tout de suite.

Adeline se mit à rire.

— Nous sommes installés dans un appartement de l'autre côté de Panhandle. Il appartient à l'hôpital, dont il est tout proche.

— C'est sûrement mieux, reconnut sa mère avec un soupir, mais j'espère que tu viendras me voir bientôt.

— C'est promis, maman.

— Bonne nuit, ma chérie.

— Bonne nuit, maman.

Après avoir raccroché, elle leva les yeux et vit Elias qui se tenait sur le seuil de la cuisine.

Elle lui trouva l'air fatigué.

— Désolée. Je t'ai réveillé ?

— Non. Je somnolais seulement. En fait, je t'attendais plus ou moins.

– Crâneur ! Tu n'avais pas l'air de somnoler, quand je suis passée devant ta chambre. Tu étais sur le dos, et tu ronflais.

C'était vrai... et plutôt attendrissant.

— Je ne ronfle pas ! protesta-t-il avec indignation.

— Bien sûr que si.

— Je suis vexé. Je te prépare un dîner sympa, tu rentres tard, et tu m'accuses de ronfler !

— Tu t'exprimes comme un époux mécontent.

Elias se mit à rire.

— Tu as raison. Comment ça s'est passé, au bloc ?

— C'était long, et je suis crevée.

— Bon. Laisse tomber la vaisselle et va te coucher. Tu vas avoir besoin de forces pour affronter ma famille, demain.

— Ça sonne comme une menace, mais d'accord.

Hochant la tête, Elias quitta la cuisine et retourna dans sa chambre pendant qu'elle terminait son dîner, qui avait refroidi pendant sa conversation avec sa mère.

Elle n'aurait aucun mal à poursuivre une telle routine avec Elias. Elle se confiait facilement à lui, et il prenait soin d'elle.

Oui, il prenait soin d'elle...

Elias avait loué un SUV. Il revint chercher Adeline au volant du véhicule choisi, légèrement tendu.

Il redoutait la visite qui se profilait. Fort heureusement, Adeline semblait de bonne humeur, et le Dr Spiner n'avait pas laissé échapper qu'il la savait enceinte.

— J'aurais préféré que tu choisisses une décapotable, plaisanta Adeline.

— Il n'y en avait pas, et puis il y a vraiment beaucoup de vent, aujourd'hui. Pourquoi cette envie de décapotable ?

— Je ne sais pas. J'ai toujours eu envie de faire un tour en voiture de sport, dit-elle en déposant un petit sac de voyage dans le coffre.

Il fixa le sac sans comprendre.

— À quoi ça va te servir ?

— J'ai le pressentiment qu'on ne rentrera pas ce soir.

— Mais Napa n'est qu'à une heure de route !

— Ta sœur est proche du terme, et je pense qu'elle pourrait très bien accoucher pendant les prochaines quarante-huit heures.

— Pourquoi on ne l'a pas hospitalisée, dans ce cas ?

— Parce qu'il n'y avait aucune raison médicale de le faire. Je sais qu'il y a un hôpital à Napa. Je peux éventuellement leur demander de la suivre, du moins si elle veut bien de moi comme médecin.

— D'accord. Je reviens tout de suite.

Lorsqu'il la rejoignit, son propre bagage à la main, il trouva Adeline appuyée à la voiture.

Elle était très mignonne dans ce cardigan trop grand, avec ces grosses lunettes noires sur le nez et les cheveux lâchés sur ses épaules. Ses doigts se souvinrent de leur texture soyeuse quand ils avaient fait l'amour.

— Tu es prêt ? demanda-t-elle en souriant.

Elle, elle semblait parfaitement heureuse d'être à San Francisco.

Il ne pouvait pas l'en blâmer. Il avait oublié à quel point il avait aimé cette ville, lui aussi. Cela faisait si longtemps qu'il n'y était pas retourné...

Les mots de son père résonnèrent dans sa tête : « Toujours en errance ! Quand finiras-tu par te poser ? »

Il y avait d'excellents médecins à San Francisco, et il aurait été heureux de compter parmi eux, mais il n'abandonnerait pas son enfant ou le poste qu'il convoitait.

Il n'avait jamais souhaité être piégé par le mariage, mais il l'était, d'une certaine façon : là où Adeline irait, il la suivrait, parce que son enfant y serait aussi.

Il lui jeta un coup d'œil, et aussitôt son anxiété se dissipa.

— Tu te sens bien ? demanda-t-elle en fronçant les sourcils. Tu m'as l'air bien songeur.

— Je me prépare à cette confrontation avec ma famille.

Ce qui n'était pas tout à fait un mensonge.

— Tout va bien se passer. D'ailleurs, il fait beau !

— Depuis quand es-tu aussi positive ? plaisanta-t-il en lui ouvrant la portière.

— Mets ça sur le compte de la grossesse.

— C'est très possible, parce que d'habitude tu es sérieuse et concentrée. J'aime que tu sois aussi détendue.

— Les hormones y sont sûrement pour quelque chose.

— Tu devrais être enceinte plus souvent.

— Très drôle !

Tout en riant, il contourna le capot et se glissa derrière le volant.

— Si je comprends bien, je suis responsable de ce bien-être, alors que quand on a fait connaissance, je déclenchais ton courroux.

— Il faut croire.

— Je prends ça pour un compliment.

Un instant plus tard, ils parcouraient les rues accidentées de San Francisco en direction du Golden Gate Bridge.

Malheureusement, tout le monde semblait avoir eu la même idée par ce samedi ensoleillé, et la circulation était dense. Le trajet prit plus de temps qu'il ne l'avait prévu, et lorsqu'ils parvinrent à Silverado Springs, cela faisait deux heures qu'ils roulaient.

Il était temps de déjeuner.

Il se gara devant un modeste restaurant situé au bord de la route.

— Qu'est-ce qu'on fait ici ? demanda Adeline.

— Il faut que tu manges quelque chose. On devrait être chez mes parents, maintenant, mais on a besoin d'une pause.

— Tu devrais envoyer un SMS à ta sœur pour qu'elle ne s'inquiète pas de notre retard.

Sortant son téléphone de sa poche, il constata que Rosa lui avait déjà envoyé six messages.

Il lui répondit qu'ils étaient retardés par les embouteillages et qu'ils arriveraient environ trois quarts d'heure plus tard.

Ils trouvèrent une table et commandèrent un repas léger.

Il eut du mal à entretenir la conversation, tant il pensait à ce qui l'attendait dans la maison où il avait grandi.

Comme sa sœur le lui avait rappelé, il n'y était pas retourné depuis deux ans. En réalité, à partir du moment où il était entré à l'université, ses visites avaient été très irrégulières. Son père et lui n'étaient pas sur la même longueur d'onde. Son père privilégiait le devoir, la famille et toute l'histoire familiale contenue dans le vignoble. Lui, il privilégiait les études. Ils avaient pourtant un point commun : l'un comme l'autre, ils travaillaient dur.

Peut-être s'était-il montré trop intransigeant envers son père...

Celui-ci l'avait toujours été envers lui.

Malgré tout, il aurait souhaité que les choses aient été différentes et qu'il n'ait pas passé tant d'années à rejeter le vignoble et tout ce que son père lui offrait. Il s'en voulait pour cela.

— Tu me sembles bien pensif, remarqua Adeline. Dis-moi ce qui te tracasse. Tu m'en as un peu parlé, mais...

— Mon père et moi ne parvenons pas à communiquer. Mon frère a épousé mon ex-fiancée. Je dois continuer ?

Durant une fraction de seconde, le visage d'Adeline se ferma, comme si elle était jalouse.

— Ce n'est certainement pas facile, dit-elle finalement, sans le regarder.

Voyant qu'elle taquinait un radis du bout de sa fourchette, il lui prit la main par-dessus la table.

— Eh ! J'ai tourné la page depuis longtemps avec Shea.

Rougissant brusquement, elle se libéra.

— D'accord, je suis heureuse de l'entendre.

Un silence gêné s'installa entre eux.

Pourquoi avait-il fallu que cette allusion à son ex cause entre eux cette tension, alors qu'un instant auparavant ils s'entendaient si bien ?

Il se rappela l'échange orageux qu'il avait eu avec Aidan :

— Pourquoi elle ?

— Parce que je l'aime. Tu n'as jamais été là pour elle, mais moi, si. Alors, assume ! Les études sont tellement importantes pour toi que tu l'as négligée.

— Tu n'as pas le droit de dire ça !

— Tu n'as d'égards que pour toi-même, Elias. Tu ne vois pas les autres gens.

Attristé par ce souvenir, il s'éclaircit la voix.

— On ferait bien d'y aller, sinon ma sœur va m'envoyer un nouveau message, dit-il pour briser le silence.

— D'accord. J'espère qu'elle me permettra de l'examiner.

— Je suis sûr que oui. Elle n'est pas stupide.

Après avoir réglé l'addition, ils regagnèrent la voiture en silence.

Il n'y avait d'ailleurs pas grand-chose à dire. En ce qui le concernait, il n'aimait plus Shea. Celle-ci avait fait son choix, et Aidan et elle se méritaient mutuellement. Rien n'avait changé à ce sujet, et il n'avait pas envie d'en parler.

En revanche, il aurait voulu savoir si Adeline avait des sentiments pour lui et si elle avait autant besoin de lui que lui avait besoin d'elle.

Parce qu'il était amoureux d'elle, et si ce n'était pas réciproque, il finirait le cœur brisé.

9

Quelque chose avait changé au restaurant, et Adeline savait sans l'ombre d'un doute que c'était sa faute. Quand Elias avait fait allusion à son ex, la femme qui lui avait brisé le cœur, elle s'était sentie jalouse pendant une fraction de seconde.

Pourtant, elle n'attendait rien de lui...

Du moins c'était ce qu'elle se répétait, mais qu'en était-il à cet instant précis ?

Elle ne savait plus vraiment ce qu'elle voulait. En fait, elle nageait en pleine confusion.

Plus ils approchaient de la propriété, plus elle sentait Elias tendu. La journée allait être longue, et elle commençait à regretter d'avoir accepté de l'accompagner.

— On dirait que tu vas réduire ce volant en pièces d'une minute à l'autre, plaisanta-t-elle pour alléger l'atmosphère. Tu veux que je conduise ?

Il sourit et se détendit un peu.

— Désolé. C'est juste que ça fait longtemps et que mon père est... légèrement têtu.

— Tout va bien se passer.

— N'en sois pas si sûre, même s'il peut se montrer très courtois à ton égard. Il a toujours été amateur de jolies femmes.

Elle se sentit rougir.

— Tu t'inquiètes pour les moments que vous allez passer en tête à tête, alors ?

— Je doute qu'il y en ait beaucoup. Aidan ne m'a jamais permis de discuter seul avec notre père depuis qu'il a pris la tête de l'entreprise.

Pourtant, je n'ai jamais été tenté par les vignes. Ce n'est vraiment pas ma passion.

— C'est la médecine, je le sais bien.

— Tu ne m'as jamais dit ce que fait ta famille.

— Ma mère était enseignante, et mon père est informaticien. Mon frère, Kyle, travaille aussi dans l'informatique.

— Et toi, tu as voulu faire médecine ?

— Ma vocation a toujours été de sauver les vies les plus fragiles, et le Dr Wilder peut m'y aider.

— Tu as tort de la mettre sur un piédestal. Tu as autant de talent qu'elle, tu es une excellente chirurgienne, et tu étudies dans ta spécialité depuis longtemps.

— Je ne suis pas aussi bonne que le Dr Wilder, marmonna-t-elle.

— Ce n'est pas ce que pense le Dr Spiner. Il a une haute opinion de toi.

Adeline ouvrit de grands yeux.

— De quoi tu parles ?

— Il m'a proposé un poste, et il a ajouté qu'il serait plus qu'heureux de nous avoir tous les deux dans son équipe.

Elle fixa Elias avec étonnement.

On ne lui avait pas souvent fait d'offres, mais elle ne les avait pas non plus recherchées.

— Tu as l'air étonnée, continua Elias.

— C'est le cas. De toute façon, j'ai toujours voulu travailler avec le Dr Wilder.

— Parce qu'elle est la meilleure ?

— Oui. Elle a écrit un article brillant sur le PTT. Et maintenant, je suis proche du but.

— Je comprends. Mais sache que tu as d'autres options, Adeline. Tu as tendance à te sous-estimer. Tu as sauvé cette patiente qui présentait un *placenta prævia*, ainsi que cette autre dont l'utérus s'était déchiré. Je t'ai observée pendant l'intervention. C'est toi qui gérais la situation, pas le Dr Wilder.

Ils avaient quitté la route principale pour emprunter une allée bordée d'arbres et recouverte de gravier.

Le paysage était magnifique, mais Adeline ne parvenait pas à se concentrer dessus. Les encouragements d'Elias la touchaient profondément. Elle voulait croire en sa sincérité, mais en même temps avait un peu peur qu'il ne l'incite à accepter l'offre du Dr Spiner pour obtenir le poste auprès du Dr Wilder.

Non ! Elias et elle étaient amis maintenant, et elle avait confiance en lui. Auprès de lui, elle se sentait en sécurité, il parvenait à la convaincre que tout pouvait arriver.

C'était sans doute hormonal. Elle n'arrivait plus à réfléchir correctement...

Elias ralentit lorsqu'ils approchèrent d'un portail aux piliers de pierre. Le panneau en fer forgé qui le surmontait indiquait qu'ils pénétraient dans les vignobles Garcia.

— On y est, dit Elias entre ses dents.

— Tout va bien se passer, répéta-t-elle.

Mais maintenant, la comédie qu'elle s'apprêtait à jouer l'inquiétait un peu. Elle n'aimait pas mentir ou tromper les gens.

Ils remontèrent une allée arborée qui les mena jusqu'à une colline couverte de vignes. Le spectacle était absolument stupéfiant.

— Elias, c'est magnifique !

— Oui, au prix d'un travail acharné. Mon père se chargera de te le préciser.

Ils poursuivirent leur route jusqu'à la grande maison construite dans le style ranch espagnol, avec son toit de tuile rouge et ses murs blanchis à la chaux.

— Tu es sûre que ça ira ? demanda Elias, les mains crispées sur le volant.

— Quand je vais faire semblant d'être ta fiancée ? Peut-être pas, mais je vais me débrouiller. Les amis sont là pour ça, répliqua-t-elle avec un sourire encourageant.

— Parfait.

Mais il ne semblait pas très optimiste. Ses lèvres ne formaient plus qu'une ligne très mince, et toute malice avait disparu de ses yeux... C'était la version sérieuse d'Elias.

Il gara le SUV, puis en sortit et lui ouvrit la portière.

— Eh bien, je vois que tu as au moins gardé les bonnes manières qu'on t'a inculquées, fit une voix grave.

Prenant la main tendue d'Elias, Adeline sortit de la voiture et vit un homme de haute taille, âgé d'environ soixante-cinq ans, au visage tanné par le soleil. Il avait les mêmes yeux et la même mâchoire qu'Elias.

Un très bel homme.

— Papa… Puis-je te présenter ma fiancée, le Dr Adeline Turner ?

Sentant le regard perçant du vieil homme se fixer sur elle, elle s'efforça de conserver son calme.

Le cœur battant, Elias passa un bras autour de la taille d'Adeline, qui avait plaqué un sourire contraint sur son visage.

— Ta fiancée ? répéta son père en haussant ses sourcils argentés.

— Oui. Le Dr Turner est obstétricienne et, comme moi, elle travaille avec le Dr Wilder à San Diego.

— Rosa nous a dit que tu avais quitté le Texas pour la Californie, en effet.

Dès qu'il se tourna vers Adeline, l'expression de son père s'adoucit.

— Soyez la bienvenue, Adeline. Je suis Jimeno Garcia, et je suis ravi de faire votre connaissance.

— C'est réciproque, dit Adeline en lui serrant la main.

Le père d'Elias la retint un instant.

— Je ne vois pas de bague de fiançailles.

— C'est parce que notre engagement est récent et que nous ne l'avons pas encore choisie. Mais dans notre travail, on en porte rarement. Je n'arrête pas de rentrer au bloc et d'en sortir.

Les yeux sombres de son père allèrent d'Elias à Adeline.

— Très bien. Je suis heureux que vous soyez là tous les deux. Ta mère t'attend dans la cuisine. Je dois rejoindre Aidan dans les vignes. Certaines d'entre elles sont malades, et je sais que vous, médecins, vous ne soignez pas ce genre de maux.

Sur ces mots, il s'éloigna.

Elias était furieux. Pas un mot de bienvenue pour lui ! Mais au moins, son père avait été courtois envers Adeline.

— Il est plutôt gentil, déclara-t-elle en lui décochant une petite tape sur le bras. Tu m'as fait peur pour rien.

— Désolé…, grogna-t-il. Ouille ! Inutile de me frapper. Il est toujours sympa avec les inconnus et les jolies femmes.

— En tout cas, je préfère que tu ne le mettes pas au courant de ma grossesse.

— Ils finiront bien par l'apprendre.

Elle pouffa.

— Je le sais bien !

— Allons voir ma mère avant que mon père revienne et qu'il me reproche de traîner devant la maison ou un truc dans le genre.

Il la fit entrer puis, lorsqu'il eut ôté ses chaussures et Adeline ses sandales, il la guida dans la maison tout en espaces ouverts. Les fenêtres montaient jusqu'au plafond, et il y avait une terrasse spacieuse dominant les vignes.

— Maman ! fit-il en entrant dans la cuisine.

Sa mère était une femme de petite taille, aux cheveux sombres et bouclés comme Rosa et lui. Souriante, elle ouvrit les bras.

— Elias ! Enfin, te voilà !

Elle embrassa son fils et continua.

— Tu n'es pas revenu depuis deux ans, et j'apprends que cela fait quelques mois que tu es en Californie ! Tu aurais pu venir me voir !

— San Diego n'est pas à une heure de route comme San Francisco, maman. Et puis, je suis chirurgien. Nous sommes très occupés.

Le regard de sa mère se posa sur Adeline.

— Bonjour !

— Je te présente ma fiancée, Adeline Turner.

Sa mère ouvrit de grands yeux.

— Ta fiancée ?

Adeline prit ses mains entre les siennes.

— Je suis ravie de vous rencontrer, madame Garcia.

— Appelez-moi Flora. Moi aussi, je suis ravie. Vous êtes médecin, vous aussi ?

— Oui. Je suis obstétricienne, et spécialisée dans la chirurgie fœtale.

— Ça ne m'étonne pas que vous soyez ensemble, dit Flora avec un sourire. Vous vous intéressez aux mêmes choses, tous les deux... Mais je ne vois pas la bague.

Elias reprit l'excuse qu'Adeline avait déjà fournie à son père.

— Notre engagement est récent, maman. On n'a pas encore eu le temps de la choisir.

— Bien sûr, dit Flora sans conviction. Eh bien, cette nouvelle me réjouit énormément. Soyez la bienvenue dans la famille, Adeline. Je vais vous conduire dans votre chambre pour que vous puissiez vous rafraîchir un peu.

— Comment savais-tu qu'on allait rester cette nuit, maman ?

— Je comptais m'en assurer avec un bon repas et du bon vin, répliqua Flora en riant.

Elias leva les yeux au ciel, mais il sourit à sa mère.

Après s'être essuyé les mains, elle les invita à sortir de la cuisine. Elle les précéda ensuite dans l'escalier puis un couloir, jusqu'à une grande chambre d'amis.

— Vous allez être bien, ici. Vous voulez que je demande à Manny d'aller chercher vos bagages ?

— C'est inutile, maman. On les prendra tout à l'heure. Pour l'instant, on va se reposer un peu avant de redescendre.

Se haussant sur la pointe des pieds, Flora déposa un baiser sur la joue de son fils.

— Je suis contente que vous soyez là.

Elias ferma la porte derrière elle.

— Ta mère va se demander pourquoi je ne bois pas de vin, ce soir, remarqua Adeline.

— On lui dira qu'on est de garde, ça devrait le faire, dit Elias en déposant sa veste de cuir sur le lit.

— On est censés dormir ensemble ?

— Ce n'est pas si grave, Adeline !

Les tempes bourdonnantes, elle fixa le grand lit. Elle se vit dans les bras d'Elias, et le sang lui monta au visage au souvenir du plaisir qu'elle avait connu avec lui.

Un peu de dignité ! Elle devait d'urgence changer de sujet… ou plaisanter.

— En tout cas, tu es prié de garder ton pantalon. Je sais que tu dors nu.

— Tiens donc ! Et comment le sais-tu ?

— Je suis au courant, c'est tout, dit-elle en rougissant. Tu veux bien descendre chercher nos sacs ?

— Pourquoi tant de hâte ?

— Je suis fatiguée. J'aimerais bien faire une sieste et tenter de surmonter ma nausée si je dois jouer les fiancées ce soir.

— D'accord. Tu as besoin de repos. Allonge-toi et surélève un peu tes pieds.

De retour dans le hall, Elias remit ses chaussures, puis il sortit et récupéra les bagages dans le coffre du SUV.

— J'ignorais que tu pensais rester ici ce week-end.

Il se figea.

Autrefois, cette voix avait été pour lui celle d'un ange, elle l'avait empli de bonheur. Mais maintenant, elle lui rappelait seulement un passé douloureux.

Il se tourna vers Shea, qui se tenait sur le seuil.

Elle était toujours aussi ravissante avec sa magnifique chevelure brune, sa peau mate et sa silhouette élancée.

Sauf que, maintenant, son ventre arrondi lui rappelait ce qu'il avait toujours voulu. Sauf qu'elle portait l'enfant de son frère et pas le sien.

Mais peu importait, puisque Adeline était enceinte de lui !

Il sourit en pensant à elle et à leur bébé.

— On n'en était pas sûrs, mais maman a insisté, dit-il.

— On ? répéta-t-elle.

— J'ai amené ma fiancée, le Dr Turner, l'une des meilleures obstétriciennes de la côte Ouest.

— Je crois que j'ai lu un article à son sujet dans les journaux. Elle a sauvé une mère et son bébé avec l'équipe du Dr Wilder.

— Oui. J'étais avec elle. Elle a sauvé la mère, et j'ai sauvé le bébé.

— J'ai hâte de faire sa connaissance !

Il hocha la tête.

Il était pressé de mettre de l'espace entre Shea et lui, mais la vue de son ex-fiancée était moins pénible qu'il ne l'avait craint, sans doute grâce à Adeline et à sa grossesse.

Et ses parents semblaient apprécier Adeline, en tout cas plus que Shea au début. Il savait qu'ils avaient réprouvé leur mariage, à Aidan et elle, mais ils avaient fait amende honorable quand son frère avait pris la direction du vignoble.

— Je vais lui apporter ses affaires, dit-il. Elle est crevée. Deux opérations hier, et un long trajet en voiture aujourd'hui à cause des embouteillages.

— D'accord. On se voit plus tard.

En réalité, il espérait qu'Aidan et Shea resteraient ce soir dans leur propre maison, située de l'autre côté de la propriété. Il n'était pas d'humeur à affronter une réunion familiale, d'autant qu'il lui faudrait quelques verres de vin pour supporter la présence de son frère cadet, l'homme qui voulait obtenir tout ce qu'il avait.

En tout cas, il n'aurait pas Adeline.

L'espace de quelques secondes, il souhaita que celle-ci soit vraiment sa fiancée, qu'elle soit réellement à lui.

Mais il savait qu'ils n'étaient pas sur la même longueur d'onde, et pour rien au monde il ne risquerait son cœur une seconde fois.

Il ne supporterait pas qu'un autre rêve lui soit arraché.

10

Adeline se réveilla en sursaut.

Le soleil était plus bas sur l'horizon, Elias n'était pas là, mais il avait apporté les bagages. En consultant son téléphone, elle vit qu'elle avait dormi une heure.

Elle se leva et fit un brin de toilette avant de s'aventurer hors de la chambre.

Dès qu'elle fut dans le couloir, Rosa se dressa sur sa route, les bras croisés sur la poitrine.

— Docteur Turner, vous auriez pu me dire que vous étiez fiancée avec mon frère.

— Vous êtes toujours aussi agressive ? demanda-t-elle en souriant.

Rosa leva le menton.

— Parfaitement !

— Eh bien, nous n'avions pas encore décidé de l'annoncer quand je vous ai vue. Et je vous rappelle que la journée a été un peu mouvementée.

Rosa se détendit.

— C'est vrai. Je suis heureuse pour Elias.

Adeline l'observa avec attention. La veille, Rosa portait son ventre plus haut. Il était clair que le bébé était plus bas, maintenant.

— Votre fille est descendue, dit-elle. Vous avez contacté l'hôpital de Napa ?

— Hier soir, oui. Mon mari est absent pour ses affaires, alors je me suis dit que je pourrais retourner à San Francisco avec Elias et vous. Mais j'ai appris que vous restiez ici pour le week-end, si bien que je ne vais pas m'éloigner de vous, si vous êtes d'accord.

— Bien sûr, répondit Adeline en fronçant les sourcils. J'aimerais vous examiner maintenant, Rosa. Vous vous déplacez vraiment lentement.

— Ma chambre est juste là.

— Très bien. Je vais chercher ma trousse, et je vous rejoins.

Un instant plus tard, elle frappait à sa porte.

— Entrez, dit Rosa.

Elle était allongée sur le lit.

Adeline sortit son stéthoscope et écouta les battements du cœur du bébé, qui étaient très nets.

— Elle a la tête en bas, ce qui est très bien, déclara-t-elle. Est-ce que votre obstétricien vous a parlé des gros bébés ?

— Il ne m'a rien dit, à part qu'il envisage une césarienne, mais c'est le genre de médecin qui en préconise systématiquement. Je suis contente que ma fille se présente bien.

— Comment s'est passée la naissance de Manny ?

— Il est né à trente semaines, par césarienne. Il présentait un canal artériel persistant, dont il a été opéré à quatre ans. J'ai peur que ma fille ait la même chose.

— On ne peut pas le savoir avant la naissance, mais les sons que j'entends sont bons. Il n'y a aucune détresse fœtale. Comment vous sentez-vous ?

— Fatiguée. Endolorie. Pressée que ce soit fini.

Elle aida Rosa à se lever.

— Vous voulez mon opinion professionnelle ?

— L'opinion professionnelle de ma future belle-sœur ?

Ces mots la prirent par surprise, mais finalement ils ne sonnaient pas si mal. À l'idée d'être la fiancée d'Elias, elle fut parcourue par un frisson de plaisir. Au départ, elle avait été un peu choquée quand il lui avait demandé de jouer ce rôle. Mais elle aimait bien Rosa... et tous les membres de la famille Garcia.

Sa seule crainte concernait Shea. Elias était-il toujours amoureux d'elle ? Malgré elle, elle se sentait jalouse de la femme qui l'avait précédée, car elle avait eu ce qu'elle-même n'aurait jamais : le cœur d'Elias.

— C'est ça, dit-elle, l'opinion professionnelle de votre future belle-sœur.

— Oui ?

— À mon avis, vous devriez demander à votre mari de rentrer. Je pense que votre bébé va naître dans les deux prochains jours, et j'espère que votre valise est prête, car vous devrez aller à l'hôpital de Napa.

— Oh ! fit Rosa, visiblement effrayée.

— Ne vous inquiétez pas, ajouta Adeline en souriant, tout va bien se passer. Je resterai ce week-end. Elias voulait rentrer à San Francisco, mais il ne sera pas difficile de le convaincre.

— Merci, docteur... Merci, Adeline.

— De rien. Maintenant, pouvez-vous me dire où je trouverai Elias ?

— Je crois qu'il regarde le coucher du soleil, sur la terrasse, puisque Aidan est dans les vignes. Qu'est-ce qu'il vous a dit exactement ?

— Je sais qu'Aidan a épousé la femme avec laquelle Elias devait se marier.

Rosa se mordilla la lèvre.

— Elias était amoureux de Shea, mais je ne suis pas certaine que c'était totalement réciproque, d'autant qu'il rentrait rarement à la maison et que Shea le voyait à peine. En revanche, Aidan était là, et... C'était dur. Mes parents n'étaient pas vraiment contents, mais Shea et Aidan sont heureux. Et maintenant qu'Elias vous a, je pense que tout va s'arranger.

— C'est vrai, dit Adeline.

Sauf qu'elle n'avait pas une vraie relation avec Elias. Bien sûr, ils allaient avoir un enfant, mais c'était tout.

— Je vais le retrouver, ajouta-t-elle. On se revoit au dîner.

— À tout à l'heure, dit Rosa avec un sourire.

Adeline retourna dans la chambre, posa sa trousse sur le lit et franchit les grandes portes-fenêtres pour se rendre sur la terrasse.

Elias était assis sur une chaise longue, les yeux fermés.

— Détendu ? demanda-t-elle.

— Pas vraiment, murmura-t-il. La sieste a été bonne ?

— Très. J'ai croisé Rosa ensuite.

Elias se redressa.

— Comment va-t-elle ?

— Le bébé est descendu.

— Oh ! Donc, ton intuition était juste.

— Apparemment.

— Tu suggères que l'on reste, si je comprends bien ?

— Oui. Ta nièce présentera peut-être la même pathologie que Manny, et vu que c'est un gros bébé, je m'inquiète de la distance qui nous sépare de l'hôpital. Combien de temps faut-il pour se rendre à Napa ?

— Une demi-heure environ.

— S'il y a le moindre problème, ce sera trop long. Si ta sœur n'a pas accouché quand nous repartirons pour San Francisco, il faudra qu'on l'emmène.

— Je suis d'accord. Je n'ai pas vraiment envie de m'attarder, mais j'ai beaucoup d'affection pour Rosa. Elle m'a manqué.

— C'est juste ton père et ton frère qui posent problème ?

Elias hocha la tête.

— J'ai croisé mon ex. Elle est enceinte.

— Comment ça s'est passé ? demanda Adeline en s'asseyant sur le bord de sa chaise longue.

— Mieux que je ne pensais, mais je ne sais pas trop ce que j'ai éprouvé. Elle a rompu parce que j'étais absent la plupart du temps. Mes études étaient ma priorité, à l'époque. Sur le coup, j'ai été anéanti, mais je l'avais mérité.

— C'est pour ça que tu n'as pas trop envie de te marier ?

Elias serra les dents.

— Rappelle-toi que je te l'ai proposé. Mais toi-même, est-ce que tu ne fais pas passer ta carrière en premier ?

Elle sentit son cœur manquer un battement.

— C'est vrai. Ma confiance a été trahie, et j'ai failli tout perdre.

— Tu m'as dit que tu avais dû changer d'hôpital à cause d'une déception sentimentale. Tu peux m'en parler ?

Elle s'assit en soupirant sur la chaise longue voisine.

— Je suis tombée amoureuse d'un de mes enseignants.

— Ah !

— C'était une grosse erreur. À l'époque, je croyais encore en l'amour et aux contes de fées. Ça a été magique, jusqu'à ce que je découvre que Grégory était marié.

— Tu as rompu ?

— Oui. Je ne me sentais pas l'âme d'une briseuse de ménage.

Il a été furieux. Au lieu d'accepter ma décision, il a étalé notre liaison sur la place publique. Il a prétendu que je l'avais séduit, que je lui faisais du chantage pour avoir mes diplômes. Tout le monde l'a cru. J'ai dû quitter la fac et prendre une année avant de me représenter ailleurs.

— Je suis désolé.

— Alors, oui, j'ai quelque chose à prouver, moi aussi… Tout ça pour te dire qu'il y a eu un temps où je croyais qu'on pouvait être heureux et avoir beaucoup d'enfants.

— Moi aussi.

— Tu voulais te marier, fonder une famille ?

— Oui. Ensuite, je me suis convaincu du contraire, mais maintenant…

Tendant la main, Elias la posa sur son ventre et le caressa.

Ce geste si simple souleva en elle une vague de chaleur.

Se tournant vers les vignes, elle contempla le soleil qui touchait presque les collines, les baignant d'un éclat doré.

— Je te remercie d'avoir accepté de jouer cette comédie, dit soudain Elias.

— Il n'y a pas de quoi. De toute façon, je voulais venir pour ta sœur.

— Je t'en suis aussi reconnaissant.

Il se leva et lui frôla délicatement la joue du bout des doigts.

Elle sentit sa respiration s'accélérer. Oubliant ses propres consignes de prudence, elle se leva pour se blottir contre lui.

Elias l'entoura de ses bras, et ils s'embrassèrent avec la même passion qu'un mois auparavant. Mais cette fois, il ne s'agissait pas seulement de désir. Ce qui les poussait l'un vers l'autre était plus profond.

— Oncle Elias…, dit Manny en faisait irruption sur la terrasse. Oh ! désolé.

Tandis qu'Adeline s'efforçait de contrôler sa respiration, Elias recula d'un pas.

— Inutile de t'excuser.

— Le dîner est prêt, et grand-mère m'a envoyé vous chercher.

— On arrive.

Dès que Manny eut disparu, Adeline se mit à rire.

— Je crois qu'on a embarrassé ton neveu.

— Eh bien, ça m'est totalement égal, répliqua Elias en la reprenant dans ses bras.

Elle le repoussa doucement.

— Je te rappelle qu'on nous attend.

— Ouais… Je n'ai pas trop envie de revoir Aidan.

— Il le faudra bien un jour… Par exemple pour notre mariage, plaisanta-t-elle.

Elias secoua la tête en riant, puis il lui prit la main.

S'il l'avait pu, Elias aurait entraîné Adeline dans leur chambre pour continuer à l'embrasser. En réalité, il ne cessait d'y penser depuis un mois. Il s'était efforcé de rester professionnel pour leur bien à tous les deux, mais maintenant qu'il la voyait dans sa famille, il avait du mal à réprimer ses sentiments pour elle.

En la voyant prendre soin de Rosa et de sa future nièce, il mesurait à quel point il avait de la chance d'avoir Adeline à ses côtés.

Lorsqu'ils arrivèrent dans la salle à manger, ses parents, Rosa et Manny étaient déjà à table, et il restait deux chaises libres pour lui et Adeline.

Apparemment, Shea et Aidan ne dîneraient pas avec eux.

Contre toute logique, cela l'agaça au plus haut point. Aidan était plus puéril et lâche qu'il ne l'avait cru. Sans doute craignait-il de voir tout ce que son frère aîné avait : une carrière médicale et une fiancée qui soit médecin.

Sauf qu'Adeline n'était pas vraiment sa fiancée.

Il le regrettait profondément, et d'autant plus depuis qu'elle s'était confiée à lui. Ils avaient traversé les mêmes épreuves et avaient lutté pour s'en sortir. Il ne l'en respectait que davantage.

— Pardonnez notre retard, dit Adeline.

Son père lui sourit.

— Ce n'est pas grave. Nous sommes heureux que vous soyez là, Adeline.

Elias écarta une chaise de la table pour qu'elle puisse s'asseoir.

— Je vois que mon fils a encore de bonnes manières, grommela son père.

Elias ignora le commentaire, qui était habituel.

— Aidan et Shea ne se joignent pas à nous ? demanda-t-il.

— Non. Aidan a du travail.

La bonne excuse ! Il savait parfaitement que son frère ne voulait tout simplement pas le rencontrer. Il n'avait d'ailleurs pas revu Aidan depuis qu'il les avait surpris ensemble, lui et Shea.

Il n'avait pas assisté à leur mariage, ce qui avait creusé un fossé dans la famille, et il était convaincu que son père l'en blâmait, lui et non Aidan. Cela faisait partie du problème : il savait qu'il n'était pas le fils préféré parce qu'il avait abandonné le vignoble.

Aidan incarnait désormais toutes les valeurs de leur père. Pourtant, Elias avait les mêmes : le travail acharné, la compassion et faire le bien en faisaient partie.

Pourtant, il avait déçu son père, et il n'y pouvait rien.

Sauf qu'il souhaitait profondément que sa famille soit fière de lui.

Qu'Adeline soit fière de lui.

Que son enfant soit fier de lui.

Le dîner fut bref et empreint de gêne.

Adeline sentait la tension due à la rivalité qui opposait Elias et Aidan, même si la famille était accueillante avec elle.

Visiblement, il ne s'agissait pas que de Shea. La cause était plus enfouie, plus profonde.

Le père d'Elias parla peu, et Rosa, qui semblait mal à l'aise, alla se coucher de bonne heure. Alors qu'Elias venait de quitter lui aussi la table, Adeline proposa à Flora de l'aider à débarrasser, mais son offre fut déclinée.

Elle retourna donc dans la chambre, pressée de dormir.

Croyait-elle vraiment qu'elle allait pouvoir dormir auprès d'Elias ?

Lorsqu'elle poussa la porte, elle le trouva torse nu.

Cette vision la prit par surprise. Elle avait oublié à quel point il était athlétique et musclé. Puis, brusquement, elle se rappela la douceur de sa peau, lorsqu'elle l'avait caressée, et se sentit vibrer de désir.

— J'ai proposé à ta mère de l'aider à débarrasser, mais elle a refusé, dit-elle, rougissante.

— Elle ne permet jamais aux invités de le faire, répliqua Elias avec un petit sourire. Si nous étions mariés, elle aurait sans doute accepté.

— C'est bon à savoir, dit Adeline en riant. Dis-moi... J'ai cru comprendre que l'absence de ton frère te contrariait.

— Je m'en fiche complètement. Je suis même content qu'il n'ait pas été là.

— Vous vous êtes toujours détestés ?

Elias soupira.

— Non, mais il y a toujours eu une rivalité, entre nous. Je ne le détestais pas, mais lui si, apparemment. Il voulait toujours ce que j'avais, était toujours en colère contre moi et s'efforçait de capter l'attention de papa. Pourtant, je ne le haïssais pas jusqu'à...

— Jusqu'à ce qu'il te vole Shea.

— Oui. Mais en la voyant aujourd'hui j'ai compris que ça n'avait plus aucune importance. Et j'ai pris conscience d'autre chose.

— Laquelle ?

— Que je n'avais d'yeux que pour toi.

Le cœur d'Adeline s'emballa.

— Quoi ?

— Je ne ressens plus rien pour Shea. Tu portes mon enfant, c'est tout ce qui compte.

— Elias, je...

— Je sais, je sais. Tu ne veux pas te marier, mais nous allons élever cet enfant ensemble. Sache pourtant que je te désire toujours autant, dit-il en prenant son visage entre ses paumes. Une seule fois, ce n'était pas suffisant, et je n'ai pas arrêté de penser à toi depuis. Pourquoi ne pas profiter de cette nuit ?

— On ne peut pas, Elias, murmura-t-elle.

— On ne peut pas, ou on ne devrait pas ? demanda-t-il d'une voix rauque.

Et avant qu'elle puisse laisser sa raison l'emporter sur le désir, il l'embrassa, allumant en elle le même feu que chaque fois qu'il la touchait.

Elle voulait qu'ils soient nus l'un contre l'autre. Ensemble, ici et maintenant. Elle en avait besoin plus que de n'importe quoi d'autre au monde, parce qu'elle était amoureuse d'Elias Garcia, cet homme qui ne croyait pas plus qu'elle aux fins de contes de fées.

Menteuse ! C'était exactement ce qu'elle attendait, inutile de le nier.

Oui, elle voulait tout ! Le poste qu'elle convoitait, le bébé, une famille… et Elias.

— Tu m'as manqué, Adeline, murmura-t-il en déposant un baiser dans son cou.

— Je ne t'ai pas quitté une seconde.

Il sourit et lui caressa le visage.

— Tes baisers m'ont manqué.

Les mains d'Elias étaient sur elle, les mots étaient inutiles.

Ils tombèrent sur le lit et se débarrassèrent de leurs vêtements. Bientôt, plus rien ne les sépara.

Elias explorait son corps, ses baisers étaient passionnés, possessifs. Elle voulait aussi le toucher partout, lui donner autant de plaisir qu'il lui en prodiguait.

— Adeline, tu es la seule que je veuille, murmura-t-il.

Elle pensait la même chose, mais n'osa pas le lui dire.

Les lèvres chaudes d'Elias traçaient un sillon brûlant sur sa gorge, sur ses seins, la faisant se cambrer contre lui.

Elle cria lorsqu'il la pénétra et la remplit de toute sa puissance.

Jamais elle n'avait rien éprouvé de tel.

Elle était vaincue. Elle ne désirait que lui.

Il avait fait exploser ses défenses. Elle aurait voulu que cette nuit ne finisse jamais, qu'elle dure toujours… et en même temps, ce « toujours » l'effrayait.

Ils jouirent ensemble, et tandis qu'il la serrait contre lui, elle sentit les larmes lui monter aux yeux.

Elle s'agrippa à Elias pour qu'il ne voie pas qu'elle pleurait, incapable de s'arrêter tant elle était traversée d'émotions contradictoires.

Des émotions qui lui faisaient entrevoir qu'elle pourrait avoir ce « toujours » si seulement elle le souhaitait vraiment.

11

Des coups frappés à la porte réveillèrent Adeline. Les rayons du soleil filtraient à travers les volets, et elle était blottie contre Elias, qui dormait toujours.

— Oncle Elias ! Docteur Turner !

De l'autre côté de la porte, la voix de Manny trahissait sa panique.

— Elias ! Manny nous appelle !

Se redressant brusquement, Elias bondit hors du lit et s'habilla en toute hâte, imité par Adeline.

— Qu'est-ce qui se passe, Manny ?

— Maman a commencé le travail, et quelque chose ne va pas. Mais l'ambulance ne peut pas venir. Il a plu cette nuit, et la route est inondée.

— J'arrive, Manny, dit Adeline en prenant sa trousse avant de se précipiter dans la chambre de Rosa.

Terrifiée, Flora se tenait au chevet de sa fille.

— C'est Adeline, Rosa. Quand vos contractions ont-elles commencé ?

— Je n'en sais rien ! Je me suis réveillée avec cette douleur.

— Et Manny est allé me chercher, enchaîna Flora.

Elias entra à son tour dans la pièce.

— Qu'est-ce que je peux faire ? demanda-t-il d'une voix inquiète.

— La soutenir, murmura Adeline. Il faut absolument qu'une ambulance vienne la chercher. Je n'ai pas le matériel nécessaire pour m'occuper du bébé, et je ne sais pas ce qui va arriver.

Elias prit la main de sa sœur, qui pleurait.

— Manny, tu pourrais peut-être attendre dehors ? suggéra Adeline.

— D'accord. Je vais continuer d'appeler les secours.

— Bonne idée.

Prenant un tabouret, Adeline s'assit au pied du lit pour voir où en était l'accouchement.

La tête du bébé était déjà visible, et il était clair qu'il avait hâte de naître.

— Rosa ! À la prochaine contraction, j'aurai besoin que vous poussiez.

Se levant, elle posa la main sur le ventre de sa patiente.

— Très bien. Allez-y !

Elias se glissa sur le lit derrière Rosa pour la prendre par les épaules, tandis que Flora soutenait les jambes de sa fille et qu'Adeline surveillait le bébé. Il y avait plus de sang qu'elle ne l'aurait voulu, mais on ne pouvait pas empêcher ce bébé de naître.

— OK ! Poussez encore !

Les épaules du nourrisson sortirent en premier, puis il suffit d'une poussée supplémentaire pour qu'il sorte en entier.

Pendant quelques secondes, un silence pesant s'installa dans la chambre.

— Pourquoi est-ce qu'elle ne crie pas ? demanda faiblement Rosa.

Elias quitta son poste pour prendre le bébé et le frotter avec une serviette pour le stimuler. Il y eut un petit vagissement, et Rosa sourit, mais la petite fille ne respirait pas bien, et ses lèvres étaient un peu bleues.

Adeline lança un coup d'œil à Elias, qui avait compris comme elle qu'il fallait de l'oxygène au nouveau-né.

Manny rentra en courant dans la pièce.

— Oncle Aidan a contacté Air Ambulance, dit-il.

Il ouvrit de grands yeux à la vue de sa petite sœur qui pleurait à peine dans les mains d'Elias. Puis Aidan entra à son tour, et Elias se crispa aussitôt à sa vue.

Le regard d'Aidan se posa sur son frère et l'enfant. La tension était palpable, mais ils ne prononcèrent pas un mot.

Elias tendit sa nièce à Rosa.

— Elle est belle ! s'exclama Flora.

Adeline avait le cœur serré comme dans un étau, parce que la petite fille avait un urgent besoin de soins. Elle se réjouissait que les secours soient en route.

— Rosa, on va devoir l'emmener à l'hôpital, dit calmement Elias.

Les yeux de Rosa s'emplirent de larmes.

— Je sais. Je voudrais que tu accompagnes Gabrielle, Elias, s'il te plaît.

— Rosa, intervint Aidan, j'ai promis à Jeffery que j'irais avec toi à l'hôpital.

— C'est à moi d'y aller, dit Elias. Je suis néonatalogue.

Aidan plissa les yeux.

— Je suis au courant.

— Assez ! trancha sèchement Flora. Elias ira avec Gabrielle. Et toi, Aidan, tu peux rester avec Rosa pendant qu'Adeline s'occupe d'elle, en attendant Air Ambulance.

Aidan jeta à peine un coup d'œil à Adeline, mais il rougit de s'être fait ainsi chapitrer par sa mère.

Dès qu'on entendit l'hélicoptère approcher, il sortit.

— Je vais les accueillir. Viens avec moi, Manny.

Adeline profita de ce que Rosa et Flora contemplaient le bébé pour s'approcher d'Elias.

Elle demeurait calme pour ne pas inquiéter Rosa, mais le bébé était gros, le placenta n'avait pas été expulsé, et elle craignait une déchirure de l'utérus en raison de la précédente césarienne.

— Tu crois qu'il y aurait de la place pour Rosa dans l'hélicoptère ?

— Je n'en sais rien. Pourquoi ?

— Je n'arrive pas à stopper l'hémorragie, et je crains qu'il ne s'agisse d'une rupture utérine. Sa première césarienne l'a rendue vulnérable.

Elias pâlit.

— Je vais le demander aux ambulanciers. En attendant, fais ce que tu peux.

Elle acquiesça d'un signe de tête.

Quand les ambulanciers arrivèrent, ils apportaient une couveuse, mais aussi un brancard, ce qui la soulagea grandement.

— Nous avons de la place pour la mère et l'enfant, mais une seule personne pourra les accompagner, précisa l'un d'entre eux.

Elias jeta un coup d'œil à Adeline.

— Vas-y.

— Tu es pédiatre !

— Il y en a d'autres aux soins intensifs pédiatriques de Napa. En revanche, tu dois t'occuper de Rosa. S'il y a rupture utérine, elle aura sans doute besoin d'être opérée.

Elias aida les ambulanciers à placer le nourrisson dans la couveuse puis à le mettre sous oxygène. Pendant ce temps, Adeline surveillait Rosa, qui s'affaiblissait à vue d'œil.

— Hémorragie hors contrôle, dit-elle. Il faut commencer la perfusion et l'oxygéner, elle aussi.

Dès que Rosa fut installée sur le brancard, elle la suivit jusqu'à l'hélicoptère où le bébé se trouvait déjà.

— Je vais vous rejoindre en voiture, annonça Elias, le visage défait. Sauve ma sœur, je t'en prie !

— Je le ferai.

Une fois dans la cabine, Adeline prit la main de Rosa.

— Je suis là.

— Ne me laissez pas mourir.

La gorge serrée, Adeline sentit les larmes lui picoter les yeux.

— Cela n'arrivera pas, Rosa.

Elle s'en assurerait.

Tandis que l'appareil décollait, Elias sentit son cœur se briser.

Sa mère était blottie contre son père, qui entourait les épaules de Manny d'un bras. Aidan était visiblement furieux, mais Elias n'avait pas la moindre envie de se disputer avec lui. Pour l'instant, il devait partir pour l'hôpital.

Dès que l'hélicoptère eut disparu, il retourna dans la maison, mit ses chaussures et prit ses clés de voiture.

— Où est-ce que tu vas ? demanda Aidan, qui l'avait suivi.

— À ton avis ? À l'hôpital, évidemment.

— Pour soutenir Rosa ? Tu n'es pas revenu depuis deux ans, et pendant ce temps c'est moi qui veillais sur elle et sur Manny en l'absence de Jeffery. Toi, tu papillonnais à la fac.

— Je papillonnais ? Tu plaisantes ! Je travaillais. Ton rêve a toujours été de prendre la tête du vignoble, alors je te l'ai laissée.

— Quelle générosité !

— Oui, et tu m'as récompensé en me volant la femme que j'aimais.

— Je ne te l'ai pas volée. Tu l'as abandonnée comme tu nous as tous abandonnés. J'ai été là pour elle.

— Je me suis seulement éloigné pour faire mes études.

— Ça ne change pas ! Tu n'as jamais reconnu tes torts.

Elias repoussa Aidan, qui le projeta contre un mur.

Elias savait qu'il ne s'agissait plus de Shea. Il était simplement furieux d'avoir perdu son frère, ainsi que sa famille, et ce n'était pas la faute d'Aidan.

C'était la sienne, et c'est à lui qu'il en voulait.

— Arrêtez ça tout de suite ! ordonna leur père en entrant dans la maison à son tour. Vous vous comportez tous les deux comme des animaux, alors que votre sœur risque de mourir.

Aidan s'écarta d'Elias, qui resta appuyé au mur.

— Qu'est-ce qui ne va pas, chez toi ? lui demanda Jimeno.

— Il m'a accusé d'avoir abandonné la famille.

— C'est ce que tu as fait, répliqua son père, avant de se tourner vers son fils cadet. Et toi, tu ne penses pas qu'Elias a le droit de t'en vouloir ? Tu lui as pris la femme qu'il était censé épouser. Je sais qu'ils n'étaient plus amoureux, mais tu as toujours voulu ce qu'Elias avait. Par bonheur, il a une autre fiancée, mais tu as trahi sa confiance.

Les paroles de Jimeno surprirent Elias, qui se sentit immédiatement coupable.

— Adeline n'est pas ma fiancée, avoua-t-il. Elle est ma collègue, et elle porte mon enfant, mais nous ne sommes pas fiancés.

Aidan émit un rire moqueur.

— Décidément, tu n'as pas changé !

— Tu te trompes.

— Silence, tous les deux, les coupa Jimeno. Vous êtes frères, mais vous vous comportez en ennemis. Vous me décevez autant l'un que l'autre.

Il foudroya Aidan du regard avant de s'adresser à Elias.

— Il est clair que tu tiens à Adeline, alors si elle est enceinte de toi, tu dois bien faire les choses.

— Pour l'instant, grommela Elias, je dois partir.

Il se rendit dans sa chambre, puis prit son portefeuille et ses clés. Aidan l'avait suivi.

— Tu ne peux pas conduire jusqu'à Napa, affirma-t-il.

— Je ne suis peut-être pas revenu depuis deux ans, mais je connais encore le chemin.

— Ta voiture de location ne franchira pas les routes barrées. Je connais les nouvelles voies secondaires, et mon pick-up est plus sûr.

À sa façon, Aidan lui proposait de faire la paix, et même si Elias n'avait pas envie d'accepter, il savait que son frère avait raison.

— D'accord, dit-il, et merci.

Le remerciement parut surprendre Aidan.

— Je vais chercher le pick-up, dit-il seulement.

Quand Elias sortit de la maison, Jimeno, Flora, Manny et Shea étaient déjà là. Shea se pendait au cou de son mari et lui murmurait quelque chose à l'oreille. Elle regardait Aidan comme elle ne l'avait jamais regardé, lui, mais il ne se rappelait pas non plus avoir contemplé son ex-fiancée de cette façon.

— Appelez-moi dès que vous aurez des nouvelles, dit Flora d'une voix tremblante.

— C'est promis, maman, dit Elias.

Après avoir serré Manny dans ses bras, il grimpa dans le pick-up. Aidan se glissa derrière le volant et démarra. Quelques instants plus tard, ils quittaient la propriété.

Elias ne parvenait pas à regarder son frère, mais se sentit obligé de briser la glace :

— Pourquoi tu n'as pas dîné avec nous, hier ?

— J'ai pensé que tu voudrais être seul avec les parents. Et puis... Je supposais que tu n'avais pas très envie de me voir.

— Tu avais raison.

C'était vrai, mais au fond son frère lui manquait, et il regrettait que leur rivalité d'adolescents les ait éloignés l'un de l'autre au point qu'ils aient fini par se détester.

— Si tu penses que j'avais raison, pourquoi poser la question ? Tu es une vraie tête de mule.

— Et toi, tu ressembles à papa.

Aidan se mit à rire.

— Ce n'est pas faux.

Elias se surprit à rire lui aussi.

— Sauf que je n'ai jamais pu faire le poids à côté de toi, reprit Aidan. Et les parents ne nous ont jamais laissés oublier ce que nous t'avons fait, Shea et moi. C'est juste que...

— Que je n'étais jamais là.

— Oui. Et quand tu revenais, tu avais l'air de nous mépriser parce que nous travaillions la terre, alors que toi, tu allais poursuivre ta carrière de grand chirurgien.

Elias se sentit coupable, car son frère n'avait pas tort. Plus jeune, il s'était montré dédaigneux du travail de son père et de son frère, ainsi que de toutes les générations qui l'avaient précédé. Quand il pensait à tout le sang, la sueur et les larmes qui imprégnaient cette terre, il maudissait sa stupidité.

— J'avais tort, dit-il en jetant un coup d'œil à son frère. Je suis désolé.

De nouveau, Aidan parut surpris.

— Papa était dur avec toi parce qu'il voulait que tu réussisses.

— Et il était dur avec toi parce que tu reprenais le vignoble et que, toi aussi, tu devais réussir.

— Et on a passé toutes ces années à penser que l'autre avait une vie plus facile, alors qu'il ne nous épargnait ni l'un ni l'autre.

— Seulement, on était trop têtus pour le voir.

— Aussi têtus que lui.

Tous deux échangèrent un sourire, et le trajet se poursuivit en silence.

— Vous avez été formée par le Dr Wilder ? demanda le Dr Lythe en se lavant les mains à côté d'Adeline.

— C'est toujours le cas.

— Je suis heureuse que vous soyez là.

— Et moi, je vous remercie de me permettre d'opérer.

— C'est normal. Nous avons rarement des ruptures utérines, et il s'agit de votre belle-sœur.

« Ne me laissez pas mourir. »

La voix de Rosa résonnait dans la tête d'Adeline, quand elle suivit le Dr Lythe dans la salle d'opération. Une infirmière l'aida à enfiler une tenue et des gants stériles.

— La patiente est âgée de trente-cinq ans, dit le Dr Lythe à l'ensemble de l'équipe. Elle vient de donner naissance à un bébé de près de cinq kilos. Elle a accouché de son premier enfant sous césarienne il y a quinze ans. Elle a beaucoup saigné, et le placenta n'a pas été expulsé. Le Dr Turner va diriger cette intervention selon le souhait de la patiente.

Adeline ferma un instant les yeux afin de mieux se concentrer.

— Très bien, dit-elle, sauvons une vie.

L'infirmière de bloc lui tendit un scalpel.

N'ayant pas été autorisé à assister à l'opération, Elias se rendit aux soins intensifs pédiatriques pour voir la petite Gabrielle. Avant d'entrer, il enfila la tenue et le masque qu'on lui remit.

En contemplant le fragile nouveau-né, il prit conscience que le poste proposé par le Dr Wilder ne l'intéressait pas vraiment : sa place se trouvait parmi les nourrissons.

Dès qu'il rentrerait à San Diego, il retirerait sa candidature, et Adeline obtiendrait ce qu'elle souhaitait depuis si longtemps.

Elle était passionnée par les accouchements. Elle souhaitait plus que tout sauver la vie de la mère et de l'enfant au moment où ils étaient le plus vulnérables.

Il était tellement heureux d'avoir écouté Adeline, d'avoir cru en son instinct ! Il ne voulait pas penser à ce qui se serait passé s'ils n'avaient pas été là pour Rosa et Gabrielle.

Se penchant au-dessus de la couveuse, il murmura :

— Gabrielle...

— Vous êtes le Dr Garcia ?

Il se tourna vers le médecin qui se tenait derrière lui.

— Oui ?

— Je suis le Dr Richardson, chef de la néonatalogie. J'ai appris que votre sœur était encore au bloc, et je voulais vous parler de votre nièce.

— Je vous écoute, docteur, dit Elias, le cœur serré.

— Elle présente un canal artériel persistant. L'ouverture est tellement importante que c'est un miracle si elle a survécu à la naissance.

— Vous allez l'opérer ?

— Nous devons la transférer à l'hôpital des enfants de San Francisco qui est bien mieux équipé. Comme nous ne pouvions pas attendre l'autorisation de la mère, nous avons contacté le père, qui nous l'a donnée.

— Mon beau-frère a eu raison. Je préviendrai moi-même ma sœur après son opération.

— Merci, docteur Garcia. Nous aurions besoin que quelqu'un accompagne le bébé à San Francisco.

— Mon frère, Aidan Garcia, peut le faire.

— Parfait.

Un instant plus tard, Elias rejoignit son frère, qui faisait les cent pas dans une salle d'attente.

— Le bébé va être transféré à San Francisco, lui dit-il.

— Pourquoi ? Quelque chose ne va pas ?

— C'est son cœur, et il faut l'opérer. Ici, ils n'ont pas un matériel aussi performant qu'à San Francisco. Il faudrait que tu ailles avec elle jusqu'au retour de Jeffery.

— Pourquoi pas toi ? Tu es médecin.

— Je ne pourrai rien faire de plus, alors vas-y. Rosa et Jeffery te font confiance. Je resterai ici.

Le visage dur d'Aidan s'adoucit.

— Merci.

— On t'attend, dit Elias en lui pressant l'épaule.

Hochant la tête, Aidan se rendit aux soins intensifs pédiatriques pour voyager avec Gabrielle.

Après son départ, Elias s'assit sur une chaise et s'enfouit le visage dans les mains.

Comment allait-il annoncer la nouvelle à Rosa ?

Il ne pouvait pas s'empêcher de penser à ce qu'il ressentirait si Adeline était sur la table d'opération à cause du PTT. Si c'était son propre enfant qui risquait de mourir... Pourrait-il le supporter ?

— Elias ? fit la voix d'Adeline.

Levant la tête, il la vit sur le seuil de la pièce.

— Dis-moi !

— Elle va se remettre, promit Adeline en souriant.

Se levant d'un bond, il l'embrassa sur la bouche.

— D'ordinaire, les proches des patients ne remercient pas les chirurgiens de cette façon, dit-elle.

— Ils devraient peut-être, répondit-il en l'embrassant encore.

Adeline le repoussa légèrement.

— Il y avait bien une rupture utérine. La cicatrice laissée par la césarienne quand Manny est né n'a pas tenu. J'ai été obligée de pratiquer une hystérectomie, mais elle survivra. Comment va le bébé ?

— On l'emmène à San Francisco par les airs. Son cœur... Elle va être opérée à l'hôpital des enfants.

— Je suis désolée.

— Il faut que je prévienne Rosa.

— Qui accompagne ta nièce ?

— Aidan.

— Aidan ? répéta Adeline avec étonnement.

— C'est lui qui m'a conduit jusqu'ici. On a... parlé. Tout n'est pas parfait entre nous, mais ça va nettement mieux.

Adeline prit ses mains dans les siennes.

— J'en suis ravie !

— Je dois appeler la famille.

— Bien sûr. Ensuite, je t'emmènerai auprès de Rosa. Je te rappelle que nous sommes censés retourner à San Francisco, nous aussi. Le Dr Wilder compte sur nous.

— Oui.

En réalité, il se souciait peu de ce que le Dr Wilder pouvait penser de lui, mais il savait que c'était important pour Adeline, et il voulait être près de Gabrielle.

Dès que la famille arriverait à l'hôpital, Adeline et lui emprunteraient le pick-up d'Aidan pour rentrer au ranch. Ils récupéreraient la voiture de location et repartiraient pour San Francisco.

Ensuite, il préviendrait le Dr Wilder qu'il abandonnait la compétition. Il ne voulait plus de ce poste et savait où était sa place.

Pendant qu'Adeline allait se changer, il sortit son téléphone.

12

Avant de quitter l'hôpital, Elias et Adeline avaient attendu que Rosa sorte de la salle de réveil pour lui dire où se trouvait son bébé.

Aidan avait prévenu la famille que l'état de Gabrielle était stable et qu'il restait auprès d'elle jusqu'à ce que Jeffery, qui avait pris le premier avion, atterrisse à San Francisco. Bien sûr, Rosa était folle d'inquiétude, mais ses parents et Manny se trouvaient maintenant auprès d'elle pour la réconforter.

Finalement, le temps qu'Elias et Adeline retournent à la propriété et récupèrent leurs affaires avant de reprendre la route, il était minuit.

La journée avait été longue et épuisante, mais Adeline avait hâte d'être de retour à San Francisco.

— Je veux encore te remercier, lui dit Elias au bout d'un instant.

— De quoi ?

— D'avoir sauvé la vie de ma sœur. Si tu n'avais pas été là… Je ne veux même pas y penser.

Elle rougit.

— Merci.

— De rien. Je crois que le Dr Wilder n'a plus grand-chose à t'apprendre. N'importe quel service hospitalier serait heureux de t'avoir.

Une fois de plus, elle soupçonna malgré elle Elias de vouloir l'éloigner de San Diego pour avoir le poste.

À cet instant, son téléphone vibra. Elle le sortit de sa poche et jeta un coup d'œil à l'écran.

— C'est le Dr Wilder, dit-elle. Elle est à San Francisco. Les jumeaux qui présentent le syndrome transfuseur-transfusé doivent naître demain matin de bonne heure, grommela-t-elle.

— Je te rappelle que tu es enceinte et que tu dois faire attention à ta propre santé, dit Elias.

— Je suis au courant, répliqua-t-elle sèchement.

Il avait raison, mais cette intervention prouverait au Dr Wilder qu'elle était la meilleure. Elle touchait enfin au but !

Fermant les yeux, elle s'appuya à la portière et tenta de se reposer un peu.

Elias gara le SUV en bas de leur immeuble, puis sortit de la voiture, ouvrit la portière d'Adeline et la prit dans ses bras. Elle ne se réveilla pas tandis qu'il la portait à l'intérieur, montait l'escalier et entrait dans l'appartement. Lorsqu'il l'eut déposée sur son lit, il tira une couverture sur elle.

Elle paraissait si paisible !

Il lui serait éternellement reconnaissant d'avoir sauvé sa sœur, mais il aurait voulu qu'elle renonce à être le sous-fifre du Dr Wilder pendant des années. Elle pouvait facilement être chef d'un service d'obstétrique dans n'importe quel hôpital. Les gens l'aimaient, les patientes l'adoraient. Elle méritait tellement mieux !

Laissant échapper un soupir, il referma la porte de sa chambre et gagna la sienne.

Son téléphone vibra.

— Docteur Garcia, à l'appareil.

— Garcia, c'est Wilder. J'essaye de joindre le Dr Turner, mais elle ne répond pas.

— Elle a accouché un bébé ce matin et traité une rupture utérine à Napa dans la journée. Nous venons de rentrer, et elle dort, mais je peux la réveiller.

— C'est inutile. On doit sortir les jumeaux dans l'heure qui vient. La mère souffre de prééclampsie. Vous pouvez venir m'assister ? Vous me raconterez en détail ce qui s'est passé à Napa.

— Bien sûr, docteur Wilder, dit Elias avant de raccrocher.

Apparemment, le Dr Wilder se souciait peu de savoir qui allait l'assister, bien qu'Adeline soit la plus qualifiée.

Il était fatigué, mais Adeline l'était encore plus, et elle était enceinte. Il reprendrait du café, et le tour serait joué. D'ailleurs, il voulait pouvoir s'occuper des jumeaux après leur naissance.

Un peu plus tard, il rejoignait le Dr Wilder au bloc, où elle se lavait les mains en compagnie du Dr Spiner.

— Alors, Garcia, parlez-moi de cet accouchement et de l'intervention que le Dr Turner a effectuée.

— La patiente était ma sœur. Elle a accouché par les voies naturelles après une première césarienne il y a quinze ans. Mais le bébé était gros et présentait une persistance du canal artériel.

— Parlez-moi de la rupture. Une fois que l'enfant est né, cela ne m'intéresse plus.

La froideur de ce commentaire le heurta.

— Le Dr Turner suspectait cette rupture. La patiente a été emmenée par les airs à l'hôpital de Napa, où le Dr Turner s'est chargée de l'intervention et a dû procéder à une hystérectomie.

— Elle est extraordinaire ! s'exclama le Dr Spiner. Si vous ne faites pas attention, docteur Wilder, je vous la volerai, ainsi que le Dr Garcia. San Francisco est la ville idéale pour élever un enfant.

Le Dr Wilder jeta un regard perçant à Elias, qui sentit son sang se glacer.

— Un enfant ? répéta-t-elle.

— Désolé, docteur Garcia, je croyais que le Dr Wilder était au courant, s'excusa le Dr Spiner avant de rentrer dans la salle d'opération.

Retenant son souffle, Elias continua de se laver les mains.

— Voilà qui explique certainement son épuisement, remarqua tranquillement le Dr Wilder. Elle doit prendre soin d'elle-même et ne veut sûrement pas que son bébé ou elle subisse un stress supplémentaire.

— Elle se repose juste un peu, protesta Elias.

— Je comprends maintenant pourquoi j'ai reçu les résultats d'un test génétique la concernant.

— On vous les a adressés ?

— En effet. La demande était rédigée sur l'un des formulaires de mon service, alors le labo me les a envoyés par mail. Je comptais les remettre au Dr Turner.

Elias aurait voulu en prendre connaissance, mais il n'avait aucun droit légal de les demander. Il n'était pas le fiancé d'Adeline, juste le père de son enfant.

— Très bien, dit le Dr Wilder. J'espère que, après cette journée harassante auprès de votre sœur, vous serez capable de travailler. J'ai besoin d'être assistée pour accoucher ces jumeaux, et je suis certaine que vous serez fasciné de découvrir comment le syndrome transfuseur-transfusé a pu les affecter.

— Oui, docteur Wilder.

Puis elle entra dans la salle d'opération pendant qu'il finissait de se laver les mains.

Il s'en voulait horriblement d'avoir révélé la grossesse d'Adeline au Dr Spiner. Maintenant, il allait devoir la prévenir, mais il espérait surtout que le Dr Wilder n'utiliserait pas cette information contre elle.

Malheureusement, elle leur avait fait clairement comprendre que travailler avec elle excluait toute vie privée.

Adeline se réveilla de bonne heure, parce qu'elle avait mis son alarme après avoir reçu le SMS du Dr Wilder. Elle prit une douche rapide, puis s'habilla et se mit en quête d'Elias.

Il ne se trouvait pas dans l'appartement, et apparemment il n'avait pas non plus dormi dans son lit.

Elle supposa qu'il était au chevet de Gabrielle.

Si le Dr Wilder lui posait la question, elle lui expliquerait la situation.

Bien que son corps proteste, elle rassembla ce dont elle avait besoin pour passer la journée à l'hôpital.

Elle était toujours aussi épuisée par les événements de la veille. Elle n'avait pas dit à Elias qu'on lui avait proposé un poste en obstétrique, à l'hôpital de Napa. C'était tentant, mais elle était trop proche de son but pour accepter.

Mais était-ce vraiment son but ?

Cette pensée la surprit, parce qu'elle avait orienté tous ses choix de carrière pour pouvoir travailler avec le Dr Wilder.

Sauf que, récemment, elle avait rencontré Elias Garcia, elle portait son enfant, et sa vie entière en était bouleversée.

Se forçant à penser à autre chose, elle quitta l'appartement et se dirigea vers l'hôpital.

Elle avait tout à apprendre du Dr Wilder. Elias s'imaginait peut-être qu'elle en savait déjà suffisamment, mais il se trompait. Elle devait encore se former afin de sauver davantage de vies. Elle n'était pas prête.

Parvenue en obstétrique, elle se rendit dans les vestiaires et se changea, puis elle gagna le poste des infirmières.

— Vous pouvez me dire où est le dossier de la chambre 9 ?

— La chambre 9 ? répéta l'infirmière, visiblement étonnée.

— Oui. Celle des jumeaux présentant le syndrome transfuseur-transfusé. Le Dr Wilder m'a fait savoir que l'accouchement aurait lieu ce matin.

— Oh ! Le Dr Wilder et le Dr Garcia les ont mis au monde de bonne heure, expliqua l'infirmière. La maman se trouve avec ses enfants en soins intensifs.

— Quoi ?

— Ils sont nés vers 2 heures du matin.

Au bord de la nausée, elle comprit qu'elle avait été trahie.

Elle l'aurait parié ! Elias avait assisté le Dr Wilder à sa place !

Elle déglutit péniblement pour résorber la grosse boule qui s'était formée dans sa gorge puis se dirigea vers les soins intensifs.

Arrivée là, elle vit sa patiente assise dans un fauteuil roulant, son mari auprès d'elle. Elias se tenait près des couveuses et parlait avec les parents.

Pourquoi ne l'avait-on pas contactée ? Pourquoi le Dr Wilder avait-elle choisi Elias au lieu d'elle ? Elle avait davantage d'expérience, et c'était elle, l'obstétricienne. Tout cela n'avait aucun sens !

Sauf qu'Elias avait profité de ce qu'elle dormait pour lui voler sa patiente et assister le Dr Wilder pendant l'accouchement.

Elle avait cru qu'ils pourraient partager un avenir à deux. Elle avait cru pouvoir lui offrir son cœur. Elle avait cru qu'ils avaient dépassé cette folle compétition, mais elle s'était trompée.

C'était comme un coup de poignard dans le cœur.

Cruellement blessée, elle fit quelques pas dans le service et se trouva nez à nez avec le Dr Wilder.

— Bonjour, docteur Turner, lui dit cette dernière en la regardant à peine.

— Bonjour, docteur Wilder, j'ai vu que les jumeaux étaient nés.

— En effet. J'ai essayé en vain de vous appeler. Par bonheur, le Dr Garcia a décroché, et il m'a été d'une grande aide.

— C'est merveilleux, marmonna Adeline.

— Puis-je vous parler un instant, docteur Turner ?

Un frisson de crainte lui parcourut la colonne vertébrale.

— Bien sûr.

Le Dr Wilder gagna une salle vide et ouvrit la porte.

Adeline la suivit, le cœur serré, s'attendant à être blâmée pour avoir manqué l'appel de sa supérieure.

Le Dr Wilder s'assit et lui fit signe d'en faire autant.

— Pour commencer, j'ai reçu les résultats de votre test génétique, dit-elle en fouillant dans sa poche avant de lui tendre un papier.

— C'est vous qui les avez eus ?

— Le formulaire était à l'en-tête de mon service, c'est pourquoi le labo a cru que vous étiez l'une de mes patientes.

— Toutes mes excuses, docteur Wilder, dit Adeline en rougissant.

— Vous n'avez pas à vous excuser. C'est une pathologie grave, et vous avez eu raison de vous assurer que vous n'en souffriez pas. Quel est le membre de votre famille qui en est affecté ?

— Ma mère. Depuis ma naissance, elle a fait plusieurs rechutes, mais ce n'est que récemment que le gène responsable a été trouvé. J'ai pensé qu'il était temps que je fasse le test.

— Vous avez eu raison. Je suis ravie de vous dire que vous n'avez aucune prédisposition génétique pour cette maladie. Et c'est tant mieux puisque vous êtes… enceinte, je crois.

Le cœur d'Adeline cessa de battre.

— Pardon ?

— Le Dr Spiner m'en a informée. Il voulait me convaincre qu'il pouvait vous attirer à San Francisco pour fonder une famille.

— Et comment était-il au courant ?

— Je crois que le Dr Garcia lui en a parlé.

Cette fois, le cœur d'Adeline explosa en un million de morceaux.

Elle n'aurait jamais dû faire confiance à Elias !

— Comme vous le savez, continua le Dr Wilder, le poste que vous espériez implique quatre années de travail épuisant. Le médecin que je choisirai devra être disponible vingt-quatre heures sur vingt-quatre et sept jours par semaine. Il aura à maîtriser de nombreuses procédures, à participer à mes recherches cliniques et à voyager avec moi. Vous allez avoir un bébé, docteur Turner, et vous serez incapable de vous investir comme je le souhaite. C'est pourquoi j'ai proposé le poste au Dr Garcia.

Adeline resta muette, anéantie par cette nouvelle.

Tout son travail acharné n'avait servi à rien !

— Je le lui ai proposé, reprit le Dr Wilder, mais il a décliné mon offre. J'ai donc contacté le Dr Simpson, qui l'a acceptée. Elle n'était pas mon premier choix, mais elle n'est pas enceinte et est prête à faire le job. Peut-être que, dans quelques années, quand votre enfant sera plus grand, vous pourrez poser de nouveau votre candidature.

— Merci, docteur Wilder.

Après le départ du Dr Wilder, Adeline s'effondra sur sa chaise.

Elias Garcia avait saboté sa carrière et anéanti ses rêves, et ce pour rien. Absolument rien !

Des larmes silencieuses coulèrent sur ses joues.

Comment avait-elle pu croire qu'il l'aimait ? Si cela avait été le cas, il n'aurait pas trahi son secret, et elle aurait atteint son but.

On frappa à la porte, qui s'ouvrit sur Elias.

Folle de colère, elle se leva d'un bond, les poings serrés.

— Il y a un problème ? demanda-t-il. Ton test génétique est mauvais ?

— Espèce de salaud ! s'exclama-t-elle en le giflant.

Elle voulut sortir, mais il lui barra le passage.

— Qu'est-ce que j'ai fait pour mériter ça ?

— Tu as dit au Dr Spiner, qui l'a répété au Dr Wilder, que j'étais enceinte ! cria-t-elle. Et tu t'es rendu en douce à l'hôpital pour accoucher les jumeaux sans me prévenir.

— Je t'ai laissé un message.

— Je ne l'ai pas vu. Mais ça n'empêche pas que tu m'as trahie.

Elias laissa échapper un soupir.

— Ça m'a échappé en présence du Dr Spiner, mais je ne pensais pas qu'il en parlerait à quelqu'un d'autre. Je suis désolé.

— C'est faux ! Tu l'as fait exprès.

— Tu te trompes.

— Elle t'a proposé le poste.

— Et je l'ai refusé, parce que j'ai accepté d'être le chef des soins intensifs pédiatriques ici.

— Tu vas travailler à San Francisco ?

— C'est ce que je veux. Je sais que ce n'est pas l'idéal puisque tu seras à San Diego avec le bébé et moi à San Francisco, mais...

Adeline secoua la tête.

— Le Dr Wilder a offert le poste au Dr Simpson parce qu'elle n'est pas enceinte.

— Et tu souhaitais vraiment travailler avec une femme comme elle ? Pendant un an, tu lui as été totalement dévouée, tu t'es focalisée sur elle, et tu es devenue une excellente chirurgienne. Tu n'as pas besoin d'elle.

— Bien sûr que si ! Elle fait des recherches sur le PTT, il faut que j'y participe. Tu ne comprends donc pas ? Un médecin comme elle aurait épargné à ma mère des années de souffrance, et elle aurait sauvé la vie de bébés qui ont été conçus après moi.

L'expression d'Elias s'adoucit.

— Je suis navré que tu aies placé tous tes espoirs en elle, mais qui sait si tu ne découvriras pas toi-même le traitement adéquat ?

— Je ne suis pas encore suffisamment formée.

— Elle t'a appris beaucoup de choses, mais il est temps pour toi de prétendre à la place qui t'est due. Tu es une chirurgienne compétente, respectée et appréciée, Adeline. Comment se fait-il que tu n'en aies pas conscience ?

Elle secoua la tête.

— Tu as anéanti toutes mes chances. Je n'aurais jamais dû...

— Tu n'aurais jamais dû quoi ? Coucher avec moi ?

— Exactement. Tu as trahi ma confiance, et dans quel but, finalement ? Tu as gagné, et tu as refusé le poste.

— Parce que je n'en veux pas.

— Pourtant, tu projetais de rester à San Diego avec notre bébé.

— Je voulais t'en parler...

Elle essuya ses larmes du dos de la main.

— C'est un peu tard. Tu m'as conseillé de prendre confiance en moi, mais est-ce que c'est ce que tu fais toi-même ? Tu rends ta famille responsable de tous tes problèmes. Tu vas de ville en ville sans jamais être satisfait. Tu convoitais un poste pour lequel j'avais travaillé dur, tu l'as gagné, et tu n'en veux plus. À quoi joues-tu ? Est-ce que le bébé et moi, on t'offre une sorte de distraction ? Qu'est-ce que tu veux, Elias Garcia ?

— Je... Je n'en sais rien.

— Eh bien, tu n'es qu'un imbécile. Toutes mes félicitations, tu sors vainqueur du combat, et c'est sans doute la seule chose que tu voulais vraiment.

Elle le bouscula pour quitter la pièce, et il ne la retint pas.

Après avoir rassemblé ses affaires, elle quitta l'hôpital et se rendit directement à l'appartement, où elle fit ses valises.

Plus tard, elle retournerait à San Diego pour prendre le reste, mais à cet instant précis il n'y avait qu'un seul endroit où elle souhaitait être.

Elle n'attendit pas longtemps le taxi, et une heure plus tard elle arrivait devant la maison de ses parents.

Elle monta l'escalier, épuisée, le cœur brisé, ne sachant pas ce qu'elle allait faire dorénavant. Tout ce dont elle était capable, c'était de sonner à la porte.

Quelques instants plus tard, sa mère apparut sur le seuil.

— Adeline ? Je ne t'attendais pas. Qu'est-ce que tu fais ici ?

— J'ai été virée, maman. Je peux entrer ?

13

Après de départ d'Adeline, Elias resta figé, anéanti.

Pourquoi l'avait-il laissée partir ?

En refusant le poste, il avait été sincèrement convaincu que le Dr Wilder l'offrirait à Adeline. Cette femme était folle !

Il avait cru agir noblement, et cela n'avait servi à rien. Pis encore… Non seulement Adeline n'avait pas eu ce qu'elle souhaitait plus que tout, mais en plus elle l'avait quitté.

Comme Shea.

Non. Autant arrêter de se mentir à lui-même, c'était lui qui s'était éloigné de Shea et de sa famille. Il n'était qu'un crétin !

À présent, la réalité lui apparaissait clairement : lorsqu'il était avec Shea, il avait été obsédé par ses succès universitaires, si bien qu'ils avaient fini par s'éloigner l'un de l'autre. Il ne pouvait pas la blâmer de s'être tournée vers un homme qui était là pour elle. Et au lieu d'en prendre conscience, il avait reproché à ses parents, à Aidan et à Shea d'être les responsables de ce problème.

Et, une fois de plus, il avait fait en sorte d'éloigner la femme qu'il aimait alors qu'elle portait son enfant !

Et pourquoi ? Parce qu'il craignait de souffrir encore ? Ou bien parce qu'il avait peur de se poser et d'être heureux ?

Il fallait qu'il trouve Adeline et qu'il lui dise à quel point il les aimait, elle et leur futur enfant.

Sortant de la pièce, il ne la vit nulle part.

— Le Dr Turner est partie, l'informa une infirmière. Elle semblait dans tous ses états.

— Merci.

Gagnant rapidement le vestiaire, il rassembla ses affaires, se précipita hors de l'hôpital et courut tout le long du chemin jusqu'à l'appartement qu'ils partageaient.

Si les résultats du test génétique étaient mauvais, il lui dirait qu'ils géreraient la situation ensemble, et il la supplierait de lui pardonner ses manquements et ses erreurs.

Il voulait vivre avec elle ! Il avait besoin d'elle !

— Adeline ? appela-t-il dès qu'il eut poussé la porte.

Le silence qui régnait dans les lieux lui apprit qu'il était trop tard et qu'elle était partie, mais il se rendit quand même dans sa chambre.

Elle était vide.

Sortant son téléphone de sa poche, il lui envoya un SMS :

Je t'en supplie, Adeline, dis-moi que tu vas bien.

Elle ne répondit pas.

Il était inutile qu'il l'attende, car elle ne reviendrait pas. Que faire ?

Il savait que ses parents habitaient à Cow Hollow, mais ce quartier était immense, et il ne se voyait pas parcourant les rues et frappant à toutes les portes.

Il envoya donc un message à James.

Longue histoire. Adeline n'a pas obtenu le poste, et elle a disparu. Tu connais l'adresse de ses parents ?

Incapable de rester sur place à attendre, il sortit et se mit au volant du SUV de location afin de se rendre à l'hôpital pour enfants.

Il y trouva Aidan en train de faire les cent pas dans le hall, un gobelet de café à la main.

— Qu'est-ce que tu fais là ? lui demanda celui-ci.

— Je suis venu voir notre nièce et m'assurer que Jeffery était arrivé.

— Oui, il est là. Il est en soins intensifs avec Gabrielle. Ils n'autorisent qu'un seul visiteur, alors je vais rentrer à Napa. Shea vient me chercher.

— Comment va Gabrielle ?

— L'opération a réussi, elle devrait se porter comme un charme. C'est un grand soulagement.

— Et Rosa va bien ?

— Oui. Adeline lui a sauvé la vie. Je sais que vous avez fait semblant d'être fiancés, mais c'est une chouette nana, et il est clair que vous vous aimez. Alors tu devrais faire les choses bien avant qu'elle te quitte. Vous êtes faits l'un pour l'autre, tous les deux… Tous les deux excellents chirurgiens, aussi impulsifs l'un que l'autre.

— Adeline n'était pas impulsive quand tu as fait sa connaissance.

— J'ai entendu des rumeurs. C'est faux ?

— D'accord. C'est vrai.

Aidan pencha la tête de côté.

— Tu as l'air dévasté. Que s'est-il passé ?

— On a rompu, voilà ce qui s'est passé ! Elle est partie, ajouta Elias en s'effondrant sur une chaise.

Aidan s'assit près de lui.

— Partie ? Qu'est-ce que tu veux dire ?

— Elle n'a pas obtenu le poste pour lequel nous étions candidats tous les deux, et ce par ma faute.

— Comment ça ?

— Elle est enceinte de moi.

— C'est de la discrimination.

— Ouais, mais le médecin en charge du recrutement nous avait prévenus dès le départ. Adeline m'en veut, parce que j'ai parlé sans le faire exprès de sa grossesse à un confrère, qui l'a ensuite dit à notre boss. Elle est furieuse contre moi, ce qui est compréhensible, et encore plus depuis qu'elle sait que j'ai refusé le poste.

— Tu as fait ça ? Pourquoi ?

— J'ai compris que je n'avais pas envie de m'installer à San Diego pour y travailler. Je voulais retourner à San Francisco avec Adeline, mais je ne lui en ai pas parlé parce que j'avais peur qu'elle ne veuille pas de moi. En bref, je ne l'ai pas retenue, parce que je suis un parfait imbécile.

— Je ne te le fais pas dire… Écoute, je sais que ce que je t'ai fait est abominable. J'étais jaloux de toi, de ton intelligence, du fait que les parents étaient tellement fiers de toi. Tu avais Shea, dont j'étais amoureux. Tu avais tout, alors que je n'avais rien.

— Tu possèdes quelque chose que je n'ai pas, répliqua Elias. Tu te soucies des autres. Mais je ne l'ai pas compris, et j'ai cru que tu me détestais. Je pensais que papa te préférait.

— Et je pensais la même chose. On est deux idiots, et pour ça on se ressemble pas mal.

Elias sourit.

— Tout à fait. En réalité, on ressemble à papa. Je ne t'ai jamais détesté, Aidan. Pendant un temps, je l'ai cru à cause de Shea. Mais en fait, tu me manquais. Mon frère me manquait.

— Pareil. J'avais l'impression que papa n'était jamais dur envers toi, qu'il était injuste avec moi.

— Et j'ai tout gâché.

— On est deux, répliqua Aidan en souriant. Je crois qu'on va pouvoir s'entendre dorénavant… Mais tu devrais arranger les choses avec Adeline. Il est clair que vous vous aimez.

— Quoi ?

— Elle t'aime. Si tu ne le vois pas, tu es vraiment aveugle. Depuis qu'elle est entrée dans ta vie, tu es différent. Tu as besoin d'elle.

— Je ne sais pas où elle est. J'ai demandé à James, le propriétaire de la maison de plage où nous habitons, s'il connaît l'adresse de ses parents à Cow Hollow.

À cet instant précis, comme par miracle, son téléphone se mit à vibrer.

— C'est Adeline ? demanda Aidan.

— Non. C'est James qui vient de m'envoyer le renseignement que je lui ai demandé. Souhaite-moi bonne chance et dis aux parents que je les aime.

— File ! Je vais croiser les doigts.

— Merci.

Elias sortit de l'hôpital et héla un taxi.

Il n'était pas certain de pouvoir convaincre Adeline, mais il allait faire tout son possible pour cela, parce qu'une chose était certaine : il avait besoin d'elle.

Pelotonnée sur le canapé, Adeline avait pleuré toutes les larmes de son corps, et sa mère n'avait rien pu faire d'autre que la tenir dans ses bras.

Lorsqu'elle s'était calmée, sa mère était allée dans la cuisine lui préparer une tasse de thé.

Son rêve était brisé, et elle commençait à comprendre que ce n'était pas de son poste qu'elle faisait le deuil, mais de son rêve.

L'espace d'une seconde, elle avait cru qu'elle le réaliserait avec Elias, mais elle s'était trompée.

Seulement, cette fois, elle ne pouvait pas le rayer de sa vie comme elle l'avait fait avec Grégory…

— Bois ton thé, dit sa mère en lui tendant une tasse.

— Merci, maman.

Sa mère s'assit dans le fauteuil d'en face.

— Maintenant, tu vas me dire ce qui t'est arrivé. La chirurgienne portée aux nues dans les journaux a été virée ?

Adeline soupira.

— Je n'ai pas eu le poste que je voulais dans le service du Dr Wilder.

— Pourquoi ? Tu étais la favorite.

— Elle l'a proposé à quelqu'un d'autre.

— Au Dr Garcia ?

— Oui, au Dr Garcia, qui est aussi le père de mon enfant.

Sa mère ouvrit de grands yeux.

— Tu es enceinte ?

— Oui.

— Mais… Ton test génétique ?

— Il est négatif. Je n'ai pas le gène, maman.

Sa mère se mit à pleurer et à rire en même temps.

— C'est merveilleux !

— Non, maman. Je n'ai pas eu ce poste à cause de ma grossesse. Je… Je ne pourrai plus soigner les patientes atteintes de PTT.

— C'était ce que tu voulais faire ?

— Évidemment. Les épreuves que tu as subies m'ont terrorisée, et je voulais les éviter à d'autres femmes.

— Tu as fait ça pour moi ?

— Oui… Et maintenant, c'est fichu. Le Dr Wilder a proposé le poste au Dr Garcia. Il me l'a volé, pour finalement le refuser.

— S'il a décliné cette offre, j'ai peine à croire que son but était de te le voler. Il est au courant, pour le bébé ?

— Oui. Il voulait l'élever avec moi.

— Si ça se trouve, il a refusé ce poste pour que tu l'obtiennes !

— C'est ce qu'il m'a dit, mais je ne le crois pas.

— Si les rôles étaient inversés, est-ce que tu n'en aurais pas fait autant pour lui ?

— Peut-être... Je l'aime, et je suis très heureuse d'être enceinte.

— Tu m'as toujours dit que tu ne voulais pas d'enfants.

— Parce que j'avais peur. J'ai vu ton chagrin, et je savais que c'était ma naissance qui avait réveillé ta pathologie. Je pensais que si je trouvais un traitement, je réparerais ce que j'avais fait.

— Je n'arrive pas à croire que tu as fait tout ça pour moi, dit sa mère, les larmes aux yeux. Tout ce que je souhaitais, c'était que tu sois heureuse. Est-ce que tu as aussi voulu être médecin à cause de moi ?

— Rassure-toi, dit Adeline avec un sourire. J'adore mon métier. Mais maintenant...

— Mais maintenant, rien du tout ! Tu es toujours une excellente chirurgienne, et ce n'est pas parce que tu ne travailleras pas avec le Dr Wilder, que tout est fini pour toi. Tu vas encore sauver des vies, et tu donneras naissance à ton propre enfant. Rien ne t'empêche de poursuivre tes recherches pour traiter le PTT si tu en as envie.

— Mais j'ai perdu Elias.

— Pourquoi ? Est-ce que tu lui as dit que tu l'aimais ?

— Non. J'avais peur de souffrir comme la première fois.

— C'est en ce moment que tu souffres. Tu dois trouver Elias et arranger les choses avec lui.

— Et si ça ne marche pas ?

— Dans ce cas, tu tourneras la page. Tu es forte, ma chérie. Je suis touchée d'apprendre tout ce que tu as fait pour moi, mais ce que je veux avant tout, c'est ton bonheur.

— Je t'aime tellement, maman ! Tu vas être une grand-mère géniale.

— Je te rappelle que j'ai déjà des petits-enfants : les jumeaux, tes neveux.

— C'est vrai. Je vais suivre tes conseils, dit Adeline en embrassant sa mère. Je vais aller voir Elias et m'excuser auprès de lui. J'ai fait une énorme erreur.

En se levant pour prendre son sac, elle vit qu'Elias lui avait envoyé un SMS. Elle s'apprêtait à lui répondre, quand on frappa à la porte.

Le cœur battant, elle ouvrit.

Elias se tenait sur le seuil, hors d'haleine et le visage défait.

— Comment m'as-tu trouvée ? demanda-t-elle.

— Au moins, tu n'as plus l'air fâchée contre moi.

— C'est vrai. Je suis désolée de m'être mise en colère.

— Pourquoi ? Je le méritais. C'est à moi de m'en vouloir de t'avoir fait rater le poste.

— On était deux dans la salle de garde, Elias.

— Je m'en souviens parfaitement, dit-il avec un sourire.

— Tu avais raison. Je n'ai peut-être pas atteint mon but, mais ma carrière n'est pas terminée. Le Dr Wilder m'a beaucoup appris, mais je suis restée son étudiante si longtemps que je n'avais plus assez confiance en moi pour voler de mes propres ailes.

Elias sourit.

— Tu méritais ce poste, mais pas au prix de ton propre bonheur.

— J'ai mis du temps à le comprendre.

Il prit sa main dans la sienne.

— Moi aussi, je mesure que j'ai fait pas mal de choses stupides qui pouvaient compromettre mon bonheur.

Le cœur d'Adeline s'emballa.

— Quoi, par exemple ?

— Te laisser partir, dit-il en lui caressant la joue. Je t'aime, Adeline. Quand je t'ai rencontrée, j'étais totalement différent. Cet Elias Garcia-là aurait pu te pousser sous un bus pour obtenir ce qu'il voulait. Le problème, c'est que, ensuite, il aurait fini par s'ennuyer et passer à autre chose. Tu m'as changé, Adeline. J'ignore comment tu as fait. J'avais peur de tomber amoureux, et pourtant je t'aime.

— Moi aussi, je t'aime, dit-elle, les larmes aux yeux.

Il prit son visage entre ses paumes.

— Sache que j'irai n'importe où pour être avec toi. Si c'est ce que tu veux, je ne prendrai pas ce poste à San Francisco. Tout ce que je souhaite, c'est qu'on forme une famille ensemble.

— Moi aussi. Et tu n'as pas à refuser l'offre qu'on t'a faite parce que, moi aussi, je veux rester à San Francisco. J'étais tellement obsédée par le traitement du PTT que j'en ai oublié pourquoi j'étais devenue médecin. Je serai ravie et heureuse de prendre la tête de mon propre service dans cette ville que j'ai toujours adorée.

— Pour de bon ?

— Tout à fait. Si la proposition du Dr Spiner tient toujours, j'aimerais l'accepter. Ma place est ici… avec toi.

— Il va être content ! C'était à toi qu'il pensait en priorité. Et puis, franchement, le Dr Wilder a tout d'un robot.

— Je sais.

— Je te demande de pardonner ma bêtise et mon aveuglement.

— Si tu me pardonnes les miens aussi, dit-elle en passant les bras autour de la taille d'Elias.

Ils restèrent ainsi un instant, serrés l'un contre l'autre, jusqu'à ce qu'Elias rompe le silence.

— Bon ! Qu'est-ce qu'on fait, maintenant ? Puisqu'on va travailler tous les deux à San Francisco, il va falloir récupérer nos affaires à San Diego.

— Oui.

— Ensuite, il faudra trouver un logement.

— Oui.

— Il se trouve que j'ai quelques économies, alors on pourrait l'acheter.

— Pourquoi pas une maison ? Il nous faudra une chambre pour le bébé.

Les yeux d'Elias se mirent à briller.

— D'accord. Tu sais que ce sera plus facile d'avoir un crédit si on est mariés ?

— Pardon ?

Il s'agenouilla devant elle et lui prit la main.

— Je n'ai pas de bague, mais, Adeline Turner, me feras-tu l'honneur d'être ma femme ? Je t'aime, et je ne peux pas imaginer ma vie sans toi.

Elle essuya une larme.

— Oui. Je… D'accord.

Se relevant d'un bond, Elias la prit dans ses bras, l'embrassa, et comme chaque fois elle fondit littéralement.

— Qu'est-ce qu'on fait, maintenant ? demanda-t-elle lorsqu'ils s'écartèrent l'un de l'autre au bout d'un très long moment.

— Le Dr Spiner m'a déjà proposé un appartement de fonction, on y habitera jusqu'à ce qu'on ait notre maison. On pourrait y aller maintenant… pour fêter l'événement ?

Le corps d'Adeline se mit à vibrer de désir.

— Bonne idée !

— Avant de célébrer quoi que ce soit, tu pourrais peut-être me présenter mon futur gendre ? fit une voix.

Adeline éclata de rire.

— Maman, je te présente le Dr Elias Garcia, le père de mon bébé. Elias, voici ma mère, Beverly.

— Je suis ravi de faire votre connaissance, madame Turner, dit Elias en lui baisant la main.

— Je comprends pourquoi il te plaît, remarqua-t-elle en souriant. Entrez, Elias. Nous avons un mariage à organiser, et vous ne refuserez pas de rester dîner pour rencontrer le père d'Adeline.

— Ne discute pas, murmura Adeline. On célébrera plus tard.

Elias lui adressa un clin d'œil.

— Tu ne perds rien pour attendre. On a toute la vie devant nous.

Et, pour la première fois depuis leur rencontre, elle le crut.

Épilogue

Deux mois plus tard.

Adeline se regardait dans le miroir de la chambre d'amis du ranch Garcia. Celle où elle dormait avec Elias chaque fois qu'ils rendaient visite à ses parents, c'est-à-dire très souvent.

La robe de mariée qu'elle avait achetée quinze jours auparavant la serrait un peu.

Elle fronça les sourcils.

— C'est à cause des jumeaux.

— Il y en a souvent dans notre famille, observa Rosa. J'aurais adoré en avoir, même si ma Gabrielle en valait largement deux.

Deux mois après son opération, celle-ci se portait bien. Grassouillette et épanouie, elle portait une barboteuse blanche agrémentée de volants.

Adeline espérait que l'un de ses enfants serait une fille, parce qu'elle brûlait d'envie de jouer elle aussi à la poupée.

— Il y en a également dans notre famille, remarqua Beverly, qui était assise sur le lit. Mes premiers petits-fils sont des jumeaux, alors cela ne m'étonne pas qu'Adeline en attende aussi.

— C'était sûrement le destin, intervint Flora en entrant dans la pièce. Vous êtes très belle, Adeline.

— Merci.

— Tout le monde est prêt, maman ? demanda Rosa.

Flora vint embrasser la future mariée.

— Oui. Je voulais juste vous voir et vous remercier de m'avoir rendu mon fils. Soyez la bienvenue dans notre famille.

— Merci, répéta Adeline en souriant.

Flora et Rosa sortirent, la laissant seule avec sa mère jusqu'à ce que son père arrive à son tour.

— Tu es belle à couper le souffle, ma chérie, dit-il en l'embrassant. Tu es prête à t'engager, c'est sûr ?

— Papa, tu aimes beaucoup Elias, et tu sais bien que oui.

— Je voulais juste en être certain.

Ses parents lui prirent chacun un bras. Ils sortirent ensemble du ranch et gagnèrent le jardin où la cérémonie allait avoir lieu.

La musique retentit, et ses neveux, qui portaient les alliances, la précédèrent jusqu'à l'allée menant à l'arche de bois que Jimeno avait fabriquée.

Les larmes lui montèrent aux yeux lorsqu'elle vit Elias, vêtu d'un smoking. Son témoin, Manny, se tenait à son côté.

— Mesdames et messieurs, je vous prie d'accueillir la mariée ! déclara l'officiant.

Tout le monde se leva tandis qu'elle marchait lentement. Sa famille et ses amis, dont James et Sherrie, étaient tous présents. Le Dr Wilder elle-même lui souriait.

Elias ne souhaitait pas l'inviter, mais ils s'étaient rencontrés grâce à elle, et Adeline avait travaillé avec elle durant plusieurs années, si bien que sa présence était légitime.

Lorsqu'elle parvint au bout de l'allée, ses parents l'embrassèrent.

— Qui donne cette femme en mariage à cet homme ? demanda l'officiant.

— Sa mère et moi, répondit le père d'Adeline d'une voix étranglée.

— Vous pouvez vous asseoir, dit l'officiant.

S'approchant d'Adeline, Elias prit ses mains tremblantes entre les siennes.

— Tu es très belle, murmura-t-il.

— Merci. Tu n'es pas mal non plus.

Le cœur battant, elle contemplait cet homme qui avait changé sa vie comme elle avait changé la sienne.

À bien des égards, ils formaient une équipe de rêve. À San Francisco, leur patientèle ne cessait de croître depuis deux mois.

Les gens se pressaient pour les voir, elle et Elias. Les soins intensifs pédiatriques de l'hôpital devaient gérer les demandes, les remerciements et le flux d'argent que leur présence avait apportés.

Ils pouvaient sauver encore plus de vies et n'avaient jamais été aussi heureux. La situation se compliquerait avec l'arrivée des jumeaux, mais ils feraient en sorte que tout se passe bien.

— Elias Alejandro Garcia, acceptez-vous de prendre Adeline Victoria Turner pour épouse ?

— Je le veux, dit Elias en glissant l'alliance au doigt d'Adeline.

— Et vous, Adeline Victoria Turner, acceptez-vous de prendre Elias Alejandro Garcia pour époux ?

Adeline prit l'alliance que lui tendait son neveu et la glissa à l'annulaire d'Elias.

— Je le veux.

— Par les pouvoirs dont je suis investi dans l'État de Californie, je vous déclare mari et femme. Monsieur, vous pouvez embrasser votre épouse.

Tout le monde applaudit quand Elias souleva son voile pour l'embrasser. Au moment où leurs lèvres se frôlèrent, elle laissa échapper un léger cri.

— Qu'est-ce qu'il y a ? demanda Elias.

— Les jumeaux, dit-elle, les larmes aux yeux. Je crois qu'ils veulent participer à la fête.

Elias sourit et posa la main sur son ventre. Adeline savait qu'il ne pouvait pas le sentir, mais leurs bébés bougeaient sous sa paume, comme s'ils savaient que leur père était là.

— Je t'aime, Adeline.

— Et je t'aime aussi. Maintenant, descendons cette allée, et entamons le reste de notre vie.

— Vos désirs sont des ordres, madame Garcia.

— Je vous crois, docteur Garcia.

Il lui prit la main en riant, puis ils descendirent l'allée ensemble sous la pluie de pétales de fleurs que leur jetaient les personnes qui comptaient le plus pour eux.

C'était exactement la fin de conte de fées dont elle avait toujours rêvé !